麻根重次

千年のフーダニット

講談社

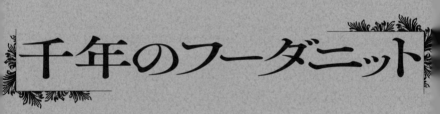

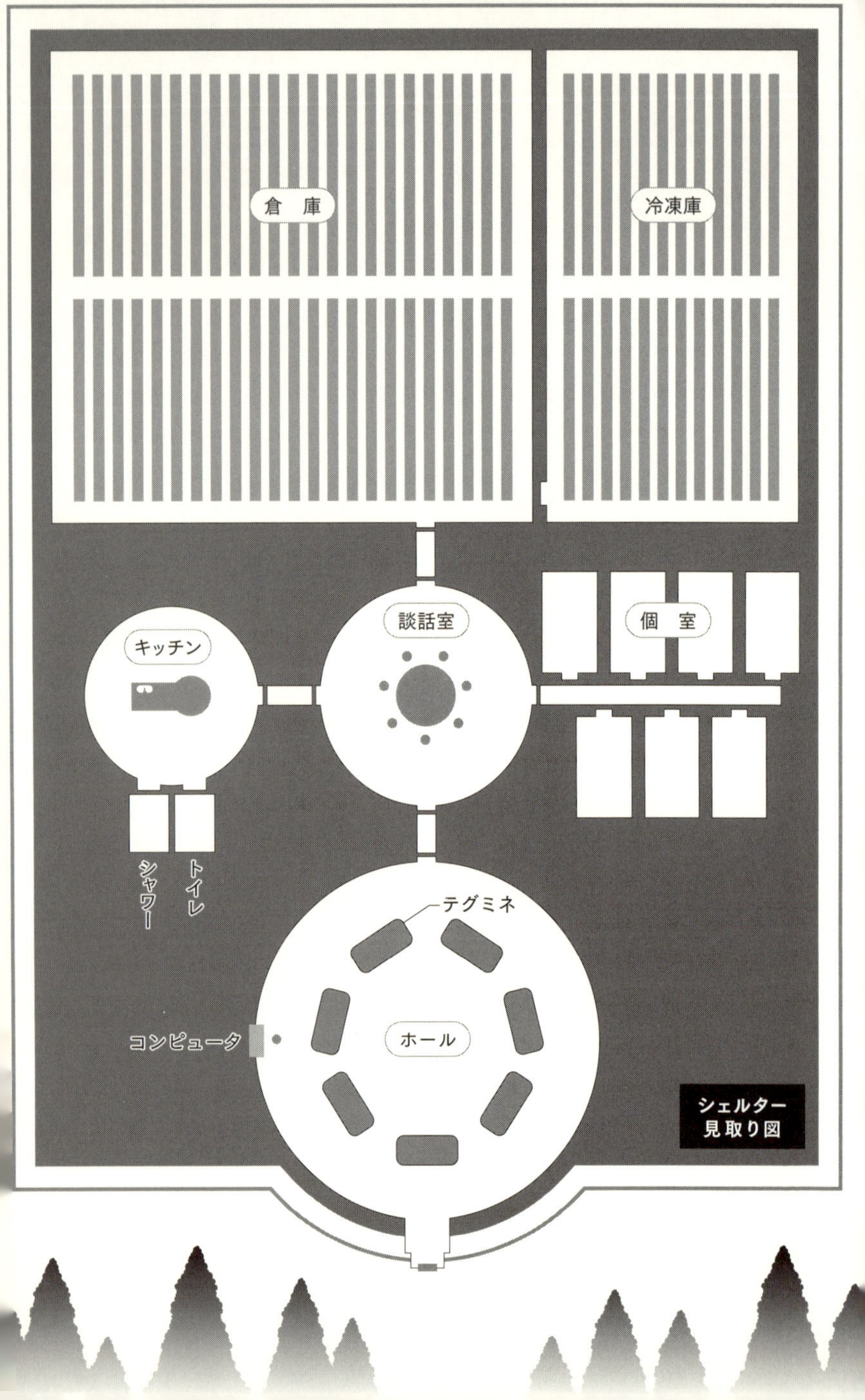
倉　庫
冷凍庫
談話室
個　室
キッチン
シャワー
トイレ
テグミネ
コンピュータ
ホール
シェルター
見取り図

千年のフーダニット

1　目覚めた六人

生きることに意味を見出《みいだ》そうとするのが人間だというなら、俺はもはや人間ではないのかもしれない。

朦朧《もうろう》とした意識の中で、そんなことをぼんやりと考えながら、クランはゆっくりと目を開いた。

酷《ひど》く寒い。

夢を見ていた。妻の夢だ。

「アヤ」

妻の名を声に出す。

アヤはもういない。向こうの世界に行ってしまった。俺を一人だけ残して。

どうしようもない寂寥感《せきりょうかん》を堪《こら》えながら、自分の身体《からだ》を見回す。

視界のあちこちに、触手のように全身を這《は》い回《まわ》るチューブが見えた。太いものから細いものまで、何本ものチューブが身体から突き出ている。それが皮膚と接触している部分の不快さを感じ取ったところで、ようやくクランの意識はいくらか鮮明になってきた。

ここはどこだ。

――ああ、そうだ。ここがどこかなど、考えなくてもすぐにわかる。

ここは「テグミネ」の中だ。ラテン語で「殻」と名付けられたポッド。冷凍睡眠、コールドスリープを実現するための高性能な機械の、腹の中だ。

まだ冷え切ってうまく動かせない右手で何度か握って開いてを繰り返すと、クランはゆっくりとその手を上へと突き出した。目の前にあるポッドの蓋《ふた》は、その動きを感知したと見えて、さして強く押す必要もなく、左右に分かれて開いた。

テグミネの蓋の動きに呼応するように、部屋の照明が灯《とも》る。そこに至って、クランはようやく、先ほどまでテグミネの中が蓋を閉じられていたにもかかわらず、明るかったことに気付いた。どうやら内部に取り付けられたLEDライトのお陰《かげ》らしい。

ゆっくりと身体を起こしていく。

頭で理解はしていても、感覚的にはまだ信じられなかった。今は本当に千年後の世界なのだろうか？

ついさっき眠りについたばかりな気がする。一晩ゆっくり眠った時とほとんど変わらない。いや、夢も少ししか見ていないのだから普段の睡眠よりもよく寝た、という感じだろうか。ただ、酷く重たくて手足を動かすのすらままならない全身が、それが通常の眠りとは異なっていたことを教えているようだった。

喉《のど》の奥に突っ込まれたチューブの違和感が酷い。軽い吐《は》き気《け》を覚え、それを半《なか》ば無理矢理に引っこ抜いた。確か酸素チューブだと言っていたから、抜いても問題ないだろう。ここに酸素がないようには思えない。

ほとんど吐き出すようにチューブを抜き取り、ゆっくりと息を吸う。息苦しさはあるが、特段問題はなさそうだ。それからもう少し身体を起こした。

顔がテグミネの縁から上に出たことで、周囲の様子がよく見えた。周りには他《ほか》に六機のテグミネがあり、ほとんどの蓋が開いていた。見ているとやがてそれぞれから一人ずつ、ぼんやりとした顔が現れる。いずれも見知った顔だ。つい先日、コールドスリープのために集められた被験者たちだった。

みんなで顔を合わせたのがつい昨日のことのようだった。やはりこれが千年後だとは信じられない。何かの拍子《ひょうし》にテグミネが止まり、数日後に起きただけのことじゃないのか。

一様にぼんやりした表情で周囲を見渡している彼らに倣《なら》い、クランもぐるりを見回す。見覚えのない天井、という表現がよく小説なんかであるが、これはどちらかと言えば見覚えのある天井だった。飾り気のないのっぺりとした金属製の天井のあちこちに埋め込み式のシーリングライトが光っている。

壁に目を向ければ、その一面にはいくつもの画面が点灯し、ビルトインのコンピュータがまるでクランに話しかけるかのように、時折微かな音を立てていた。

「やあ」

酷く掠《かす》れた声がして、そちらを振り向く。

隣のテグミネに起き上がったカイが、その丸っこい顔に見覚えのある笑みを浮かべてクランの方を見ていた。まだ顔中《かおじゅう》にチューブが接続されたままだが、とりあえずは元気そうだ。ただ、そのガサガサになった声と、だいぶ脂肪が落ちてしまった頬《ほお》が、クランの記憶にある日々から、今この時までの隔《へだ》たりを物語っていた。

「カイ」

クランはそう応《こた》えたつもりだったが、口から出たのはカイと同じように沸騰したヤカンのような声だった。慌てて口の中を舐《な》め、ふたつ三つ咳払《せきばら》いをしてからもう一度声を上げる。相変わらず聞き取りにくいであろう酷い状態だが、なんとか言葉になった。

「カイ、大丈夫か」

「大丈夫です。それよりクランさん、これ、なんとかならないんでしょうか」

カイは震える手で身体中に取り付けられた管をつまんでいる。クランと同じように酸素のチューブだけは自分で抜き取ったらしい。

「どうだろう。抜いちまっていいのかな。本当なら誰か研究所の職員がサポートに来る筈《はず》だが」

クランがうまく動かない手をなんとかコントロールし、同じように管をつまみ上げる。どれも腕や首筋の血管に刺さっているようだ。接続されている部分に軽い痛みがあった。

「みんな、それ外さないの」

女の声がして、二人がそちらに視線をやると、イリヤがその端整な顔を顰《しか》めながら腕に刺さった管を抜き取っているところだった。モデルか何かのような整った見た目は記憶にあるイリヤとさして変わりない。ただ、それでもやはりコールドスリープの影響か、全体的にやつれて歳《とし》をとったように見えた。ここなしか、皺《しわ》も増えたように感じる。

管の先に付いた注射針を呻《うめ》きながら抜くイリヤを、クランもカイも少し固唾《かたず》を呑《の》んで見守った。しかし何も問題が起こらないのを見て、安堵《あんど》しながら、自分の管を抜くという重労働に取りかかった。

ここが千年後であれ、あるいはほんの数日後であれ、とにかく無事に目覚めた。そういう意味ではコールドスリープは成功だったのだ。しかしクランの中では、浮かない思いが渦を巻いていた。

――別に目覚めたくはなかったのに。

向こうのテグミネで痛みに呻く女の声がする。よくは見えないがシーナかクロエであろう。クランは半ば自棄《やけ》になりながら、首筋に刺さったチューブを力いっぱい引っこ抜いた。

結局、まともに歩けるようになるまでには、数時間を要した。何しろ頭に靄《もや》がかかったようで、寝不足の朝のように何度もうつらうつらとしてしまう。ましてや立ち上がろうとしても足に力が入らないのだ。どうやらクランだけではなく他の面々も同様のようで、時折思い出したように他のテグミネから呻き声やいびきが聞こえてくる。クランも管を抜き取るのが精一杯で、それからしばらくはテグミネの中で横になっていなければならなかった。

それでも徐々に身体が温まるにつれて意識は明瞭《めいりょう》になっていき、手足にも少しずつ力が入るようになってきた。互いにテグミネ越しに声をかけ合って起き上がる。

ふらつく足でテグミネから転がり出るようにして床に降り立つと、なんとはなしに円形に配置されたテグミネの中心に全員が集まってきた。クラン、カイ、イリヤ、シーナ、クロエ、そしてマルコ。互いに顔を見合わせながら、まだ状況を把握できていないかのように、誰かが話し出すのを待っているようだった。

「ねえクランさん、シモンさんは？　どうしたんですか？」

クロエがすぐ後ろのテグミネに寄りかかるようにして尋《たず》ねた。

「なんで俺に聞くんだ。まだ起きてないのか」

クランは切れ切れの息の中で応えた。どうもまだ呼吸そのものが安定しない。このシェルターの中は酸素濃度にせよ温度にせよ湿度にせよ、全《すべ》てが快適に保《たも》たれている。少なくとも数千年はその状態を自動で維持できるのだ、と研究所員が得意げに話していたのをクランは覚えていた。だとすればこの息苦しさは、単純に長期のスリープによってもたらされた、自身の身体の問題なのだろう。

「それだよね、シモンのテグミネ。まだ蓋が開いてない」

落ち着いた声がする。シーナだった。切れ長の目に載った長い睫毛《まつげ》が時折瞬《まばた》きする。ショートボブの髪が酷く乱れていた。その視線の先、クランのすぐ後ろには、確かにまだ蓋の開いていないテグミネが一台、横たわっていた。

そうだ、コールドスリープに入っていたのは七人だ。シモンがまだ起きていない。クランの中で微《かす》かな不安が芽吹いた。ほとんど狂いなくクランたち六人のテグミネがスリープを同時に解除し、揃《そろ》って全員が起きたことから考えると、何かイレギュラーな事態が起きているのかもしれない。それとも単に、身体がまだうまく動かなくてじっとしているのか。クランは重たい身体に鞭《むち》打って立ち上がると、シモンのテグミネに近づく。そっと手を触れて違和感に気付いた。

——音が、しない？

少し慌てて耳をテグミネの外壁に当てる。やはり何も聞こえない。

「おい、音がしないぞ」

クランの中で芽を出した不安は、既に大きな木へと成長を遂げていた。

このテグミネは、止まっている。

のろのろとこちらに集まってきた面々も、互いに顔を見合わせて不安そうな表情を浮かべた。

「どうしましょう。無理矢理開けても平気でしょうか」

クロエが呟《つぶや》く。それにカイが応じた。

「開けるだけなら大丈夫だと思います。スリープ中に長時間開けっぱなしだと温度が上がって被験者にダメージがあるけど、どっちみちもう起きる時間ですもんね」

カイはわざとらしい笑みを浮かべ、やはり重そうに身体を引《ひ》き摺《ず》りながらシモンのテグミネのコントロールパネルに向かった。

そしてしばらく操作した後、その笑顔は驚愕《きょうがく》の表情に変わった。

「……これ、止まってます。それも一五三年前で」

一瞬、クランはカイの言葉が理解できなかった。

一五三年前で止まっている？　テグミネが？　しかしこれは千年の間、休みなく稼働する筈じゃなかったのか。

「どういうことだよ。なんで止まってるんだ」

「僕に聞かないでくださいよ。いくらテグミネの開発者でも何があったかなんてわかりません。でも、もし故障か何かで一五〇年以上前に止まってしまったんだとすれば……」

「開けましょう」

イリヤが強い調子で宣言した。

クランとカイが同時に頷《うなず》き、カイがパネルを操作する。イリヤとシーナがじっとシモンのテグミネの前で見守っている。一方で、この蓋の向こうに待ち受けているものを悟ったかのように、クロエとマルコは離れたところで、テグミネの開口部を視界に入れないようにしていた。

ゆっくりと蓋が開く。中で灯っていたＬＥＤライトが消え、代わりにシェルター内を満たす光が蓋の隙《すき》間《ま》からテグミネの内部を照らしていく。

やがてこの冷たい機械の獣はその臓腑《ぞうふ》を曝《さら》け出《だ》した。

覗《のぞ》き込《こ》んでいた四人は、そこに横たわるものを見て、思わず息を呑んだ。

そこにあったのは、枯れ枝のように細い手足と、茶色く変色し骨格に張り付いた皮膚。

特徴的だった広い額をはっきりと残して、ウェーブのきいた髪の毛が一番頂点に残されている。

「シモン……」

シーナが呟いた。

横たわっていたのは、ミイラと成り果てたシモンの姿だった。

「なんで、こんな……」

誰もそれに応えようとはしない。皆一様に押し黙ったまま、じっと目の前のミイラに視線を落としていた。

呼吸が苦しいのは、決して身体が慣れていないからというだけではないだろう。クランは喘《あえ》ぐようにして二、三度、深呼吸をした。

「あの、どうなってるんですか」

黙ったままの四人に痺《しび》れを切らしたようにクロエが向こうから声を上げる。その声で我に返ったクランは、一言、死んでる、とだけ返した。

「……死んでから相当経《た》ってる。多分何十年も」

シーナが冷徹とも思える調子で言った。信じられないことに、ミイラに指先で軽く触れて感触を確かめている。

「シモンに間違いないのか」

「他に誰がいるの？」

シーナが少し呆《あき》れたように応じた。

「それにほら、服が残ってる。胸のところ、文字読めるでしょ」

そう言われてクランはミイラの着ているローブに目をやる。他の六人と同じ被験者用のローブの左胸には、シモンの名前の刺繍《ししゅう》が入っていた。

「じゃあやっぱり、機械が故障したせいで？」

カイが恐る恐る、という具合に尋ねると、シーナは眉間《みけん》に皺を寄せた。

「関係はありそうだけど……単純にそうとは言えない」

「……そうか、チューブ」

クランはシーナの言わんとすることに気付いた。そうだ。シモンの身体にはチューブが繋《つな》がっていない。つまり、例えば機械が故障して酸素供給が途絶えたとか、そういった理由でテグミネに繋がれたまま息絶えたわけではないということだ。少なくとも一度、シモンは目を覚ましている。

「なあ、カイ。このテグミネ、自分自身でスリープに入るのは不可能なんだったっけか」

クランがカイに話を振ると、彼は大きく頷いてみせた。

「そうです。スリープに入るには、まず酸素チューブを含む各種の管を全身に装着しなければならないので、それだけでも一人じゃ困難だと思います。が、それ以上に、テグミネに入って蓋を閉めた後で、誰かが外部からパネルを操作する必要があります。一人じゃ無理ですよ」

「じゃあどうしてシモンは人を呼ばなかったんだ」

クランは自問するように口にした。

そうだ。もし仮に途中で目覚めたなら、誰か研究所の人間を呼べばよかったのだ。そうすれば再びスリープに入ることができたのではないか。それともそうできない理由があったのか。

「通信手段がなかったのでは？」

今度はクロエがおずおずと口にした。確か、クロエは相当の金持ちの家の娘だと聞いている。金に困らない人生を捨てて、なぜ千年ものコールドスリープを希望したのか。そのいかにも金持ちらしい慇懃《いんぎん》な物腰は、裏側に何かを隠していそうだ。クランは知らず知らず、彼女を警戒している自分に気付いた。

「そんなことがあるか？　多分そこのコンピュータを使えば、すぐに連絡が取れる筈だろう。そもそもこの内部の状況も、研究所でずっとモニターしてるんじゃないか」

「多分、これが答えだね」

尚《なお》も遺体を検分していたシーナが、その疑問に応じた。

見ればシモンの身体を横倒しにして、その背中に目をやっている。クランの側《がわ》に遺体の前面が向けられており、背中に何があるのかすぐにはわからなかった。

「背中が反《そ》っていたから変だとは思ったんだけど。ほら」

三人が時間をかけてテグミネを回り、背中を覗き込む。クロエすらも好奇心が恐怖を上回ったのか、近づいてカイの肩越しに遺体に目を向けていた。

一瞬、何かわからなかった。

シモンの背中からは何か棒のようなものが突き出ている。

やがてそれがナイフの柄《え》だということに気付いた者から順に、息を呑み、一歩後ずさった。

――背中に、ナイフ？

「つまり、シモンは誰かに殺された？」

「嘘《うそ》でしょ。どうして、シモンさんが」

「違う。どうして、よりも問題がある」

てんでに戸惑いを口にする三人に向かって、シーナがおもむろに口を開いた。

「誰が、よ。誰が殺したのか」

「誰って……そりゃ外から来た誰かだろう。聞いただろ？　俺たちは目覚めたら一人じゃスリープし直せない。だとすれば外の人間ってことになる」

困惑したクランが答えると、今度は青い顔で、浅い呼吸のカイが首を振った。

「いや、それもおかしいんですよ、クランさん。外からは誰も入れないんです。スリープに入る前に説明されたのを覚えてますか。このシェルターの扉は、千年間、外部からの攻撃や干渉を防がなければならないので、中から出ることはできますが、外からは入れない仕組みになっているんですよ」

カイの言葉でクランは思い出した。

――このシェルターは、我々職員ですら原則として外から入ることはできません。何しろ千年間ですからね。誰かに細工されたりすることがないよう、何人《なんびと》も立ち入れない聖域である必要があるんです。

スリープに入る前の説明で、確かに研究所の人間がそんなようなことを言っていた覚えがある。

「だとすれば、唯一入れるのは緊急時の対応ができる人間ということか」

「まあ、流石《さすが》に何か起きた時に入れるようにはなっているでしょうから……だけど研究所の人間がなぜ、という疑問は残りますね」

「どうなの？　イリヤ」

「私もよく知らないわ。でもおそらくそうなってるでしょうね」

イリヤがため息と共に応える。

「ちょっと待て。状況を整理しよう。一五三年前にシモンのテグミネが何かの原因でストップした。そしておそらくはそのタイミングでシモンが背中を何者かに刺された。ということは、シモンを殺すためにテグミネを止めた、ということか――、いや、それよりも自然なのは、シモンが研究所の人間に緊急事態を伝えた。そして――」

「やってきた研究員とトラブルにでもなり、殺された」

躊躇《ためら》ったクランの言葉をシーナが継いだ。

シェルターの中にしばしの沈黙が降りる。

「とにかく、研究所に連絡を取りませんか。なんで私たちが起きたのに誰も来ないのかはわからないけど、どっちにしても外に連絡しないといけないんじゃないでしょうか」

クロエの言葉に、一同が頷いた。イリヤがコンピュータが据え付けてある壁へと向かう。当然通信装置もそこにあるのだろう。

確か、イリヤは研究所のプログラミングを担当する研究者だったと言っていた。その派手な美貌《びぼう》や立ち居振る舞いからは想像しにくいが、当然このシェルターのシステムに触るのは慣れているだろう。

一瞬、千年も経っていては操作も何もわからないのでは、と思いかけて、クランは思わず苦笑する。この機械は全て千年前に設置されたものだ。当然イリヤの見慣れたものだろう。それよりも、いくら頑強に作られていたとしても千年も経てば動かないんじゃないか、という心配をすべきだ。

イリヤが壁に埋め込まれたディスプレイの前の椅子《いす》に腰掛ける。シェルター内部は自動でかなりクリーンな環境に保たれていると言っていた。そのためかはわからないが、コンピュータにもその前の椅子にも、埃《ほこり》はほとんど積もってはいなかった。

「えっと……確かこれが……ああ、こっちか。こっちが緊急用の通報装置。通話はこれかな」

イリヤがぶつぶつと独《ひと》り言《ご》ちながらいくつかボタンを操作する。やがて画面にテレビ電話のようなウィンドウが表示された。後ろに集まったクランたちが肩越しに覗き込む中で、イリヤは何度か通話ボタンを押しながら、ハロウ、ハロウ、と呼びかけた。

しかし画面は暗いまま、何の応答もなかった。

本当に操作があっているのか疑いたくなるほどに反応がない。イリヤは多少の苛《いら》つきを隠そうともせず、時折舌打ちをしながらもハロウ、ハロウ、と何度も呼んだ。

やはりダメだ。見た感じは問題なさそうにも思えたが、故障しているということだろうか。反応のない画面に向かって一同がため息をついた。

「無駄だよ」

その時、後ろから気怠《けだる》げな声がした。

細く、甲高《かんだか》い声。マルコだった。

「そもそもさ、民間のいち研究機関がだよ。千年も存続してると思う?」

「どういうことよ」

先ほどまでより更に棘《とげ》を纏《まと》わせたトーンでイリヤが応じた。

「そのままの意味だよ」

マルコはまるで意に介していないように、己の爪《つめ》を弄《いじ》りながら続けた。

「政府機関ならいざ知らず、俺たちがコールドスリープした研究所は民間機関でしょ。とっくに廃業してても不思議じゃない」

「それは……確かにそうだね」

シーナが同意する。

「というかさ、なんならシモンが死んだ一五〇〇年前だっけ？　その時ですらスリープからは八五〇〇年経ってる。本当に研究所が応答してくれたのか怪しいんじゃない」

マルコの言葉に、全員が考え込んだのが伝わってきた。確かに一理ある。シェルターやテグミネがとてつもなく頑強に作られていたとしても、それを管理する組織が同じように頑強だったという保証はない。クランたちがスリープに入る前の二〇三八年から起算すれば、千年前はまだ中世だ。そんな時期から続いている企業というのは当時もほとんどなかっただろう。

そして、それを裏付けるように、今も外部とは全く連絡が取れそうにない。

六人の間に再び重苦しい沈黙が降りた。

「まあでもさ、とにかく外に出ればわかるんじゃないですかね。外には人がいるでしょうし。このシェルター、外からは入れなくても出ることはできるらしいですから」

沈黙を破ったのは、カイの明るい声だった。いや、努《つと》めて明るく振る舞おうとしているのだろう。声の端《はし》に微かに聞き取れる震えがそれを示していた。

そうだ、ともかく外に出よう。そうすれば千年後の警察でも何でも、助けを求めることができる筈だ。

しかしそれを遮《さえぎ》ったのはクロエだった。

「本当に外に出るんですか。大丈夫でしょうか」

「大丈夫かって？　何が？」

「だって、研究所のサポートがないなら、私たちは突然シェルターから現れた過去の人間なんでしょう。そもそも外がどういう状況かもわからないじゃないですか。例えば外が戦時中とかだったらどうするんですか」

クランは一瞬、考えすぎだ、と諭《さと》そうとして留まった。確かにその心配はわからないではない。外がどういう状況かは全くわからない上に、シェルターを一度出れば、中から開けて貰《もら》わない限り二度と入れなくなるのだ。キーを持っていない状態のオートロックのようなものだ。

少し迷い、それからクランは口を開いた。

「じゃあこうしよう。とにかく一旦《いったん》シェルターの中で情報を集めよう。確か研究所の連中は、少なくとも数十年は生きられるだけの備蓄があると言っていた筈だ。一旦何か食べ物でも食べながら、今後の方針を考えよう」

「そうだね。あたしも賛成。起きてしばらくしたらお腹空《なかす》いた」

「僕もです」

シーナとカイがそれぞれに賛同を示した。その間もコンピュータに向かって格闘していたイリヤも、諦《あきら》めたように立ち上がった。

「全く。頼りにならないわ。千年くらい、まともに活動してなさいよ」

六人の足音が響くと、シェルターの金属製の壁があちこちで反響しあい、まるで大人数の一団が歩いているように錯覚しそうになる。

起床から時間が経ったせいなのか、ようやく手足の動きが滑《なめ》らかになってきていた。他の被験者たちも同じらしく、先ほどよりだいぶ歩行もスムーズになっている。筋力があまり低下していなさそうなのは、やはりこのコールドスリープという技術がそれだけうまくいったということなのだろう。

テグミネが並べられていた場所——便宜上、六人はここをホールと呼ぶことにしていた——から、シェルターの出入り口の扉と向かい合うようにして、やはり金属製の両開きの扉があり、それを通り抜けると薄暗い廊下が奥へと延びていた。クランが先頭に立ち、一列になった一同がそこを進む。数メートルほどで再び扉が現れた。

先ほどのものとは違い、錆《さび》か何かのせいだろうか、軽く引いただけでは開かない。それでも何度か力を込めてクランとカイで揺すぶっているうちに、金属の引き戸は酷い軋《きし》みと共に少しずつ開き始めた。

「全く、自動ドアにしてくれりゃいいのに」

イリヤが文句を言う。クランとカイは顔を見合わせ、思わず苦笑した。扉に指一本触れていない女が、それも研究所側の人間が言う台詞《せりふ》ではない。

やがて二人がかりでようやく開いた扉の先は、ホールと比べて二回りほど狭い円形のスペースになっていた。とはいってもその直径は十数メートルはある。そしてその中央には、造り付けられているらしいこれまた円形のテーブルと、その周囲には椅子が並んでいた。

半透明で微かにブルーを帯びたテーブルと椅子は、同じ素材でできているようで、近寄ってそっと触れるとひんやりとした感触が右手に伝わった。金属ではなく鉱物のような触感であるが、素材まではわからない。ドーム状の天井に埋め込まれたシーリングライトから落ちてきた冷たい光が、その半透明な素材に吸い込まれて乱反射し、キラキラと輝いていた。

周囲に置かれた背もたれのある椅子は、全部で七つある。どうやら談話室とかダイニングといった機能を意図した部屋らしい、ということはなんとなく雰囲気から想像が付いた。被験者が目覚めた後にここでしばらく生活することを想定して造られたのだろう。

そういえば、とクランはつい昨日のような出来事を思い出していた。ここに連れてこられた時は、この奥のスペースは見せて貰っていなかった。被験者七人は、研究所から乗ってきた車から降ろされるとすぐにテグミネの準備に入り、結局シェルター内部を見て回ることなくスリープに入った。

――倉庫は廊下の突き当たりにあります。詳しくはイリヤさんが知っていますが、もし千年後、何かのトラブルで外に出られない場合は、ここの食料でなんとかしばらく生き延びていただく必要があります……。

そうだ、確か研究員がそんなことを言っていた。そう思って談話室の壁に目をやると、入ってきた扉の反対側にもまた引き戸、更に右と左、時計で言えば三時と九時の方向に、それぞれやはり両引き戸が設《しつら》えてある。

「この奥が倉庫ですね」

カイが奥の扉に近づくと、先ほどのように取っ手に両手を掛けて力を込めた。しかし今度は滑らかに開いたので、危うくひっくり返りそうになる。それを見たシーナとクロエが、ふふ、と小さな笑い声を上げた。

クランはそちらをカイに任せ、左の扉の先を見てみることにした。イリヤもその後ろについてくる。無言のまま扉を開くと、その奥はどうやら水回りになっているらしかった。

「ここはキッチン。それから向こうは……ああそうだ、トイレとシャワーもあるんだった。よかった、シャワー浴びたかったのよ。身体が冷えちゃって」

イリヤは心なしか嬉《うれ》しそうにそんなことを言いながら、キッチンスペースの左手にあるドアを開いて覗き込んでいる。見回せば、こちらも金属製のドーム構造の壁で構成されていた。

「一通りの設備はあるな。確かにしばらくはここで暮らせそうだ。そうすると逆側が寝室かな」

「そうね。私も詳しくは知らなかったけど、思ったより充実してるじゃない。まあ暇つぶしの道具は何もなさそうだけど」

どうやらシェルターの内部の詳細については、イリヤも知らされていなかったらしい。ある程度大きい組織になれば、自分の担当外のことは知らないということなのだろう。

クランは流し台に近寄ると、試しに水栓のレバーを上げてみた。

そこからはすぐに水が流れ出た。最初は赤錆のような色が出たが、じきに透明に変わった。触ってみるとかなり冷たい。研究員が地下水を利用している、と言っていたのを思い出す。千年経った今でも問題なく出てくるのはなんともありがたいことだった。水がなければ日常生活どころか、生存すら危うくなるだろう。

「逆側も見てくるよ」

クランが告げると、イリヤはシャワールームを覗き込んだまま、はあい、と応えた。どうやら内部の案内をするつもりはなく、それどころか本気でシャワーを浴びようということらしい。空腹よりも身体の冷えが気になるのだろう。その辺りは見た目のイメージ通りだな、とクランは少し苦笑した。

再び談話室へと戻る。マルコが例によってニヒルともとれる引《ひ》き攣《つ》ったような笑みを浮かべながら、一人半透明の椅子に座り、貧乏揺すりをしていた。

それに一瞥《いちべつ》をくれてから向かい側の壁の扉を引き開ける。そちらはまた廊下になっており、クランが足を踏み入れると、センサが反応したのかシーリングライトが灯った。

短い廊下の両側にドアが七枚付いている。ここが個室なのだろう。手近なドアに目をやると、そこにはAというアルファベットが目の高さに彫刻されていた。

ドアをそっと押し開ける。中は暗く、廊下の灯《あか》りが届く範囲だけが照らされている。壁際《かべぎわ》を探るとすぐにスイッチが見つかった。それを押すと、部屋の中に柔らかな灯りが点《つ》いた。

少し広めの、ビジネスホテルのような個室である。

ただ、ベッドにはビニールのような透明な素材でパックされた布団が積み上げられていた。流石に布類は劣化を防げないから、ということだろう。触ってみると知っているビニールと少し手触りが違う。劣化しにくいものなのだろうか。

ざっと見回して、あまり大したものがないことを悟ると、クランはそのまま踵《きびす》を返して倉庫へと向かった。流石に腹が減ったのを自覚したのもあったが、備蓄の量がどの程度のものなのか、自分でも確かめてみたいと思ったのだ。

再びマルコの脇《わき》を通過して倉庫へと向かうと、ちょうどカイ、クロエ、シーナの三人が手に手に何かを持って戻ってきたところだった。

「ああ、クランさん、とりあえず食べ物はありました。すごいですよ。半分が倉庫で、残りの半分は巨大な冷凍庫です。食べ物は何年も持ちそうなくらい大量にあるみたいです。中で色々探すのは流石に寒かったですけど」

少し迷ったが倉庫の様子を見るのは後回しにすることにして、三人と共に談話室へと戻る。

マルコの前のラウンドテーブルに持ってきたものを順に並べながら、カイとシーナは椅子に腰掛けた。

「クランさん、イリヤさんは？」

「ああ、多分シャワーだ。身体が冷えたと言っていたから」

クランがクロエの問いに答えると、シーナが横から口を挟んだ。

「へえ、ちゃんとシャワーもあるんだ。あたしも冷凍庫ですっかり冷えちゃった。後で使わせて貰おう」

「そうするといい。だがそれより、今は飯にしよう」

クランはカイが並べた食べ物らしきパックをひとつ手に取った。どうやらレトルトの保存食らしい。

「いくらレトルトでも千年も保《も》つものなのか」

「少し不安ですよね。ただ、僕も聞いた話ですが、テグミネの開発と並行して極端に経年劣化の少ない新素材の開発も進んでいたらしいです。この施設にはどうやらそれがあちこちに使われているみたいで。この食品も多分その技術でパックしてあるんじゃないですかね」

「ふうん……まあ食べれるなら何でもいいですけど」

シーナの隣の席に陣取ったクロエが、自分も手を伸ばしてひとつパックを手にすると、それを開封し始めた。力を込めて切り口から袋を開ける。真空が破れたような微かな音がして、すぐに無臭だった空気に色が付いたように、濃厚なスパイスの匂《にお》いが辺りに漂った。

「うわ、美味《おい》しそう。カレー？」

シーナが横から覗き込む。クロエは、そうみたいです、と応えて少し躊躇っていたが、意を決したように中に入っていた分厚いビスケット状のものを口に入れた。

「ううん……うん、結構美味しいです。ちょっと口の中が乾くのが難点ですけど。ちゃんと食べられそうですよ」

クロエの中性的な顔が綻《ほころ》んだ。口いっぱいに頬張《ほおば》っている姿が、その顔立ちも相まって齧歯類《げっしるい》を想起させる。他の者もその様子を見て、それぞれに適当なパッケージを選んで開封し始めた。

クランも手にしたパックを裏返し、書かれている文字を読む。どうやらピザ味らしい。中身のビスケットの見た目はクロエのものとさして変わらないが、味付けを変えてあるようだ。

千年という膨大な時に耐えきってみせたその新素材のプラスチック包装を開け、中身を口へ放り込む。少々硬かったが、それでも咀嚼《そしゃく》する度に口の中にピザの味が染《し》み出《だ》してくる。その強烈な旨《うま》みに、唾液《だえき》腺《せん》が悲鳴を上げるように反応し、クランは思わず顎《あご》の付け根に手を当てた。

「あら、もうご飯なの。私の分もあるわよね」

キッチンスペースの方から声が聞こえ、振り向くと髪が濡《ぬ》れたままのイリヤが立っていた。

「イリヤ、タオルは？　あったの？」

シーナが保存食を飲み込んで尋ねる。

「ううん、でも温風の乾燥機があったの。ほら、トイレとかについてたジェットタオルの大きいバージョンみたいなやつ。お陰でとりあえず乾かせたわ。髪まで完璧《かんぺき》に乾かすのは無理だったけど」

イリヤは緩《ゆる》やかなウェーブのかかった豊かな黒髪を軽く手で梳《す》きながら、マルコとクロエの間に腰掛けた。

それからしばらく、六人は少々質素な食事を黙々と摂取した。考えてみれば、全員がスリープに入る前に、消化管の中のものを全て出し切るために断食している。スリープの最中は生命活動が全て極限まで抑えられていたが、活動を始めた今となっては腹が減って当たり前だった。

やがて人心地ついた頃、シーナが、それで、と声を上げた。

「どうしようか。シモンのこともあるし、誰かに助けを求めるのがいいと思うけど」

「でも少なくとも研究所とは繋がらないですし、そうなると外に出るしかないですね」

カイが応じると、イリヤが眉《まゆ》を顰《ひそ》めて難色を示した。

「外の状況もわからないのに？　少なくとも研究所とのコンタクトがとれない状況で、下手に動くのは危険だと思うわ。それよりあのコンピュータから、私たちがスリープしていた間に起きたことの情報を確認すべきじゃない？」

「そうだな。俺もそう思う。必要な資源が揃っている以上慌てて出る必要はないんだから、まずは情報収集だろう。クロエとマルコは？　どう思う」

「私は……できるなら早く出たいです。それだけ。でもイリヤさんやクランさんの言うこともわかるので……お任せします」

クロエが伏し目がちに述べる。一方のマルコは、また例の引き攣ったような笑みで、俺もどっちでもいい、と投げやりに言い放った。

「わかった。それじゃどうだろう、ともかく今日は休んで、明日からはコンピュータで情報収集ということにしたら。それで問題がなさそうならすぐにでも外に出てみればいい」

クランの言葉に、皆が曖昧《あいまい》に頷いた。特段反対の者はいない。それはそうだろう。外の状況がわからない、というのは思った以上に不安がある。勿論《もちろん》何も問題がない、という可能性は高い。何かあったなら、そもそもこのシェルターそのものが無事ではない筈だ。

それでも、千年という途方もない時間が六人の前に立ちはだかり、まるで濃い霧のように周囲の情報から彼らを遮断していた。

「シモンさんの遺体はどうしましょうか」

クロエがおずおずと手を挙げた。特段発言の時に手を挙げようなどという取り決めもなかったのだが、育ちの良さが出たのかもしれない。そうだね、とシーナが応じた。

「とりあえずしばらくはテグミネの中に寝かせとく方がいいとは思う。完全にミイラ化していたからこれ以上腐敗することはないだろうし、個室に入れるのもちょっとね」

「そうですね。個室は何かあったらもうひとつ使うことがあるかもしれません。空けておくに越したことはないんじゃないでしょうか」

カイが賛同する。クランも同意の意味でひとつ頷いた。少なくともテグミネの蓋をしてしまえば、それ以上見たくないものが目に入ることはない。

談話室の壁にある時計を見ると、午後の一〇時を過ぎたところだった。動いてはいるが、千年間もの時が経てば狂っていてもおかしくない。それとも電波時計ならば、あるいは正確だということもあるだろうか。

「この時計、合ってるのかしら」

イリヤが誰にともなく呟く。誰も答えを持たないその問いは、談話室に降りた束《つか》の間《ま》の静寂にこだまして宙に消えていった。

2　記憶の断片

個室の中でクランは一人、宙を睨《にら》んだまま寝転がっていた。

まだ身体が幾分怠《だる》い。それはそうだろう。千年の間眠っていたのだ。体調が万全である方がおかしい。それでもその肉体は、スリープに入る前の状態とそれほど変わっていないように思えた。先ほどシャワーを浴びた時に全身をチェックしたが、若干細くなっただけでそれ以外の異状はなさそうである。だとすれば超長期のコールドスリープ実験としては成功だったといえるだろう。

苦労して開封し、ベッドの枠の上に敷いたマットレスは、標準的な体型のクランの体重をしっかりと支え、僅《わず》かな反発を背中に伝えてきていた。思った以上に寝心地が良《い》い。この状態を千年間も保たせていたのだから相当に大した技術なのだろう。このシェルターの中にある物は、どれもこれも当時の技術の粋を集めたものだ。そうでなければ、とうの昔にあらゆる物が朽ちて原形を留《とど》めなくなっていた筈だ。

クランは曲面を描いた金属製の天井を眺《なが》めながら、スリープに入る前の数日間のことを思い出していた。

＊

「それでは皆さんには、これから交流を深めるため、三日間一緒に過ごしていただきます。これは何より、千年後に皆さんが目覚めた時、世界がどのような状況であれ、皆さんはおそらく過去から来た人間としての扱いを受けることになるからです。そのような状況では、一人孤独であるより、仲間がいることが何より心強い筈ですから」

研究所の会議室で、バラバラに席についている被験者たちに向かい、研究員の一人が説明した。

超長期のコールドスリープに応募し、見事高倍率の抽選を潜《くぐ》り抜《ぬ》けた被験者たちは、その言葉に誰からともなく互いに顔を見合わせた。

その日、身の回りの整理を全て付けてから研究所へと集まった彼らは、スリープに入る前の説明を受けていた。目の前には研究員が二人、施設の説明が映し出されたスクリーンの脇で話をしていた。一人は望んでか望まざるものか、綺麗《きれい》に剃《そ》り上げた頭の男。もう一人はやや太めの体型で長い髪を後ろでひとつに纏めた女だった。

男の方が説明を続ける。

「過ごしていただくのは、シェルターの一部を模《も》して造られた閉鎖居住環境施設です。ここでお互いのことをよく知っていただき、それから三日後にいよいよ本番のコールドスリープへと入るわけです。施設はシェルターを模しているとは言いましたが、シェルターにはない特徴として娯楽設備を色々備えていますので、退屈されることはないかと思います。中には勿論通信機器の類《たぐ》いは持ち込めませんが……まあこれはおそらく、皆さん既に処分されているでしょうね」

男が自分の言葉に僅かに笑い声を漏らす。隣に控《ひか》えている長髪の女もにやりとしたが、被験者七人の中で笑い声を上げる者は誰もいなかった。

緊張していたのだろう。何しろ三日後には現世の全てに別れを告げるのだ。そして実験が成功であれ失敗であれ、二度とここには戻ってこない。行き着く先は未来か、それともあの世か。その二者択一だ。

少なくともクランは緊張感からか、先ほどから喉が渇いて仕方なかった。

だが特に後悔はない。むしろ自殺という手段以外に、積極的にこの世界から去ることができる方法を与えて貰えたことに、感謝の念すら湧《わ》いている。

この世で唯一愛した人間を失った時、クランの人生はその全てを停止した。喜怒哀楽の感情は消え去り、見るもの全てが非現実のものにしか思えなくなった。

ただふわふわとした感覚だけが残り、夢、それも悪夢の中を泳ぐようにして生きている。いや、泳いでいるならまだマシだ。実際のところ、そんな現実に溺《おぼ》れていたのだろう。

だからクランは、この実験のことを知った時、全財産を投げ打って応募することにした。この色味を失った人生から逃げられるのなら、それほどありがたいことはないと思ったのだ。

死とは、ただ長い眠りに落ちるだけのことだ、と言ったのは誰だったか。誰か有名な哲学者だったかもしれないし、それとも誰もそんなことは言っていないのかもしれない。

だが、そうだ。ただ長い長い眠りにつくのだ。二度と目が覚めないかもしれないが、そんなことは些細《ささい》な問題だった。

ぼんやりと考え事をしているうちに、説明が終わったようだった。後半の説明は丸々聞き逃したことになるが、さして支障はあるまい。どうせ他の面々が聞いているだろうし、わからなければ職員に聞いてもいい。研究所の研究員だという女も被験者の中にいる。学校の試験と違い、快《こころよ》く教えてくれることだろう。

クランたち七人は、髪のない研究員に連れられて居住施設へと向かった。研究所の敷地《しきち》内に建てられたそれはまだ新しく、地面から直接生《は》えたイグルーのような半球が太陽の光で眩《まぶ》しく輝いている。研究所の敷地内を少し歩き、やがてその半球の入り口へとたどり着くと、男がドアを開け、被験者たちを中に誘《いざな》った。

「ここがいわばホールのような場所になります。本番環境のシェルターでは、ここに皆さんが入るコールドスリープ装置、通称テグミネが並べられます」

男がホールの中央を指さして言った。

「そしてそれを千年間管理し、またシェルター全体を維持するための様々な設備を統括してコントロールするメインコンピュータがここに組み込まれることとなります。まあ今入っているのは、単に娯楽のためのパソコンですが。メインコンピュータはＡＩによって千年間、休むことなく働き続けます。何しろ皆さんの安全と施設全体の適切な維持を司《つかさど》る部分ですからね。現在の科学の粋を集めた高性能で、かつ頑強なものです」

「本当に千年も動くんですか」

一人の女が質《ただ》した。顎《あご》のラインで切りそろえたショートボブ。切れ長の目の上に、目立つほど長い睫毛が載っている。化粧気がほとんどなく地味ではあるが、化粧をせずにこれなら充分美人の枠に入るだろう。やや控えめな胸元に目をやると、シーナ、という名札が付いていた。

「ええ、理論上は。といいますのも、おわかりのように実際に千年間動かすという試験はできませんのでね」

「つまり、止まる可能性もあるということですか。そうなったら私たちはどうなるんでしょう?」

今度はクランのすぐ左にいた背の高い男が口を開いた。

こちらは見開いているかのように大きい目と、かなり濃い眉毛が特徴的だった。まだクランとあまり変わらない年齢だろうが、後退したのかそれとも元々なのか、随分広い額を見せつけるように、髪の毛を全て後ろに流して整髪料で固めている。先ほどと同じように胸元を見ると、こちらはシモン、というらしい。

「止まってしまえば……そうですね。テグミネ自体はコンピュータとは独立していますから一応すぐに問題になることはないでしょうが、テグミネの周囲の環境が一定に保たれなくなることで故障する確率が上がるということになります。この際なので包み隠さずにお伝えしますが、もしテグミネそのものが故障すれば、おそらくはそのまま目覚めることはできないとお考えください」

研究員はあくまで淡々とした口調で説明した。それを聞いてもクランの中では特段不安感が増幅することはなかった。他の被験者もそうなのだろう。身じろぎする者はない。全員、散々考えて覚悟をしてきているのだ。

それから施設内の説明が粛々《しゅくしゅく》と進められた。個室や水回りの環境はこの居住施設も本番のシェルターもあまり変わらない。しかしシェルターでは、この施設にはない巨大な倉庫が併設されている、とのことだった。

「何しろ千年ですからね。環境がどのように変化しているか全く予測できません。シェルターでは、倉庫はそちらの廊下の突き当たりにあります。もし千年後、何かのトラブルで外に出られない場合は、ここの食料でなんとかしばらく生き延びていただく必要があります。食料は常温で超長期保存可能な保存食と、冷凍品とを用意しています。どちらも数千年は保つとされていますが、これもまあ実際に試すことはできませんからね」

「でも、もし途中でトラブルがあったら、研究所の職員が来てくれるのよね？　あるいはスリープから目覚めたら、迎えに来てくれるんでしょう？」

今度はイリヤという名札を付けた、豊かなウェーブの髪の女が質問した。こちらは随分派手な美人だ。一見すると芸能人だと言われても信じるだろう。あるいはモデルか。しかしこの女こそが、研究所から選ばれたという人物だった。

「それは、勿論。ただ、イリヤさんは言われずともおわかりだと思いますが、我々の研究所も、その時すぐに向かえる状況かはわかりませんからね。少なくとも目覚めた時に充分生き延びられるだけの環境は整えておく必要があります。繰り返しになりますが、千年後のことは誰にも想定できませんので。念には念を入れて、ということです」

イリヤは納得がいったのかいかないのか、曖昧な唸《うな》り声《ごえ》を発して黙り込んだ。おそらく男が言った通り、その辺の事情は承知しているのだろう。他のメンバーに聞かせるために敢《あ》えて質問したのかもしれなかった。

そうだ。俺たちがたどり着く先など、誰にもわからない。たとえＡＩが限りなく精密な予測を立てたところで、当たる確率は低いものだろう。クランは改めて、自分がとんでもない状況に置かれているのだということを認識し、短く刈《か》り揃《そろ》えた頭を掻《か》いた。

やがて男の説明が一通り終わると、七人は閉鎖環境に閉じ込められることとなった。最後に施設のドアを閉める直前、女の方の研究員が我々に告げた。

「そうそう、ここは違いますが、本番のシェルターでは出入り口は内側からしか開きません。ホテルなんかでよくあるオートロックのようなものだと思ってください。ですので、目覚めた後ちょっと外に出ようかな、とふらっと出ると、そのまま入れなくなることもあり得ますから、気を付けてくださいね」

「それはなぜ？」

クランが思わず声を上げると、女は肩を竦《すく》めた。

「そりゃ、千年の間テグミネを守る必要があるからですよ。我々が常に見張り続けるわけにもいきませんからね。誰か悪意のある者による侵入を防ぐには、こうする他ないんです」

なるほど、とクランは頭の中で一人納得した。途方もない長期間、安全性を担保するには、封印してしまうに限る。たとえ鍵《かぎ》をかけたとしても、外から入る手段が存在するということは、当然侵入されるリスクもあるということだ。だとすれば外から入る手段そのものを無くすのが最も安全性は高い。

そうして職員たちは「三日後に迎えにきます」という言葉を残して出ていき、扉は一応のロックが施され、被験者七人は施設の中に取り残された。

「それじゃあまあ、自己紹介といきましょうか。名前と、前職と、あとは志望動機、くらいかしら。誰からでもいいわね？　じゃあ適当に、そこの背の高い男の人から」

イリヤが豊かな髪を掻き上げ、隣に座っているシモンを顎で示して宣言した。やはり唯一勝手がわかっているということだろう。他の者は誰も、特段の異議を唱えない。

談話室のラウンドテーブルを囲んで全員が座っていた。それぞれの前には、先ほどシーナが早速給湯設備を使って淹《い》れてくれた紅茶が置かれている。

指名されたシモンは立ち上がり、少し背中を丸めるようにして続けた。

「私からですか。まあ……各々で言いたいことだけ言えばいいですね。私はシモン。年齢は三〇前後とだけ。ある会社の研究開発職でした——当然もう辞めましたが。そうだな、あとは……私は昔からＳＦが大好きで、死ぬ前に一度で良いから未来をこの目で見たい、というのが長年の夢だったんです。それで今回の試験に応募しました。現在に未練がないと言えば嘘になるが、それでもどうしても未来に行きたいという欲望が勝ったという感じです。よろしく」

よろしく、とまばらに声が上がる。シモンはその長軀《ちょうく》を無理矢理に折りたたむようにして一礼すると、席に着いた。そして左隣に座るイリヤに、目で合図を送る。

特段の取り決めもなく、時計回りに自己紹介するということになったようだった。

「私は……名札に書いた通り、イリヤ。歳はまあ三〇にはなってないわ。記者会見を見てた人は知ってると思うけど、このコールドスリープを実施している研究所の研究者だった。テグミネの開発チームで、プログラミングを担当していたの」

イリヤは少し言葉を切って紅茶をひと口飲んでから続けた。

「コールドスリープの安全性をアピールするために、研究所から誰か一人が参加しろ、っていうことになってね。私は真っ先に手を挙げたわ。それで抽選をすっ飛ばして参加することになったの」

イリヤが腰を下ろす。それを見てシーナが問いかけた。

「どうして志望したの？　この世に未練がなかったの？」

「今の世の中なんて正直どうでもいいのよ」

イリヤが笑った。笑みを浮かべると益々《ますます》その美貌が際立つ。

「私の望みはね、この世界的なプロジェクトを成功させて、その当事者として千年後の世界に名を残すこと。考えてもみなさいよ。歴史に名が残るのよ」

なるほど、とクランは納得した。もしかするとイリヤは己の美貌すらも大して気にかけていないのかもしれない。とにかく名誉欲を重視する、クランがこれまでに出会ったことの無いタイプの女だった。

次に立ち上がったのは、かなり小柄《こがら》な女だった。小動物を思わせるような顔つきで、一瞬男のようにも見える程度には中性的だ。実際、長めの髪の毛といかにも女性らしいスカートがなければ、クランも男だと思い込んでいたかもしれない。

女は、クロエ、と名乗った。

「クロエです。私は人類の役に立ちたいと思って応募しました。他には特段取り柄もないですが……よろしくお願いします」

「職業は？　何をしていたの？」

ごく短い自己紹介に、イリヤが口を出した。その見た目のせいか、あるいはクロエが小柄であるせいか、まるで教師と生徒のように自然と上下関係ができあがってしまっているように見える。

クロエは少し躊躇い、それから「ボランティア団体に所属していました」と細い声で言った。

「ボランティア？　それで食べていけたの？」

「ええと……父の遺産がありましたので」

「へえ、遺産。じゃあそれなりにお金持ちの家だったってわけね。羨《うらや》ましいわ」

茶化《ちゃか》すように尚も言葉を重ねるイリヤは、少し場の顰蹙《ひんしゅく》を買っているようにも見える。何人かの顔には苦笑いが浮かんでいた。

ただ確かに、クロエの着ている服は、なかなかに上質なものなのだろうというのがクランにも見て取れた。

「ええと、次だな」

クランはクロエが座る前に立ち上がった。

別段クロエに助け船を出そうと思ったわけではない。ただこの少々ぎくしゃくした空気が面倒だっただけだ。

「俺はクランと呼んでくれ。一週間前までは高校で教師をやっていた。が、まあそれはどうでもいいだろう。歳はちょうど三〇だ」

それだけ述べて再び座ろうとすると、シーナがクランの手の辺りを指すジェスチュアをした。

「指輪してるけど、結婚しているの？」

「ああ、これか。これは……そうだな、結婚していた。だが妻とは死別したんだ」

「そう、それは……ごめんなさい」

「いや、いい。別に謝ることじゃない」

クランは内心うんざりしながら首を振って腰掛けた。

シーナの反応は、アヤを失ってからの三年間、常に周囲から向けられてきたものだ。二〇代で妻と死別するというのは珍しいだろうし、何より憐憫《れんびん》の情が湧くものらしい。それでもクランが指輪を外さないのは、未《いま》だにアヤの幻影を求め続けているからだとわかっていた。自分でも理解できないが、若くして結婚したせいで安物しか用意できなかったこんな指輪が、まるでアヤの分身のように感じられるのだ。

席について黙り込んだクランを、ちょっとの間シーナが観察していた。が、やがてシーナはほっとひとつ息を吐《は》くと、立ち上がって口を開いた。

「シーナです。生物学の研究者です。えっと、今までも、それにこれからも。あたしは生物の進化の研究をしていて、どうしても自分の目で進化論を確かめたかった。それには自分が未来に行くしかないと思って、ね。それで応募したんだけど、まさか抽選に当たるとは思わなかった」

シーナは少しはにかんで見せた。黙っていると目立たないが、笑った顔は魅力的である。クランは内心動揺した。そしてすぐにその理由に思い当たる。

そうだ、この女は笑顔がアヤに少し似ているんだ。

途端に心臓が締め付けられるような感覚を覚えた。まだ俺の中からはアヤの幻影が去らないらしい。彼女と共通する要素を世界のどこかに探しては、それがアヤでないことに落胆している。

クランが一人煩悶《はんもん》している間に、シーナの自己紹介は済んだようだった。今度は左隣の丸顔の男が立ち上がっていた。

「カイです。よろしくお願いします」

男はそう名乗ると、先ほどのシモンよろしく、顔と同じように丸っこい身体を深々と折って一礼した。屈託のない笑顔の男だった。クランと同様に短く刈った髪と、顔と同じように丸い鼻が、どこか少年のような雰囲気を纏わせている。決して二枚目とは言えないが、一方で男女問わず友人が多そうに見える。

「僕も実は皆さんが入る予定のテグミネの、機械本体の開発に携わっていました。あ、でもイリヤさんと違って研究所の職員じゃなくて、下請けの小さい企業です。だから皆さんと同じように一般の募集に応募したんです。やっぱり自分で作り出した子どものような存在ですからね、テグミネは。最後まで責任を持たないと、と思いまして」

「じゃあ少なくとも、スリープがうまくいかなかったら、私もあなたも自分の身をもって責任をとれるわけね」

「はは、手厳しいですね、イリヤさん。でもまあそういうことになりますね。とは言っても僕だってまだ死ぬつもりはないですから。テグミネの動作は保証しますよ」

カイはイリヤの辛辣《しんらつ》な冗談を、さも可笑《おか》しそうに笑って流した。どうやら世渡りも上手いようだ。こういうタイプの人間は、少なくとも閉鎖された場所で共に過ごすには歓迎されるだろう。

それに比べて、俺のような人間はあまりありがたがられないだろうな、とクランは内心で自嘲した。

カイはそれからしばらくテグミネの機構に関することや、開発の苦労話なんかをあれこれと語った。テグミネは人間を仮死状態にするための薬品を被験者に循環させ続けることと、被験者を冷凍しておくことで肉体の劣化を防ぐというものであるらしい。機械的な部分の開発を担当していたカイたちにとっては、最大の問題は半永久的に動き続ける、という堅牢性《けんろうせい》だった。

「エネルギー供給は勿論外部からになりますから、その安定性にも依存するんですけどね。ただ、ともかくエネルギーが供給されている限り動き続けて、かつ必要な冷媒や薬品、ガスなんかが劣化しないように常にクリーンに保たなければならない。新素材の開発ラッシュで機械類の寿命は飛躍的に伸びつつありますが、それでも千年保つ機器というのは本当に難しかったです。一番の問題は……」

「わかったわかった。カイ、ありがとう。あなたたちのお陰でテグミネはちゃんと完成したわ。続きは後で。それじゃ最後はそっちのお兄さん？」

カイの長広舌を途中で遮ったイリヤに促《うなが》された男は、しかし全く立ち上がろうとはしなかった。

「……マルコ」

若い男は、聞こえるか聞こえないかという小さな声で呟くと、また口を閉じた。

目にかかる長さの前髪が邪魔になって表情が見えづらいが、その薄い唇《くちびる》が引き攣ったような笑いを浮かべているのはわかる。よく見れば鼻筋のすっきりと通った小顔で、かなり端整な顔立ちである。しかしいかんせん陰気な雰囲気がそれを全て台無しにしていた。痩《や》せ気味で顔のあちこちにピアスを付けているのがホストか何かのようだなと、クランは想像した。

「それだけなの？　もう少し何か喋《しゃべ》りなさいよ」

イリヤが多少の苛立ちが籠《こ》もったトーンで言うと、マルコは肩を竦め、へ、と笑いともため息ともつかない声を漏らした。

「人付き合いが苦手なんだよ」

「せめて前職は何をしてたとかさ」

「学生」

「大学生？　じゃあ何の勉強をしてたとか」

「……言いたくない」

億劫《おっくう》そうに返事をするマルコは、イリヤとの一問一答に辟易《へきえき》しているのが誰の目にも明らかだった。自分で言う通り、人付き合いが苦手なのは間違いなさそうだ。

イリヤがお手上げ、とでも言いたそうにクランの方を見た。そこでクランが代わりに口を開いた。

「マルコ、金はどうしたんだ。この実験の参加者は相応の金を払っている。中にはクロエのように実家が金持ちだったりすることもあるだろうが、大抵は自分で稼いだ金だろう。学生でよく用意ができたな」

「……それは、親が」

「親が出してくれたのか？　それなのに親と別れて未来へ行くのか。それで大丈夫なのか？」

思わず素直な驚きを口にして、クランは少し言いすぎたか、と黙った。

しかし他の被験者も考えていることは同じだっただろう。ここに集まった被験者は、皆決して安くない金を積んで応募している。資産家のクロエ以外も、シモンやイリヤ、カイ、シーナといった研究職や大企業勤めの者たちは充分な稼ぎがあったのだろうし、クランにはアヤの死亡保険金があった。だがマルコは親に出して貰ったという。それだけの金を息子に用意してやれる親が、果たしてその息子と永遠に別れることをよしとするだろうか？

「確かに応募要項では二〇代から四〇代の健康な男女、としか書かれていないから、学生でもダメではないだろうが、しかし……」

「そのくらいにしておきなよ。マルコ君も困ってるし。良いでしょ、他の人の都合なんてさ」

尚も問い詰めようとするクランに、シーナが割って入った。見ればクランの方を少し睨むように見ている。まるでアヤに睨まれているようで少々バツが悪かった。

だが、そうだ。マルコのことは気になるが、これから仲良くやっていかねばならないのだ。確かに余計な詮索《せんさく》はあまり意味がないな、とクランは少し反省した。

そうして全員の自己紹介が終わると、七人は一通り施設の中を見て回ることにした。研究員が言っていたように、シェルターの中をできるだけ模しているのだろうが、使われている素材に関しては一般的な住宅とさして変わらない。あくまでシェルターの環境に慣れるための一時的な場所なのだから当然だが、少なくともあまりコールドスリープに向けて気分が高まる、というものではなかった。

シェルターにはないと言っていた娯楽の類いも、ここにはテーブルゲームからテレビゲーム、トレッドミルやエアロバイクなどの簡単なスポーツ器具、更には小説や漫画まで、一通りのものが揃っている。夕飯までは特にすることもない、ということで早速チェスに興じ始めたシーナとカイの隣に座り、カイの白の駒《こま》が圧倒するのを眺めながら、クランは何をするでもなく二人と世間話をしていた。

「クランはどうして応募したの、って聞いても大丈夫？」

「あまり気分のいい話じゃない。あ、いや、俺の気分というより、聞いてて気分のいいものじゃないぞ、って意味だが」

「いいよ、せっかくだし。聞かせて——あ、やば。ねえカイ、ちょっと待った」

「待ったはなしですよ。僕も聞きたいな、クランさん」

「そうだな……要するに、人生に疲れたんだよ」

カイのクイーンが、キャスリングしたばかりのシーナのキングにチェックをかけるのを見ながら、クランが呟いた。

「さっき言った通り、俺は妻を事故で失ったんだ。それからの人生は実に無味乾燥だった。それで、この世界から去りたいと思ったんだ」

「自殺も考えた？」

「ああ、そりゃまあ。でもそんな勇気は出なかったよ。死ぬのが怖いというより、死ぬほどの痛みや苦しみが怖かった。だから応募したんだ。少なくとも当選すれば今の世界からは抜け出せる。それにテグミネが故障でもしたら、そのまま苦しまずにさよならだろうから」

「残念ながらそうはなりませんよ。僕の可愛《かわい》いテグミネはクランさんが思っているより遥《はる》かに優秀ですから」

カイが人なつこい笑みを浮かべながらポーンをひとつ前に出す。ビショップの筋を空けてチェックをかけるのと同時に、ナイトを狙う一手だ。シーナがうわあ、と呟きながら頭を抱《かか》えた。

「カイ、強いね。あっという間に三連敗だ。あたしも結構自信あったんだけどな」

「もう一回、やりますか？」

「いや、別のゲームしよう。クランも一緒にどう？　三人でできるテーブルゲームもありそうだよ」

「俺はいい。眺めている方が楽しいから」

我ながら冷たい返答だ、とクランは思ったが、シーナはさして気にする風でもなく、他のゲームを取りに談話室の一角にある造り付けの棚へと向かった。

ふと見れば、イリヤとシモンは何杯目かもわからないコーヒーを飲みながら、テレビから流れるニュースを肴《さかな》に何か議論を交《か》わしていた。正反対の性格に見えたが、案外波長が合うのかもしれない。一方でクロエは一人静かに隅《すみ》の椅子で読書をしている。クランのいる場所からはタイトルまでは見えないが、装丁の雰囲気からするとファンタジー小説か何かだろうか。

「マルコは？」

クランが尋ねると、カイはその丸い顎で右手の方を示した。そちらには談話室からそれぞれの個室へと繋がるドアがある。つまりは個室に籠もっている、ということだろう。

「どう思う？　何かあるような気がするが」

「マルコ君が、ですか？　僕にはただのおとなしい若者に見えますけどね。どうも年齢的にも一番年下みたいですし、ちょっと交ざりづらかったんじゃないですか。何が気になるんですか？」

「なんて言うかな。俺と似たような空気を感じるんだ。厭世的《えんせいてき》というのか、社会に絶望してるような。あ、自分で言うのもちょっと変だが」

「多分、クランと同じような理由なんだろうね。今の社会が嫌になっちゃって、逃げ出したい、みたいな。ああ、別に責めてるわけじゃないよ。それもまた人生」

戻ってきたシーナは手に小さな箱を持っていた。どうやらカードゲームらしく、何語《なにご》かもわからないタイトルが印刷されている。

「さて、じゃあ今度はこれにしよう。ここはゲームが充実していて最高だね。あ、クランも入ってよ。これ二人だと面白くないんだから」

3　歴史と顔のない死体

気が付くと、眠りに落ちていたらしかった。

ついいつもの癖《くせ》で枕元《まくらもと》にある筈の時計を探す。伸ばした手が何も摑《つか》めないでいるうちに、ようやく意識がはっきりしてきて、ここには何もないのだという事実に思い当たり、クランは重たい身体をゆっくりと引き起こした。

思ったよりよく眠れた。身体がまだ完全には復調していないからだろうか。それとも千年間被験者と同じように眠りについていたこの寝具類が、それだけ快適だったからかもしれない。

壁に埋め込まれた時計に目をやると、午前九時を過ぎたところだった。結局それが合っているのかどうかはわからないままだったが、外部の環境を確認できない以上はどうでもいいことだろう。時刻が合ってなかろうとも、時間の進み具合さえ合っていれば、生活には支障はない。

一晩ゆっくり寝たからか、身体はだいぶ本来の状態に近づいているようだった。手足が震えることもないし、拳《こぶし》を握ってみればおおよそ記憶にある程度には力が込められる。クランは軽くストレッチをして全身の筋肉をほぐし、それから立ち上がった。

個室の鍵を開け、談話室へと向かう。そこでは既にイリヤとクロエが起きてきており、退屈そうに途切れ途切れの会話を交わしていた。

「おはようございます」

「おはよう。眠れたか」

クランが社交辞令で尋ねると、クロエはううん、と曖昧な返事を寄越した。

「私はあんまり眠れませんでした。なんか怖くて」

「シモンのことか」

「それもあるんですけど。外がどうなってるのかわからないから」

「イリヤは？」

「私？　さっき起きてきたとこよ。思った以上に快適ね、ここは。あとは娯楽用品でもあれば文句ないんだけど。それから化粧品と」

そう言いながらイリヤは大きな欠伸《あくび》をした。言葉とは裏腹に、その目の下にはクマができているのが見てとれた。やはり眠れなかったのかもしれない。とはいえ、化粧をしていなくても充分に人目を引く顔ではある。流石に化粧品までは千年も保つものが用意できなかったのだろう。あるいは倉庫の中を探せばそういったものが出てくるかもしれないが。

シーナとカイ、それにマルコはまだ起きてこない。いや、マルコ辺りはもしかすると起きていても出てこないだけかもしれないが、ともかくわざわざ起こしに行く理由もなかった。

「倉庫の方を見に行かないか。俺は昨日見ていないから」

「ああ、私も見ておきたい。倉庫の中は全然見たことないのよね。クロエ、案内してくれない？」

「案内、といっても昨日は本当に一部しか見てませんから……特に案内できることもないですけど」

クロエが苦笑しながら立ち上がった。

クランとイリヤもそれに続いて談話室を抜け、倉庫へと向かう。談話室の奥の扉を抜けると、その先には短い廊下があり、その突き当たりが倉庫になっているようだった。

クロエを先頭に三人で倉庫へと入る。扉はかなり分厚く、気密性の高そうな造りになっていた。おそらく物資の劣化を可能な限り避けるための措置なのだろう。まるで金庫のようなその扉は、背後で予想外に静かに閉まり、ひんやりとした空気が三人を包んだ。

間接照明のような必要最低限の灯りだけが、高い天井から落ちている。ドーム型になったその天井までは、談話室やホールとは比較にならないほどの高さがあった。目の前には何列もの棚が並び、ところ狭しと物資が詰め込まれている。棚にはご丁寧にも、そこに収められている物資の種類が記されていた。

「まるで物流倉庫だな。ここが保存食料、あっちが日用品、それに衣料品か」

クランが驚きの声を上げると、イリヤも「ほんとだ」と同意した。

「やっぱり食料品が多いのね。ほとんどの棚が食料だわ。中身は大体昨日食べた保存食？」

「わかりませんけど、昨日適当に開けてみた箱はどれも似たようなものでした。あとは冷凍庫がこっちにあります」

クロエは倉庫の壁伝いに右手へと進む。左に棚の列を見ながらそちらへ移動すると、若干開けたスペースに出た。どうやらそこが冷凍庫の入り口らしい。その扉は先ほどと同様、なんとも厳《いか》めしく分厚そうなものだった。

　こちらの扉は少々重たいようで、クロエが開けるのに苦労しているのでクランが交代を申し出た。扉が開くと、途端に冷たい空気が流れ出て三人の身体を包む。瞬間、クランの脳裏にコールドスリープから目覚めた時の記憶がフラッシュバックした。そうだ、俺たちも昨日までは同じように冷凍されていたのだ。

　冷凍庫に足を踏み入れると、身体が一気に冷えていく。ふと、クランは閉じ込められるんじゃないかという不安を覚え、後ろを振り向いた。しかし幸いなことに、扉の内側にもきちんと大がかりなハンドルが設置されていた。

　庫内も先ほどの常温の倉庫と同様、多数の棚が何列にもわたって並んでおり、それだけ充分な食料が保管されていることを誇示しているようだった。クランたちが着ているのは、昨日倉庫から持ち出してきた半袖《はんそで》のシャツにジャージのような素材のズボンである。あまり長いことこの中にいれば、凍死してしまいかねない。

　適当に見て回り、目に付いた箱をひとつ持っていくことにする。中身の確認までこの場でやるのは流石に寒すぎる。クランが箱を持ち上げると、イリヤが早く出よう、と他の二人を急《せ》かすようにドアへと向かった。

　引き返しながら尚も辺りを見回す中で、ふと違和感を覚えたクランは、箱をその場に置くと、ある列の奥へと小走りに向かった。

「クランさん、どうしたんですか？」

「クラン、何してるの？　氷漬けになっちゃうわ。早く出ましょう」

　二人の女の声が同時に冷凍庫内に響く。

「先に行ってくれ。ちょっと確かめたいことがある」

そう言い残し、クランは視界に映った違和感の正体へと近づいていった。

「——ない。なんだこれは」

目の前にある棚は、一列の半分以上がまるごと空きスペースになっていた。何の箱も収められていない。いや、それだけではなかった。複数の列にわたって、それぞれの列の奥側が空いている。

どういうことだ。

クランは寒さも忘れて立ち尽くした。なぜ何も収まっていない？　だが数秒考えた後、結局諦めて来た道を引き返し始めた。何を心配しているのだ。どう考えても物資の用意が足りなかったのか、それとも余裕をもって大きめに造っておいたというだけだろう。特におかしなことじゃない。

口から漏れるため息が、濃い白に染まって庫内の冷たい空気に拡散していった。

なんでこんなことが気になったのだろう。先ほどの常温倉庫には空きがほとんどなかったからだろうか。それもあるかもしれない。

「何があったの？」

置きっぱなしにしていた箱を抱え上げ、ドアへとたどり着いたクランにイリヤが尋ねた。

「いや、何でもなかった。考えすぎだ」

それだけ言うと冷凍庫から常温倉庫へと歩み出る。後ろで女二人の手によってドアが閉められると、ようやく切り裂くような寒さが遮断され、少しずつ肌の感覚が戻っていくのがわかった。

クランが心配しているのは、シモンのことだった。

頭ではあり得ないとわかっていても、どうしても想像してしまう。

――もしも、シモンを殺したのが、外部からの侵入者だったとしたら。

――もしも、その侵入者が、この冷凍庫にあった物資を持ち出したんだとしたら。

しかし、結局クランはその想像を己の中にしまい込むことに決めた。どう考えてもバカげている。そもそもこのシェルター自体、侵入による妨害を防ぐために、堅牢な造りになっている筈だ。それを破って侵入してくるという可能性は考えにくい。やはりシェルターの設計上、収めるべき資材よりだいぶ多めに見積もってスペースを取ったというだけのことだ。

「さあ、戻って箱の中身を確かめよう」

努めて明るく言うと、クランは先頭に立ち談話室へと歩き始めた。


「ああ、こっちの方が僕は好きですね」

カイが冷凍品だった料理を口に入れ、満足そうに頷いた。他のメンバーも、同意するように朝食を勢いよく口に運んでいる。

冷凍の食品は、どれもレトルト食品のようなものだった。例の特殊なプラスチックらしきパッケージに入れられ、更にかなりの低温で冷凍されたそれは、湯煎《ゆせん》で温め直すとなかなかに悪くない食事になっていた。朝食はそのシチューに、昨日と同じビスケットである。汁物が加わっただけで、昨日のビスケットすらだいぶ上等に感じられた。

「しかし、六人でこの量だとすると、本当に何年も過ごせるだけのストックはあるな」

クランは感心しながらシチューを口に運んだ。シーナが、確かに、と口をビスケットでいっぱいにしながら応じた。

「持ってきた一箱だけで一〇日分くらいは入ってるよね。これが何百箱もあるんだから、よっぽどだよ。なんでこんなに用意したのかな」

「それはやっぱり、何があるかわからないから、ってことね」

イリヤが同じようにビスケットに囓《かじ》り付きながら応える。

「これから調べてみるわけだけど、極端な話、この辺り一帯が放射能で汚染されてるとか、そういう可能性もあるわけ。それともなんか社会の仕組みが大きく変わってて、かなり長期間研究所の迎えが来れないとか。あるいは何かの拍子に土砂でここが埋まってるとか。だから念には念を、でこれだけ用意したって聞いてるわ。何より、せっかくスリープが成功したのに、起きた後のトラブルのせいで餓死したなんてことになったら悔《く》やみきれないから」

やがて食事が終わると、ゴミを纏めて壁際のダストシュートに全て放り込む。電力を利用したシステムで、自動で焼却処理されるようにできているらしい。片付けが済むと、全員でホールに向かおうということになった。とにかく外の様子を知らなければならない。そのためには、眠っている間に外でどんなことが起きたのか、それを知る必要がある。

ビルトインのコンピュータの前に、各々が適当に腰を下ろす。談話室から椅子を持ってきた者、そのまま床に座る者など様々だ。クランは自分が入っていたテグミネの蓋の上に腰掛けた。

「……で、私でいいの？」

「いいのも何も、イリヤしかいないでしょ」

「じゃあまあやるけど……もしトラブルが起きても私のせいにしないでよ」

イリヤはため息をひとつついて長い髪を後ろでひとつに縛り、モニターの前の椅子に陣取った。見れば髪ゴムなど流石になかったらしく、髪を縛るのに使っているのは昨日色々な物資を開封した時に出た、新素材プラスチックの切れ端《きはし》を細長く裂いたもののようだった。クランはその様子を見て少し感心し、同時に少し面倒にもなった。

そうだ、日用品の類いはストックされていたとはいえ、全てがあるわけではない。おそらく千年の保管に耐えられるような商品が開発されていなかったものについては、ストックされていないだろう。そう考えると、ずっとここで生活するというのは、小さな不便の積み重ねということになる。やはり早く外に出るべきだ。改めてそう考えながら、クランはイリヤの操作するポインタがモニターの上をぴょこぴょこと飛び回るのを眺めていた。

「確かこれね。千年間の主要な出来事が纏められてる筈」

数分かかって、イリヤはひとつのファイルをポインタで示しながら、他の五人の方を振り返った。

「このシェルターはＡＩ制御によって管理されてるというのは知ってると思うけど、このＡＩが、私たちがコールドスリープしてから起きた出来事を、一ヵ月単位くらいずつ纏めて記録してくれてるの」

「それじゃそれを読めば、外の世界の様子も推測できるってことでしょうか」

珍しくクロエが興味を惹《ひ》かれた様子で声を上げた。普段はおどおどとしているが、流石に気になるらしい。

「一体どういう仕組みだ？」

「要はインターネット上から毎日あちこちのニュースを取り込んで、重要度に応じて取捨選択したものをテキストとして纏めておいてくれてるのね。画像や動画は容量の問題で付いてないけど。状況を知るにはこれで充分な筈よ」

「どうしましょうか。順番に見ていきますか。それとも一番最近の方から？」

カイが投げかけると、シーナがいち早く反応した。

「どうせ時間はあるんだし、古い方から見ていかない？　歴史をたどってく方がわくわくする」

「まあ、直近だけ見ても結局何のことかわからない可能性もありますからね。それじゃ一番古いファイルから確認していきましょうよ」

「わかった。でもこれ、あと文書ファイルを確認するだけなんだから、私じゃなくてもいいでしょ。誰か代わってよ」

「じゃあとりあえず僕が代わります。疲れたらまた誰か代わってください」

イリヤが譲った椅子にカイが腰掛ける。それから慣れた手つきでポインタを操作し、最初のファイルを開いた。

「最初は僕たちがコールドスリープに入った直後の二〇三八年の五月からですね。ええと、五月、イタリア北部で大地震、死者三〇〇名以上。米アトランタで銃乱射事件発生、死者三四人。固形がん特効薬キャノルード発売、各国で承認へ。イングランドプレミアリーグでトッテナムホットスパーが無敗優勝。イスラエルとパレスチナ間での停戦合意は継続へ。六月、スエズ運河で座礁事故、一時船舶航行不能に。サッカーワールドカップ北欧大会開幕、初戦で開催国ノルウェーがドイツに金星。トランプ元米大統領が病気により死去。タンザニアで大規模政変、軍事政権誕生へ。ロシアへの経済制裁緩和でEU各国が合意。日本で衆議院解散総選挙、自民党が再び政権奪還。七月……これ、全部読み上げます？」

カイが早くも音を上げたようにこちらを振り向いた。

確かにひとつずつ読み上げていればキリがなさそうだった。何しろ、いくら纏められているとはいえ千年分のデータだ。

「どうだろう。ざっとスクロールしながらみんなで目で追って、気になるのがあった人がストップをかけたらいいんじゃない」

シーナの提案に、皆がてんでに頷いた。幸いなことにモニターのサイズはかなり大きめだから、全員が覗いても特段見づらいほどではない。それに全員でチェックしていけば、途中で休みたい者が休憩しても、他の者でカバーできる。

全員がモニターを見つめる中で、カイがスクロールを始めた。少しずつ文字列が画面の下から現れ、上へと流れていく。それぞれが時折独《ひと》り言《ごと》を呟きながら、皆の目線が文字の流れに合わせて下から上へと何度も往復した。

「……へえ、スリープからしばらくは、政情は安定してたみたいだな。ただ経済が少し不安定だったか？」

「そうね。あと自然災害も多いような気がする。ほら、また。大型ハリケーンですって」

「ああ、株はどこもどんどん下がってるみたいですね。うわ、ここの株僕持ってましたよ。全部売ってスリープの応募資金にしちゃいましたけど」

見ていると、自分たちが飛び越えてきた世界がどのように歩んでいったのかがつぶさに知れて、不思議な気分だった。もし起きていれば、この時代を自分たちは生きたのだ。もしかするとこの大地震に巻き込まれていたかもしれないし、あの新発売の携帯端末を購入していたかもしれない。

それはあり得た過去であり、訪れなかった未来だった。

「先進国ではどこも人口減少が顕著だね。あ、また出てきた。韓国《かんこく》がとうとう人口二五〇〇万人割れ。こっちにはフランスも。ああ、日本も。やっぱりこうなっちゃうんだね」

シーナが感慨深げに呟く。クランたちの時代からずっと問題視されていた人口減少と少子高齢化問題は、結局大して改善されないままになったようだ。

スポーツや、エンターテイメント、文化に関する記述はほとんど読み飛ばして構わないだろう。一方で、新技術や新しい産業、更に政治に関《かか》わる部分は非常に重要だ。カイもそれがわかっているとみえて、記事の内容に合わせるようにしてスクロールの速度を細かく調整しているようだった。なんとも気の利く男だ。

やがて記事の年は、二一〇〇年代に入った。

このくらいになると、普通に生きていたならもしかすると見ることのできなかった時代かもしれない。記事によれば人間の平均寿命も少しずつ延びているようだったが、それでも百歳には至らない。そして記録の中で、世界は益々想像もしなかった変化を見せていた。

中国がふたつの国家に分裂し、アメリカでは内戦が勃発《ぼっぱつ》した。iPS細胞から作った臓器の移植は当然の技術となり、遺伝子操作を受けたデザイナーベビーの数が自然妊娠を上回った。サハラ砂漠は最大時から半分の面積まで緑化により減少した一方、アマゾンに生息する生物種の三割までが絶滅したと見られる。人類は再び月へと到達し、月面に居住環境を構築する計画が進み始めた。

クランは新たな記事が現れる度に、もはや眩暈《めまい》に近い感覚を覚え始めていた。自分がタイムスリップして飛び越えた人類の歴史は、なんと猥雑《わいざつ》で、そして彩《いろど》りに満ちているのだろうか。

そうだ。世界は俺がいなくても回っている。

たった一人の人間がいようがいまいが、世界は前に進み続けている。所詮《しょせん》人生など、この地球の歴史に比べれば一瞬のフラッシュでしかないのだ、ということをまざまざと見せつけられた気分だった。

クランはふらふらとしながらトイレへ向かった。吐き気まではなかったが、少し感情をリセットしたい。ついでに顔を洗うつもりだった。

トイレで座り込んで用を足し、それから洗面台に向かう。レバーを起こすと、蛇口からたっぷりと冷たそうな水が流れ出た。

顔を二、三度洗い、目の前の鏡に目をやる。そこには大して特徴のない、見飽きた顔の男がこちらを見返していた。

色黒の肌に、無精髭《ぶしょうひげ》が生えかけている。寝癖がついて乱れたままの髪の毛と相まって、起きてからまだ二日だというのに酷く疲れたように見えた。あるいはスリープの影響で頬の肉がだいぶ落ちてしまったからだろうか。少なくとも実年齢よりも五歳は上に見える。

実年齢か。クランは思わず笑いを零《こぼ》し、素手で顔を拭《ぬぐ》った。落ちきらなかった脂で掌《てのひら》がべとつく。俺たちの実年齢は一体何歳ということになるんだろうな、と考える。一番若いのはマルコだろうか。逆に一番上は、わからないがおそらくクロエだろう。その差はもしかすると一〇歳以上はあるかもしれない。しかし仮に二五と三五だったとしても、今となっては一〇二五歳と一〇三五歳だ。そうなれば一〇歳程度の差はあってないようなものだろう。

もう一度顔と手を水で濡らし、乾燥機は使わずに濡れたままホールへと戻った。濡れた部分が気化熱でひんやりと心地良い。室温は常に快適に保たれてはいたが、今は少しの冷却が必要だった。

相変わらず静かな中でカイがスクロールを担当している。時々独り言を挟むのは、大概シーナかカイ、あるいはイリヤだった。

「どんな具合だ」

「ああクラン、おかえり。さっき二二五〇年に到達したとこ。先進国の平均寿命がとうとう百歳を超えたよ。それからインドとパキスタンの間で大きな戦争が起こった。あわや第三次世界大戦だったところを、ぎりぎり回避したって感じかな」

「なるほどね。しかしそれだけ経っても第三次大戦は起こらないもんだな。流石に人類もバカじゃないらしい」

「そうだね。といっても小競《こぜ》り合《あ》いはかなりの頻度で起きてるから、平和かと言われるとそうでもないと思う」

「それより先進国の中にはとうとう人口減少に耐えられなくなって他国と合併する国が出てきたわ。スペインとポルトガル、ベネルクス三国、スウェーデンとデンマークとか。やっぱりヨーロッパが多いわね」

メンバーが会話を交わしているうちにも、カイのスクロールは続く。ふと後ろを見ると、マルコは談話室から持ってきた椅子にもたれかかって居眠りをしているようだった。一方クロエは、瞬きも忘れたのかと思うほど夢中になって画面を食い入るように見つめている。

金持ちでもっと冷めた性格なのかと思っていたが、意外と好奇心が強いらしい。

やがて記録は二三〇〇年、二四〇〇年と進んでいった。科学技術も政治も、あるいは文化も、あらゆる面で著《いちじる》しかった進歩は、やがて徐々にその歩みを鈍化させているように見えた。平均寿命だけは延び続け、二五〇〇年を前にして一五〇歳を超えたようだ。革新的な医療技術、とりわけ再生医療の進歩と、新たに実用化された遺伝子治療が影響しているのだろう。人類は少しずつ不老不死を現実のものにしようとしている。

一方で、子どもを持つことは、必ずしも必須《ひっす》のことでは無くなったようだった。一人の寿命がそれだけ延びると、出生と死亡の持つ意味の重さもまた変わってくるのだろうか。それでも新たに生まれてくる命のために、遺伝子改変や脳内のニューロンを直接刺激する手法など、あらゆる手を尽くしてその子を優れた人間に仕立て上げようとする。

まるで改造人間だ。

そんな感想が浮かび、クランはまたしても気分が悪くなった。優秀な人間を生み出すために、自然の摂理や倫理などもはや無いも同然だった。記事の中には、時折クローン技術の進歩も書かれている。もう少し読み進めれば、きっとクローン人間も誕生してくることだろう。

「いやあ、すごいなあ。まさかこんなに技術が進歩するとは……ああ、あたしこの時代を知れて幸せかも」

クランが横を見ると、シーナは少し涙ぐんでいるようだった。そういえばシーナは生物学者だと言っていた。おそらくこういった科学技術の発展に強い関心があるのだろう。

俺とは真逆の感覚だな、とクランは思う。自分にしてみれば、このような冒瀆的《ぼうとくてき》な技術の発展はどうしても感性が受け入れようとしない。別段宗教に傾倒しているわけでもないが、頭が古くさいのだろうか。それとも自分の感覚が普通で、シーナが異常なのかもしれない。

「あれ、待ってください。この辺……」

カイがふと、それまで忙《せわ》しなく動かし続けていた手を止めた。

「各国で強制移住政策始まる……人口減少の著しい朝鮮国で、政府が住民を一ヵ所に強制移住させる政策を実行し、これが効果を上げたことで、特に人口減少に悩む国家を中心に、相次いで強制移住政策が開始された。イギリス、フランス、河北《かほく》、日本、スイス、フィンランド、ルーマニア、東アラブ王国など、その数は五〇ヵ国を超える。元々人口分布が偏っていた国土の広いアメリカ、ブラジル、オーストラリアなども、より人口集中を加速させた、だそうです。これ……この国も入ってるってことは」

カイは上半身を捻《ひね》って、後ろから覗き込んでいるクランたちの方に顔を向けた。背骨が鳴る音がする。時計を見れば、既に始めてから三時間が経過していた。膨大な量の記録を読み続けていたせいだろう、クランも腰を伸ばして立ち上がると、首の骨がぽきぽきと反抗的な音を立てた。

「つまり、我々のシェルターがある地域が、非居住地域になってる可能性があるってことですよね」

「そうか。確かにそれはあり得るね」

シーナが応じる。クロエが恐る恐る、口を開いた。

「それってどういうことなんですか。何かまずいことが？」

「もしそうだったとすれば、この周囲には人なんて住んでないこともあり得るんだ。確か、あたしの記憶だとこのシェルターの位置って結構田舎《いなか》の山際だったよね。閉鎖環境の三日間終わって、移動するのにかなり時間かかったし」

「そうだったな。だとすれば……シェルターの周囲何百キロも、無人地帯ってことも大いにあり得る。もしそうなるとそれはそれで厄介だな」

「厄介って？」

「イリヤ、よく考えてみろ。もしこの周囲が無人地帯で、かつ研究所が助けに来ないとすれば、俺たちは他の現代人と会うために何百キロも歩いて移動する必要が出てくるだろう。何日歩くことになるのか……それも気候条件がどうかもわからない中で」

「ああ、そういうことか。それは確かに……でも、だったらここに残っていれば良いんじゃない。いくら非居住地域でもそのうちに誰かが来るでしょう」

イリヤが軽い調子で主張した。それもひとつの選択肢だろう。例えば空から見えるように大きなＳＯＳを地面に書いておく、などという古典的な無人島の冒険で使われるような手もある。無人島と違うのは、何年分にもなる食料と、今のところ止まる気配のない水と電気が確保されていること。つまり、慌てる必要はないのだ。

だが、クランは内心、早く他の住民の集まっている居住地へ向かうべきだ、と考えていた。ここに残っていたところで、何か新たな展望が開けるとは思えない。

自分一人ならばここで朽ち果てるのも悪くない、と考えたかもしれない。千年後の未来で、一人孤独に人生を全《まっと》うする。もはや生きる目的がないクランにとってはそれもいいだろうと思える。

だが、少なくとも他の被験者たちは、それをよしとはしないだろう。いずれは千年後の人類に迎え入れられ、最新の科学によって築かれた社会で生きていきたい筈だ。特にイリヤなどはそれを強く望んでいた。だとすればここに残っても良い結果にはならないのではないか。

「とにかく、続きを見よう。それとも少し休むか」

クランが提案すると、カイが首を横に振った。

「いいえ、これでもう半分は超えました。僕もまだ大丈夫ですから、もう少し頑張りましょう」

言いながらカイは視線を壁の時計に走らせる。時刻は昼をとうに過ぎ、午後二時をまわったところだった。

「それにしても昼を食おうじゃないか。もしまだ続けるならここで食べながら見ればいい。俺が適当に持ってくるから、誰か手伝いに付いてきてくれないか」

「じゃああたしが」

　シーナが寄りかかっていたテグミネから起き上がった。他の者はまたスクロールを始めたカイの肩越しに、モニターを眺めている——相変わらず興味のなさそうなマルコを除いて、だったが。

　クランはシーナと連れだって倉庫へと向かいながら、彼女の熱に浮かされたような長広舌を聞き流していた。

「すごいよねえ、寿命が一五〇年だよ。それも大半がデザイナーベビー。人間の科学力の進歩はそこまでいったか、って感じ。ああ、早く他の人と合流して最新の科学を勉強したい」

「俺はあんまりぞっとしないけどな。それよりシーナは、何か生物の進化をこの目で見たい、とか言ってなかったか。あれはどういう意味だ」

「うーん、なんて説明すればいいかな。進化って単語はね、そもそも『ある生物集団内での、世代を超えた遺伝子頻度の変化』っていうのが定義なの。つまりあくまで世代を経《へ》て起こる変化のことを言うんだよ。ほら、よくあるじゃん。昔のゲームでポケモンってあったけど、あれは個体が成長して変化するのを進化って呼んでたでしょ。だけど個体の成長は進化じゃなくて、例えば変態って呼ぶんだよ」

「よくわからんな。それがどうしたんだ」

「要は、進化には途方もなく時間がかかるってこと。それこそ千年でも足りないくらいなんだけど。そりゃ定義からすれば、数世代でも進化はするんだけど、それはほとんど観察が難しいわけ。だけど千年も経つと、その進化が目に見える形で現れてくる。それって観察したくても本来は人間の寿命じゃ観察できない変化だったの。だけどあたしはこうして千年のタイムスリップに成功した。つまりあたしは、千年前の生物と比較することで、進化の現実を目の当たりにできるってこと」

「……すまん、どうも理解が追いつかん。だけどまあ、シーナにとってはそれがよほど大切なことだったわけだ」

クランが苦笑いを浮かべると、シーナは少し恥ずかしそうにふふ、と笑った。熱弁しすぎたとでも思っているのだろうか。だが少なくとも、クランにとってはまるでアヤと喋っているようで、心地のいい時間だった。

冷凍庫のドアを開けて中へと入る。相変わらず資材として倉庫に眠っていた簡易な服しか身につけていないので、急激な温度の変化に身体が悲鳴を上げる。震えながら適当な列に分け入り、箱に書かれた文字を確認していく。とはいえどうせ全て食料だろう。それも決してバラエティ豊かなわけではない。どれをとっても似たようなものだ。

「そうだなあ。あ、これカレーって書いてある。カレーならいいんじゃない。お昼といえばやっぱりカレーだよ」

「そりゃシーナの好みだろう。まあ何でもいい。とにかくこの寒い部屋から抜け出そう」

「でもきっとご飯はないよねえ。お米があればいいんだけど……あ、でももしかしたら籾《もみ》の状態でどっかにあるかな？　ほら、確か何千年も前の籾がピラミッドで見つかったとかなんとか、そんな発見のニュースを見たような……」

「おいおい、仮に籾で残っててもどうしようもないだろう。脱穀できないんだから。それともそれを育てて稲作でもするか？」

クランとしては冗談を言ったつもりだったが、シーナはそれを聞いて目を輝かせた。切れ長の目が見開かれ、文字通りきらきらとしている。

「そうか、それだよ。きっとどこかに千年前からやってきた植物の種があるんじゃない？　あたしが研究者なら絶対にそれを考える。そうすればどんな環境になっていても、千年後に食料を確保する手段ができるんだから」

「そりゃそうかもしれんが――」

「もうちょっとだけ。探してみようよ」

シーナはこの寒さの中だというのに、弾むような足取りで棚の間の通路を奥に進んでいく。

「これは違う……こっちはフルーツ？　惜しいなあ。ここはカレーばっかりか。やっぱり香辛料が入るから保つってことか――あれ？」

ふとシーナが足を止める。その視線の先、五段になった棚の一番下の段に、少し乱れたように置かれた箱があった。

「これ、なんか変じゃない？　クラン、ねえ見てよ」

「見てるよ。確かに……なんか雑に置いてあるな」

改めて周りを見回すと、どの棚の箱も全て綺麗に並んでいるのに対し、この箱だけは若干ずれているように感じられる。搬入した時にたまたまこうなったのか。それとも誰かが昨日触っただろうか。

「少し膨《ふく》らんでるな」

クランは呟きながらそれに軽く触れてみる。側面が平らではなかった。まるで中身が膨張しているかのように、若干の膨らみが感じられる。

「もしかして腐って膨張してる？　でもこんな冷凍状態だと考えにくいけど……」

シーナも考え込むようにしてしゃがみ、箱を引っ張り出そうとした。その手が滑《すべ》り、尻餅《しりもち》をつく。

「っ――いったいな、もう。勘弁してよ、冷えてる時に身体ぶつけると余計痛いってのに」

悪態《あくたい》をつきながら、尻を擦《さす》る彼女に大丈夫か、と声をかけておいて、クランはその箱を棚から引っ張り出した。

――重い。

予想していたより遥かに重い。食料品の種類にもよるだろうが、少なくともクランがこの二日で経験した箱よりは何倍も重かった。

棚から出した箱を改めて観察したところで、クランは驚いて声を上げた。

「おい、これ。開けた跡があるぞ」

特殊なプラスチック製の箱の、他のものならば封がされている部分が歪《ゆが》み、隙間ができている。どういうことだろうか。誰かが開けたとしか思えないが、一体――。

「開けてみよう」

しばらく互いに顔を見合わせた後、シーナが意を決したように宣言した。

何が入っているかはわからないが、なんだか嫌な予感がする。それが二人の共通した感覚だっただろう。

歪みの見て取れる箱の隙間に手を入れ、蓋を引き剝《ひは》がす。長年積もった霜が指に嚙《かつ》み付くようにして冷たさと痛みを与えてくる。それを努めて気にしないようにしながら、一気に開け、クランとシーナはその場で固まった。

ビニールのように薄いプラスチックで包まれたそれは、赤黒い色があちこちをまだらに染めている大きな塊《かたまり》だった。一瞬、魚か何かではないかという考えが頭をよぎる。しかしそれは、次の瞬間にシーナの発した言葉によりすぐに否定された。

「人――」

そうだ、人だ。これは胎児のごとく手足を折りたたんで、無理矢理箱に押し込められた人間だ。その姿はあたかも古代の屈葬のように、そしてここがこの人物の墓だと主張しているかのように、厳《おごそ》かにすら感じられた。

頭の中で、ようやくそれが死体なのだという事実が実像を結んだ刹那《せつな》、クランは思わず後ろへと飛《と》び退《の》いていた。手足に激しく鳥肌が立っているのは、決して寒さのせいではないだろう。クランが背中からぶつかったせいでいくつかの箱が棚の中で動き、がさがさと音を立てた。

「なんだってんだ……」

その口からは、悲鳴のようにか細い声が漏れる。決して意図したものではなかった。シーナはそれが聞こえなかったかのように、そっと手を箱に突っ込み、この哀《あわ》れな死体の周囲を覆《おお》っているプラスチックを破り始めた。

「誰かが包んでここに入れたんだ」

シーナが顔を顰める。よほど肝が据わっているのだろう。それとも既にシモンの事件で麻痺《まひ》してしまっているのか。しかしその直後、シーナの顔が苦痛を感じたかのように歪み、クランと同じように後ずさりした。

「か、顔、顔が……」

「な、なんだ。顔がどうした」

「顔がない……」

シーナが震える指で示したところに目をやったクランの口から、うっ、というくぐもった声が漏れた。

顔があるべき場所は、割れた柘榴《ざくろ》のように、血と肉と脂肪で覆われていた。

出血というレベルのものではない。

明らかに人為的に潰《つぶ》されている。

吐き気を感じて慌てて目を逸《そ》らし、クランは極低温の空気で深呼吸をした。

どうなっているんだ。このシェルターに身元不明の死体だと？　頭の中で恐怖と不安が渦を巻く。

「み、みんなに知らせないと」

気付けばシーナは腰が抜けたかのように棚に寄りかかっていた。思わずその手を握る。シーナの冷え切った手が、クランの手を強く握り返してきた。

4　空白の一二四年

「それは……誰のものなのかわからないんですよね」

クロエが恐る恐る質問したので、イリヤが小バカにしたように当たり前でしょ、と言い放った。

「そもそもこのシェルターに、私たち七人以外に誰かがいるってこと自体おかしいんだから。それが誰なのかなんて誰もわからないわよ」

六人は、テグミネの並んだホールで顔を突き合わせていた。クランとシーナを除く四人は、それぞれにクランたちが持ってきたカレーとビスケットを口にしている。しかしクランたちはとても食欲など湧かなかった。

「それ、いつ頃の遺体なのかなんて、シーナさんわかりませんか」

カイが尋ねると、シーナは強く首を振った。

「あたしもちょっとびっくりしてすぐ見るのやめちゃったけど、少なくともあんなにカチコチじゃわかりようがないと思う。それこそ専門的な分析でもしなきゃ」

「もしかして、シモンさんのことと関係があるんじゃ。シモンさんを殺した犯人とか」

「クロエ、よく考えてみなさいよ。二人とも明らかに他殺なの。いや、まあ謎《なぞ》の死体の方は死因はわからないけど、少なくとも死後に顔を損壊されてる。そうなるとやっぱり誰かがそれをやったってことになるんじゃない？　だとすれば、更にもう一人、犯人がいることになるのよ」

「だけど、関係してる可能性はあるだろ。あの謎の死体と、犯人の二人がここに侵入した。そしてシモンを殺し、更に仲間割れかなんかでもう一人が殺され、犯人はそのまま逃げてった。シェルターに入れさえすれば出る分には障害は何もないからな」

クランが異を唱えると、イリヤはふん、と鼻を鳴らした。

「だけど結局、どうやって侵入したのか、という問題はついて回りますよね。僕も専門にやってたわけじゃないですけど、知ってる限りシェルターは外からの侵入に対してかなり強固です。どうやって僕らの肉体を千年間安全に保持するか、というのをクリアするための機構ですから。なのにそこに侵入したのが少なくとも二人いる」

「そう考えると、それだけ厳しい防御が二度にわたって破られた、というよりは、犯人と謎の遺体の二人は同時に侵入した、という方があり得るんでしょうか」

クロエの言葉に、イリヤがまた鼻を鳴らして反論した。

「そうとも限らないわ。セキュリティに脆弱性《ぜいじゃくせい》があったから、同じ方法で二回侵入された、という可能性もあるでしょ」

「だけどイリヤ、そうだとすると二回の侵入があって、その両方で殺人が起きた、ってことになるんじゃない？　それもシモンを殺した犯人と、なぜか仲間割れでも起こして相方を殺した犯人がいるってことになっちゃう」

クランはため息をつきながら、のろのろと開けたパッケージから取り出したビスケットをひと口齧り、水で無理矢理流し込んだ。何の味かもわからないスパイシーな風味が一瞬鼻を通り抜け、すぐに冷たい水がそれを押し流していく。

何ひとつわからない。

誰が、いつ、どうやって、何のために。

いくら考えてもどの疑問も全く解消されない。

「もう少し詳しく調べてみないとわからないかな」

「シーナ、医学の心得があるのか？」

「まさか。でも前に言ったみたいに生物学は専門だから、全くの素人よりはマシだと思う。ミステリ小説も大好きだったし」

「わかったよ」

突然、それまで一言も発さずにもそもそと食事を摂《と》っていたマルコが口を開いた。

「俺が見る」

その宣言に、他の被験者は思わず顔を見合わせた。

「見るって……マルコは検視ができるのか」

「医学部生なんだ。まあ学生だし、そもそも一年留年してるから素人に毛が生えたような程度だけど」

「医学部？　そうなんだ……意外」

イリヤも驚いたようにその大きな目を見開いている。

「期待はすんなよ。まだまともに臨床はしてない。ただちょっと法医学に興味があって、自分で勉強してたことがあったから、少しはマシだろう」

「そりゃありがたいな。他の助けが借りられないなら、現状一番役に立つのは間違いない」

「そうですね。じゃあどうでしょう、僕たちも一度みんなで現場を確認しておくのは」

「大丈夫か？　言っておくけどかなりグロいぞ。俺もシーナも、吐きそうになった」

「あたしは吐きそうにはなってないよ」

クランの言葉に、シーナが少し頰を膨らませるようにして訂正した。クランは苦笑しながらわかったわかった、と軽く手を挙げる。

その右手に、まだ少しシーナの細く冷たい指の感覚が残っているような気がした。

「じゃあこうしましょう。見ても平気だと思う人だけ見るようにして、ダメな人は見えないところで待機。でも現状を整理する上でも、話だけは聞いてて貰う。これでどう？」

イリヤの提案に全員が頷いた。


冷凍庫へと行く前に、先に改めてシモンの遺体を確認しよう、ということで意見は纏まった。

早速クランとカイが二人がかりで、シモンのテグミネの蓋を開く。既に電源が落ちて開くための動力のない蓋は重く、持ち上げるのは一苦労だった。

ゆっくりと開いたテグミネの中からは焦げ茶色《こちゃいろ》に干からび、捻《ね》じくれた皮膚が全身に張り付いたシモンが出てきた。昨日シーナがひっくり返していたので、ほとんどうつ伏せの状態になっている。背中に刺さったままのナイフは柄だけが飛び出ており、その茶色い柄の縁には黒く変色した血液らしき汚れが付着していた。

マルコがふう、とひとつ息をつき、その柄を摑んで引き抜く。最初は固着しているようでなかなか抜けなかったが、その細腕に力を込めて何度か揺すっているうちに、それはゆっくりと刃先を現した。

刃渡りは一五センチくらいだろうか。全体をべったりと黒い体液の乾燥したものが覆っている。それを遠目に見ていたクロエが顔を顰めて目を逸らしたのが、クランの視界の隅に映った。

「多分、後ろからひと突き。致命傷だったと思う。これだけ深く刺さってるからな。シモンは結構長身だから、刺さった高さや角度からすると犯人の身長は一六〇センチくらいか？　ああでもわかんねえか、シモンが座ってたかもしれねえし」

マルコはぶつぶつと呟きながら、傷痕《きずあと》の辺りに顔を近づけて観察していた。

「何度も刺してはいないと思う。これがそのまま致命傷だろうな。位置的には肺にモロに刺さったかな？　解剖してみねえとわかんねえけど。心臓にいってる可能性もあるかな」

それからマルコは遺体をひっくり返し、再び発見された時と同じように仰向けにした。

「この死に方で姿勢が直立なのは、間違いなく外で刺された後にテグミネに入れるためにこの姿勢にしたんだろう。つまり寝ている最中にひっくり返してナイフを刺したわけじゃない。っていうかこいつ、本当にシモンなんだよな？」

「なんか疑わしい点でもあるの？」

「いや、そういうわけじゃねえよ。ただ、俺たちみんなシモンの顔や身長くらいしか知らねえだろ。DNA鑑定ができるわけでも、歯型を照合できるわけでもない。ミイラの人相なんてだいぶ変わってるからさ」

「だけど、少なくともこの髪の毛や眉毛はシモンにそっくりだろ。身長も記憶と一致する。服装もそこについてる名札も、全部記憶通りだ」

「まあ、そういうことだ。少なくともその情報からシモンだろうと推定するしかできねえ。もし別人でも俺は責任持てねえよ」

マルコはクランの言葉を受けて、小バカにしたように笑った。もっともこの痩身《そうしん》で二枚目の男は、いつも口の端を上げるようにしてこういう笑いを浮かべている。癖なのか、あるいは世の中の全てがバカバカしくてたまらないのかは知らないが、あまり歓迎される表情ではないだろうな、とクランは心中で独り言ちた。

「首回りは……多分だけど索条痕《さくじょうこん》なんかはないと思う。これだけミイラ化してるとはっきりとは言えないけど。他にも明らかな外傷は残ってねえから、やっぱり油断して後ろを向いているタイミングでひと突き、それで完了、てとこだろ」

「死んだ時期なんかはわからない？」

「わかるかよ、こんなミイラ化遺体なんて初めて見るんだから。まあ一般的にはこれだけのミイラになるのに一年近くはかかるだろうから、それ以前、ってだけだな」

「そっか。あたしもミイラの知識が豊富なわけじゃないけど、少なくとも古代エジプトのミイラなんかに比べると、まだ色艶《いろつや》がいいっていうか、新しい感じがするんだよね。感覚的には江戸時代後期のミイラとかに近い感じ」

シーナは腕を組みながらじっとシモンに視線を落としていた。人間のミイラとなると、専門分野としては文化人類学ということになるのだろうか。あるいは考古学か。いずれにしてもシーナの専攻している生物学とは少し違っているだろう。それでも知的好奇心のなせる業か、専門外の分野であるミイラについても多少の知識があるらしい。

「つまり、二百年とかそのくらい前のもの、っていうのがしっくりくる。だとすると、やっぱり状況からしてもテグミネがストップしたタイミングで殺されたんじゃないかな」

「一五三年前か。妥当な線だな」

マルコが言い捨てて再び遺体に屈《かが》み込《こ》む。ホールに沈黙が降りた。誰もが一五三年前のことを想像しているのだろう。だが何があったかなどわかるわけがない。クランは首を振って脳内を支配していた妄想の欠片《かけら》を追い出し、カイに声をかけた。

「なあカイ、ああいや、イリヤでもいいけど、このテグミネはどうして止まったんだ」

「え？　ああ、故障の原因ってことですか？　ちょっと待ってくださいね」

カイがそう言うと、テグミネのコントロールパネルに屈み込んだ。また沈黙がその場を支配する。マルコは、自分の仕事は終わった、と言わんばかりにその場を離れ、隣のテグミネの縁に腰掛けて爪を弄り始めた。

「……これ、誰かが強制終了したっぽいですね」

「強制終了？」

「そう。イベントログを見てみたんですけど、例えば電源供給が途絶えたとか、そういうことがあれば記録されるんです。だけどこのテグミネは、通常終了ではない異常終了のログが残ってる。だとすると、誰かがパネルでスリープの強制終了をしたという可能性が高いですね」

「それって、例えばテグミネのことを何も知らない人間ができる操作なのか？」

クランの質問に、カイが少し考え込んだ。質問の答えもさることながら、なぜそんな質問が出るのか、ということにも考えを巡らせているのだろう。やがて合点《がてん》がいったらしく、ひとつ頷くと口を開いた。

「……時間があれば、ってとこですかね」

「時間？」

「はい。強制終了のコマンドは、コントロールパネルのインターフェイスからすぐにたどり着ける場所にはなくて、かなり深い階層にあるんです。だからぱっと見てその場ですぐに、というのは難しいと思います。ただ、強制終了できる筈、という明確な目的なり悪意をもって探せば、時間はかかっても見つけることはできるでしょうね」

「時間、ねえ」

クランが呟くと、傍で聞いていたイリヤが立ち上がった。

「それよりもう一人の、謎の死体の方へ行かないの？　そっちが本題でしょう？」

確かにその通りだ。わからないという意味では、あの冷凍庫の死体の方が本丸だった。

「じゃあ行こう。ああでも、その前に何か羽織《はお》るものがないかな。かなり寒いから……」

「あ、それじゃあ私が、毛布持っていきます。確か倉庫にストックがあるのを見たから」

クロエがおずおずと手を挙げる。きっと無残《むざん》な死体をあまり見たくないのだろう。それを見たカイが、じゃあ僕も一緒に、と立ち上がった。

つられて全員が立ち上がる。最後に面倒くさそうに立ち上がったマルコをしんがりにして、六人はぞろぞろと冷凍庫へと向かった。

談話室から倉庫を通り、毛布を取りに行くクロエとカイと別れ、冷凍庫を開けて中へと入る。少し迷ったが、冷凍庫の扉は閉めておくことにした。どうせ開け放しておいてもさして寒さは軽減されまい。それよりも開け放しておくことで入り口付近の食料が傷むことの方が問題になりそうだった。

「ここだよ」

クランの案内でたどり着いた先には、棚から引き出されて通路へ置かれた大型の箱が、まだそのままになっていた。箱の蓋は辛《かろ》うじて閉めてきたので、幸いすぐにはあの陰惨な死体は目に入らない。

「この箱の中に詰め込まれてる」

クランが顎で示すと、少し躊躇《ちゅうちょ》してからマルコが進み出た。イリヤとシーナは一歩前へと足を踏み出したが、そこで止まった。やはり見たくはないのだろう。

一方のクランは意を決してマルコの後に続いた。先ほどのショックが残ってはいるが、初見よりはマシだろう。それにマルコ一人に任せきり、というのも何か危うい気がしたのだ。

「開けるぞ」

マルコが言うと、無造作に、というよりは敢えて無造作を装うように、蓋を開いた。その瞬間、微かにマルコの手が震えるのが見て取れた。

膝《ひざ》を抱えるように丸まった体勢のまま、その人物は柔らかなプラスチックにくるまれていた。先ほどシーナが破りかけたプラスチックの隙間から、ちょうど潰された顔の部分が覗いている。身体の全体は、プラスチックとその間にびっしりついた霜ではっきりしないが、どうやら服を着ていないらしい。

「こりゃひでえな」

マルコが微かに震える声で呟きながら、右手の甲で口を押さえた。瞬間、マルコが吐くのではないかという不安がよぎる。流石に死体を汚すのはマルコも避けるだろうが、それにしてもここを汚されてしまうのは少々困る。

「大丈夫か、マルコ」

「うるせえな、大丈夫だよ」

ひとつ深呼吸をしたマルコが、箱を横倒しに蹴《け》り倒《たお》した。死体が包まれたプラスチックごと、ごろん、と鈍《にぶ》い音を立てて箱から半分転がり出る。

マルコの行動の意図がわかったクランは、それを手伝って箱をどかし、その間にマルコはプラスチックへと取りかかっていた。

やはり他の食料品のように密閉されているわけではなかったらしい。ただ身体中をぐるぐると巻かれているだけのようだ。霜に苦労しながらそれを剝《は》ぎ取《と》っていくと、中の死体の状況がはっきりと見て取れるようになった。やはり服を着ていない。全裸で膝を抱え横たわるその姿は、益々胎児を彷彿《ほうふつ》とさせた。

「男だな。それもかなり若い」

マルコは死体の股間《こかん》を指さした。見れば確かにそこには陰茎と睾丸《こうがん》が見て取れる。ただ、陰毛は僅かに生えているだけのようだった。肌の様子もかなり若々しい。

「年齢だけで言えば一〇代の前半か、それとももっと若いか？　第二次性徴もこれから、ってとこじゃねえのかな」

「小学生か中学生くらいか。思った以上に若いな」

クランは驚いて声を上げた。見れば、シーナも興味を惹かれたように更に近づき、死体の股間の周辺を観察している。

「身長は多分あたしより低いよね。一四〇センチ台かそのくらい？」

「そんなもんだろうな。で、顔は後で見るとして、今度は冷凍状態だからはっきり言えるが、顔以外の外傷はなさそうだ」

マルコは死体をあちこちから観察し、そう結論づけた。確かに顔が潰されているというグロテスクな点を除けば、むしろ綺麗な死体だと言っていいかもしれない。首回りにも索条痕はなく、死因を連想させる痕跡《こんせき》は残っていなかった。

「そうすると病死とかかな」

「わかるかよそんなもん。中毒死でもなんでも、外傷が残らない死に方はいくらでもある。顔面がわからないから溺死《できし》だとしてもおかしくねえし」

「ああ、そっか、なるほどね」

シーナは納得したように何度か頷いた。どうやら奇怪な死体に対する恐怖心を好奇心が上回ったようだった。

「で、この顔だけど……こりゃやっぱり刃物かなんかで切り刻まれた感じだな。傷口の縁の辺り、見りゃわかるだろうが」

マルコが指先で示した辺りを、できるだけ想像を働かせないようにしながら観察する。確かにその辺りは、鋭利な刃物による切り傷のようになっていた。つまり何度も刃物で傷つけることにより、顔面を切り刻んだということなのだろう。

「なんでこんなことを……」

「そりゃやった本人に聞いてくれ。だがまあ一番わかりやすいのは、身元を隠すためだろう」

「身元を？　誰から？」

「勿論死体を見つけた人から、だろうね」

シーナの発言と、後方から二人分の足音が近づいてくるのが同時だった。見れば毛布をマントのようにして羽織ったカイとクロエが、手にも毛布を抱えてやってくるところだった。

「何かわかりましたか」

カイが手にした毛布をそれぞれに手渡しながら声をかける。その視界が死体を捉《とら》えたであろう瞬間、丸っこい顔が大きく歪んだ。

「うっわ……これは」

少し動きを止め、それからクランとマルコにも毛布を手渡す。渡された二人は早速カイと同じようにマント代わりにそれを羽織った。途端に上半身を暖かな空気の層が包む。思わず風呂《ふろ》に浸《つ》かった時のように大きなため息が漏れた。

「酷いですね」

「どうやらローティーンの男の子らしい。見ての通り裸で、顔は刃物で潰されてる。他に外傷らしい外傷はなし。今のところそれくらいだな」

クランがマルコの見立てを簡潔に説明すると、カイは少し青ざめた顔で頷いた。

「なんで服着てないんでしょう。あ……、クロエ、多分見ない方が良いです」

カイが近づいてこようとしたクロエをやんわりと押しとどめた。それでクロエは後ろに控えているイリヤの隣で立ち止まる。

この二人、少し親密になったように見えるな。クランはぼんやりとした思考の中で考えた。今、二人でいた間に何かあったようにも見えないが、もしかするとカイが一方的に好意を抱いているのかもしれない。

「服を着てないのもそうだが、そもそもこの死体はいつのものなんだ？」

「さっきも言ったけど、こんな状態じゃわかりようがないよ。マルコはわかる？」

「冗談だろ。わかるわけねえ。一週間前の死体だろうが、百年前の死体だろうが、見分けはつかねえよ」

マルコが投げやりに言い捨てる。

結局それ以上は冷凍庫内でわかる事実はなかった。流石に毛布でも寒さが耐えられなくなったのもあり、クランとマルコ、カイの男三人でなんとか死体を箱に詰め直すと、なるべく一番奥の棚へと移動させることにした。

「そういえば」

クランはふと思い出して二人に言った。

「この辺りの棚、見ての通りだいぶ空いてるんだよな。なんでか知らないが」

「確かにそうですね。なんででしょう」

箱を引き摺りながらカイが同意する。小柄な男とはいえ、人間の死体を詰め込んだ箱はかなり重く、かじかんだ手では三人がかりでももはや持ち上がらなかった。

「俺の考えすぎならいいんだけど。もしかしてシモン殺害の犯人が持ち出したんじゃないかと思ってさ」

「うーん……そうですね。可能性はあるかもしれません。でも最初から空いてただけってこともありませんか」

「そうなんだよ。単純に物資の量に対して少し大きく造りすぎたとか。あるいは物資の準備が不足したがそれ以上仕方がなかったとか……」

それ以上は考えが纏まらなかった。マルコは相変わらず面倒くさそうに箱を引き摺っていく。カイとクランが後ろから押し、死体入りの箱が広々と空いた棚の一番奥の片隅に収まった。


再びテグミネのあるホールへと戻った六人は、熱い白湯《さゆ》を飲みながら、カイの繰るモニターへと視線を向けていた。

先ほどの続きだったが、もはやそれまでの熱量は残っていない。ただ惰性で見ているだけだ。ただ、それは先ほどの新たな死体出現のショックによるものだけではなかった。

西暦二七〇〇年を越える頃から、明らかに文明の停滞が見られるようになったのだ。技術革新の頻度は落ち、経済発展を象徴するような話題は減り、政治上の衝突も少なくなった。トピックとして取り上げられるものといえば、世界的に有名らしいミュージシャンの死去やスポーツ選手の引退、それにどこかの国のトップが交代したというものばかりが目立つ。そして当然クランたちはそれらの人物を全く知らない。興味が湧かないのも無理はなかった。

時計を見ればもう夜の九時半にもなろうというところだ。皆すっかりくたびれ、マルコなどは床に横になりいびきをかき始める始末だった。

それでも被験者をそこに繋ぎ止めていたのは、あと二百年ほど見れば、いよいよ現在に繋がる、という期待だった。ここまで来て続きは明日、というのも締まらない。それは口には出さないが、マルコを除く五人の共通の思いだっただろう。

しかしながら、彼らの仕事は二〇分ほどの後に唐突に終わりを告げることとなった。

「あれ、ここ、飛んでます」

カイが記録をスクロールしていた手を止めた。見れば記録の年号が二八九九年で止まっている。そこから先の一二〇年以上が空白だった。「どういうこと？」

シーナが訝《いぶか》しげに眉根を寄せる。クランもどういうことかと身を乗り出した。

「なんでしょう。データ収集用ＡＩが止まっちゃったのかな。一四〇年ほど前から一五年前までの記録がないみたいです。正確には……、一二四年間かな」

「ちょっと見せてくれる？　……ほんとね。間の記録がすっぽり抜けてる。まあどうせ大して興味の惹かれる出来事もないでしょうけど」

イリヤがカイの傍に顔を寄せるようにして、画面を覗き込んだ。カイが少しだけどぎまぎした表情を見せる。これだけの美人に顔を近づけられたらわからないでもない。イリヤは化粧気がなくても尚充分に目立つ顔立ちだった。

「一応直近一五年はそれでもあるのか。まあ仕方ない。記録が抜けてる原因を探ってもあまり意味はないだろうし、一五年分だけ確認して寝よう」

クランが提案すると、他のメンバーもそれぞれに頷いた。

イリヤがカイに代わってスクロールする。そこにはここ最近に起きた出来事が並んでいた。

アメリカ大陸で第三次食料危機発生。人工肉の増産計画にヨーロッパ国が名乗り。火星移住計画が最終段階へ、参加者の公募開始。最後のクジラであるミンククジラが絶滅。世界的な日本のミュージシャン、サトークライナフが事故死、国葬が開かれる運び。トラッフボールの第五回ワールドカップ開催。アメリカ政府、浮動車の輸入で関税撤廃へ。

――少なくとも、どこを見ても戦争やこの周辺の局所的な自然災害を示すものはない。もはやわからない固有名詞が多いが、ともかく人間社会は千年前とさして変わらない様子で回っているようだった。

「これで終わりね」

イリヤがスクロールしていた手を止める。最後の一行には、「エジプト政府、移民政策を撤回し国境封鎖開始へ」という記録が書かれていた。これが三〇三八年五月、となっている。つまり現在、それもこの一ヵ月程度の間に起きた出来事だということになる。

「どうだろう。明日、外に出てみないか」

クランが言うと、シーナが賛成、と挙手した。

「多分外に危険はないと思う。というか、強制移住政策の記録があってからそれの解除の話が出てきてないから、多分この辺無人だよね。だとすると他の人が住んでる場所まで移動しなきゃいけないってこともあり得るんじゃない？」

「そうですね。もしそうだとすれば早い方がいいですよ」

カイも同意する。しかしイリヤは鹿爪《しかつめ》らしく、どうかしら、と口を開いた。

「私はともかく研究員を待った方が良いと思うけど。勿論外に出てみるのは賛成だけど、それにしても慎重にならないといけないわ」

「私も……すぐに遠くまで移動するのは心配です」

か細い声を上げたのはクロエだ。彼女は自分の肩を抱くようにして続けた。

「強制移住政策って言いましたけど、それがまだ続いてる保証はないですよね。それにシモンさんの件。誰かが侵入してきたというなら、私たちが攻撃の対象になるってことも……」

「おいおい、シモンが死んだのはもう一五〇年以上前のことだろう」

クランが話を遮ると、今度はカイが反応した。

「いや、クランさん、記録を信じるなら人類の寿命はもう一五〇年をゆうに超えてますよ。確か平均寿命は記録の中盤で既に一五〇年だったから、今なら数百年になっててもおかしくないです。だとすれば今もシモンさん襲撃犯が生きてる可能性は充分にあります」

そう言われてクランは納得した。確かにカイの言う通りだった。自分の物差しで判断していたが、そもそも現在ではクランたちの常識とは全く異なる社会が築かれている。寿命も長くなっているし、六人の知り得ない科学技術が発達しているのだ。現在の人間社会が自分たちを歓迎するとは限らないだろう。

結局、翌日は外に出てみよう、という点と、出るに当たってはとにかく慎重に、ということだけを確認し、解散することとなった。

「お疲れ様。なんか、思ってたのと違うね」

部屋に戻り際、シーナがクランの傍で呟いた。

「そうだな」

それしか返す言葉がなかった。元々失うつもりだった命だ。こうして生きてしまっていること自体、予想に反しているといってしまえばそれまでかもしれない。

いや、それとも俺は、心の底ではまだ生き長らえることを望んでいたのだろうか。

自問の答えは、どこにも見つからず、クランは疲れ果てた肉体を自室のベッドへとダイブさせた。

断章——先生

僕が先生と出会ったのは、五年生の頃の、ある小雨《こさめ》の降る土曜の午後のことだった。

その日は、母が家にいなかった。

というより、母が家にいないのはいつものことだ。母は家が嫌いなのだ。

僕も家の中にいるのは嫌いだった。

僕と母の家は、「みどり団地」と呼ばれている市営住宅の一室だった。長屋建ての、築五〇年以上にもなる古ぼけた建物の群れ。汲《く》み取《と》り式のトイレの悪臭が漂い、誰も毟《むし》ろうとしない草むらからは大量に藪《やぶ》蚊《か》が湧き、時折どこかの住人の怒鳴《どな》り声が聞こえてくる。周囲の分譲された住宅街の住民からは常に蔑《さげす》むような視線を向けられ、道を歩く度に人生の格差を嫌でも感じさせられる。

家の中はもっと酷かった。家事を一切しようとしない母が溜《た》め込《こ》んだゴミと、煙草《たばこ》の汚れに塗《まみ》れた壁と、悪臭が染みついた敷きっぱなしの布団。だから母がいない時は、僕はいつも外にいることにしていた。

みどり団地の一角には、これまた古い公園があった。公園といっても、ブランコと滑《すべ》り台《だい》、それに鉄棒があるだけの小さなものだ。すっかり高齢化してしまった市営住宅の住民はもはや使うこともなく、あちこち雑草が伸び放題で、錆《さ》びだらけの遊具が虚《むな》しく風に吹かれている有り様だった。

僕はいつもこの公園で、ブランコに座り、夜になって母が夕食を買って帰ってくるのをぼんやりと待っていた。

母が、誰か知らない男のところへ行き、そこで金を貰っている、ということは僕にも理解できていた。だけどそれについて何かを言おうものなら、たちまち母の機嫌は最悪になる。だから僕は、母がどこに行こうが何をしていようが、努めて気にしないように振る舞った。

その日、僕がいつものようにブランコに座っていると、後ろに人の立つ気配があった。

一瞬、母だ、叱《しか》られる、という恐怖が身体中を支配する。こんな時間に帰ってくるということは、男との時間が思うようにいかなかったのだろう。だから帰りが早い時、母はいつも不機嫌だ。

殴られる——。

身を硬くしながら恐る恐る振り向く。

しかしそこに立っていたのは、一人の老婆だった。

老婆は傘を差し、左手には買い物の袋を下げている。見たところ、七〇にはならないくらいだろうか。小綺麗な身なりをして、柔らかく微笑《ほほえ》んでいるのが印象的だった。

「キミ、こんな雨の日に何しているの？　風邪引くよ？」

老婆は、見た目通りの柔らかな声色で話しかけてきた。理知的で、深みのある、優しい声。僕にそんな声で話しかける大人は初めてだった。

「あの、ごめんなさい。帰ります」

僕は狼狽《うろた》えて、ブランコを降りようとした。しかし彼女は、それを押しとどめるようにして、なんと僕の隣のブランコに座ってきたのだ。淡い花柄の、ブルーのロングスカートが濡れてしまうのが心配で、僕はおろおろとその場に立ち尽くした。

「何か心配なことがあるのかな」

彼女は傘をたたみながら、僕に問いかけてきた。

僕も思わずブランコに座り直し、どう喋るべきかを考えた。学校では、知らない人と話してはいけない、と教わっている。だけど、このおばあさんが悪い人だとは思えない。それにもし、何かまずいことがあったら、絶対に僕の方が足が速いから逃げ切れる。

考えを巡らせた末、僕は一言、「別に」とだけ答えた。

「キミは何年生？　名前は？」

「五年生。裕哉《ゆうや》」

「裕哉くんか。それはとってもいい名前だね」

彼女は楽しそうに微笑み、それから倉石《くらいし》、と名乗った。

「裕哉くんも団地に住んでるの？」

「そう。そっちの棟。倉石さんは？」

「私はあっちの端っこ。それじゃあご近所さんだねえ」

どうやら倉石さんも同じ団地の住民らしい、ということがわかると、僕はようやく少し警戒を解いた。

「倉石さんは、お仕事してないの？」

「私はね、もうおばあさんだからお仕事は引退したのよ。昔は大学の先生をしていたの」

「そうなんだ。じゃあ倉石先生だね」

僕は少し驚いた。大学の先生といったら、とても偉い人だろう。なのに、どうしてこんな団地に住んでいるんだろう。

僕と倉石先生は、それから細く霧のような雨が舞う中で、二人ブランコに腰掛け、色々な話をした。好きなスポーツのこと、子どもたちの中で流行《はや》っている遊びのこと、昔のこの街の様子、先生が勤めていた大学のこと。

しかし、先生は、僕の家のことを決して聞こうとはしなかった。今にして思えば、先生としても遠慮があったのだろう。雨模様の中で一人寂《さび》しく公園にいる子どもなら、家庭に何か問題があると考えて当然だ。だが少なくとも僕にとっては、先生と話をした時間は、何も責められることのない不思議に安心する時間だった。

夕暮れが近くなり、行政の防災無線から午後六時を知らせるチャイムが鳴ったところで、僕は立ち上がった。

「そろそろ帰らないと。お母さんが帰ってくるから」

「そう、それじゃまたね」

先生も立ち上がり、手にしていたビニール袋から、小さな焼き菓子をひとつ取り出して僕に持たせた。

「私の家はわかったね？　うん、それじゃ今度から一人で寂しい時、私の家に遊びにおいで。勿論お母さんには許可を貰ってね。私は大体一人で家で本を読んでるから、いつでもいいよ」

去り際に僕が振り返ると、先生の素敵なスカートが、一陣の風に少し揺れていた。

翌日から、僕は毎日のように、学校から帰ると倉石先生の家に入り浸るようになった。

母に恐る恐る先生のことを告げると、拍子抜《ひょうしぬ》けするくらいあっさりと許しは出た。

「ばあさんの一人暮らしでしょ？　じゃあ勝手にしな。でも私には迷惑かけるなよ」

多分、母は機嫌がよかったんだと思う。デートがうまくいったのか、それともパチンコで勝ったのか、その日の夕飯は珍しくスーパーのパックの寿司《すし》だった。

先生の家は、僕の家と同じみどり団地だとは思えないくらい綺麗だった。

床や壁、トイレなどはどうしても古びているが、それでも片付いていて、あちこちが花柄の模様で覆われていた。何より驚いたのは、狭い家の中をところ狭しと埋め尽くしている本の量だった。僕には難しすぎて読むことはできなかったけど、先生が何より大切にしているのだろうということは一目でわかった。

僕と先生は、お菓子を食べながら毎日いろんな話をした。先生はすごく知識が豊富で、先生の話を聞いているのは学校の授業の何倍も面白かった。

ある時、家の中に蜂《はち》が一匹迷い込んできたことがある。その時に先生は、それをそっと逃がしてやり、そして蜂に関する話をしてくれた。

「裕哉くん、蜂はね、仕事をするのはみんなメスなの。子どもを産むことができる女王が一匹だけいて、働き蜂をたくさん産むんだけど、それがみんな姉妹なのね。そうしてお姉さんの蜂が、妹の蜂の面倒を見る。働き蜂は子どもを産めないから、みんな女王や妹たちの世話をして、子孫を残さずに死んでいくのよ」

「そうなんだ。それってなんか可哀想《かわいそう》」

「だけどそうすることで、自分と同じ遺伝子をもつ女王が、新しい女王を産む手助けをしているのよ。つまり女王が無事次の女王を残せたら、自分の遺伝子が残ることになるでしょ。そうやって何万年も、何十万年も、生きてきたの」

「ふーん」

僕は曖昧な返事をした。遺伝子、という言葉は聞いたことがある。だけどその時の僕には、少々難しくてよくわからなかった。

「先生は何の先生だったの？」

「私はね、進化生物学っていう学問の先生だったのよ。生き物がどうやって進化してきたか、っていう研究をしていたの。裕哉くんは進化って知ってる？」

「知ってるよ。ポケモンのやつでしょ」

「ああ、それも進化っていうんだっけ」

先生は僕の答えを聞いて、柔らかく笑った。

「ゲームの中だと、一匹のモンスターの身体が変化するのが進化なんだよね。だけど本当の進化っていうのは、一匹だけに起こることじゃないの。たくさん同じ生き物がいる集団で、段々親から子ども世代に変わっていくでしょ。その中で、子どもに受け継がれる遺伝子が少しずつ変わっていくことを進化っていうのよ」

「そうなの？　じゃあポケモンのは進化じゃないの？」

「あれは生物学の言葉だと、変態ね」

「変態!?　嘘だ。変なの」

僕はそれを聞いて大笑いし、先生もからからと声を上げて笑った。

その日、僕は家に帰ると、母に、「進化って知ってる？」と聞いてみた。

しかし不機嫌そうな母から返ってきた答えは、「はいはい、ちゃんと勉強してて偉いね。黙って寝なさい」だけだった。

数年が経ち、僕は中学生になっていた。

その頃になっても、状況は大して変化していなかった。変わったことと言えば、僕が声変わりしたことと、先生の膝が少し悪くなったこと、そして母が時折夜になっても家に帰らなくなったこと、そのくらいだ。

母が帰らない夜には、僕は時々先生の家に泊めて貰った。寝る場所は狭かったが、ゴミだらけの家で一人で過ごすより何倍もいい。先生は手作りの夕食を振る舞ってくれ、少しは理解ができるようになった僕に、また生物学の興味深い話をしてくれた。

ある日のことだった。

僕はその日、すっかり荒《すさ》んだ気分で久しぶりに公園にいた。

原因は学校でのいじめだった。小学校の頃から僕はしばしば、クラスの中でもいじめのターゲットになっていた。貧乏だから。家が汚いから。父親がいないから。子どもがいじめをする理由などそんな程度のものだ。

中学に上がり、いじめは次第にエスカレートしていった。僕は勉強はそれなりにできる方だったが、それが余計に気に入らなかったらしい。その日はとうとう、いじめが暴力にまで発展した。

僕は殴られて口の中を切り、血の味がするのを懸命に堪《こら》えながら家に帰った。

先生の家に行けば、きっと何か言われるだろう。それが嫌で、だけど他に行くところもなく、僕はブランコに座ることを選んだ。

気が付くと、あの日と同じように、先生が後ろに立っていた。

何があったのか、とは聞かれない。先生は黙って、僕の頭を撫《な》でてくれた。

ずっと堪えていた涙が、初めて目から零れる。堰《せき》を切ったように言葉が溢《あふ》れた。ぽつりぽつりと、いじめられていることや母親のことを告白する。先生はうんうん、と言いながら、ずっと僕の頭を撫でていた。

「今日はカレーにしようか」

僕がようやく少し落ち着くと、先生はそう言って僕を家に連れていった。それから家にあった材料でカレーを作り、僕は先生と一緒に夕飯を食べた。

「ねえ、先生。僕は何のために生きているんだろう。人間はみんな、どうして生きてるの？」

僕の青臭い問いに、先生は真面目《まじめ》な顔でカレーを口に運びながら答えた。

「人が生きる目的は、人それぞれかもしれないね。中には、生きる目的を探すために生きている人もいると思う。私だったら、そうだね、死ぬまでにもっとたくさんの本を読みたい。それが生きる目的かな」

「だけど、何をしても死んだら結局何も無くなるよね。じゃあ意味なんてないんじゃないの」

「そうか、難しいことを考える歳になったね。それじゃ、少し面白い話をしてあげようか。人間はね、いや人間だけじゃなくて全ての生物は、遺伝子の乗り物にしか過ぎない、って考え方があるんだよ」

「遺伝子の乗り物？」

「そう。生き物が生きる目的は何かって考えた時に、どの生物も子孫を残そうとする。そして、子孫を残すために物を食べ、体を維持している。だとすれば、遺伝子そのものが実は生物の本体で、遺伝子が次の世代に引き継がれるために、体を乗り物のように使っている。だから生物は生きているんだ、とも考えられるでしょ。実際に、子どもを残したらすぐに死んじゃう生物も世の中にはたくさんいる。だからそういう意味では子どもを残すことこそが、生物の究極の目的なのかもしれないね」

「子どもを残すこと……」

僕はぼんやりとそれが意味することを考えた。自分の遺伝子を残すこと。子どもを残すこと。それが生きる意味なら、今こうして苦しむことに大して意味なんかないんじゃないか、という気がしてくる。

遺伝子が本体。

僕は乗り物。

あまりにも自分の常識とかけ離れた考え方に、軽い眩暈すら覚える気がする。

「まあでも、人間は少し特別な生き物だからね。どうしても遺伝子を残すこととは別に、自分の人生の意味を考えてしまうんだね。私もそう。私は残念ながら、子どもを残すことはできなかった。だからそういう意味では、私の遺伝子は誰にも受け継がれない。だけどそれでも生きてる意味が欲しい。ほら」

先生はそう言って、一冊の本を本棚から抜き出した。進化の不思議を探る、とタイトルがあり、著者に先生の名前が入っている。

「私は子どもを残せなかったけど、その代わりに本を残した。私が生きた証《あかし》はここにある。それに、私が生きていたことを、裕哉くんが覚えててくれる。だから、それでいいと思うの」

僕はその本を手に取り、しばらく考えてから言った。

「先生、僕は生物学者になりたい」

「そう。それはとても素晴らしい夢ね。でも学校に縛られることはないよ。人間、勉強なんてその気になればどこでもできるの。だから、勉強したいという気持ちを忘れないようにね」

翌日から、僕の中で何かが変わった気がした。

僕は遺伝子の乗り物だ。周りの連中も、遺伝子の乗り物に過ぎない。こいつらが僕をいくらいじめたところで、僕は死なない。生きて、将来子孫を残せば、僕の生きた意味は残る。そう思うと、こんな目先の人間関係に一喜一憂しているクラスメイトたちが哀れにすら思えてきた。

こいつらは下等な人間なんだ。

僕はひたすらに、いじめの首謀者たちを見下すことで精神を保っていた。自分が遺伝子の乗り物であることにすら気付かない、バカみたいな連中。そんな奴《やつ》らに、僕が苦しめられる謂《いわ》れはない。

結局、いじめていた連中は、僕がほとんど反応を示さなくなったのでつまらなくなったのだろう。三年生になる頃にはいじめは少しずつ下火になり、僕は受験に集中することができるようになった。

そうして僕は高校生になり、大学生になった。首都圏にある、それなりに有名な大学。母は僕のことなど全く顧みようとしなかったから、僕は奨学金を借りて東京で一人暮らしを始めた。

先生とは時折手紙をやりとりしたが、直接会うこともすっかり無くなった。僕は大学で望み通り生物学を専攻し、先生に聞いたことを真に理解するため、必死に勉強に励《はげ》んだ。

特に集団遺伝学の講義はとても面白かった。生物集団中で、ある遺伝子の広がりやすさを相対的適応度と呼ぶ。これが高い遺伝子は、適応度が高い、つまり集団中に広がりやすいということになる。「遺伝子こそが生物の本体だ」という、あの日先生に聞いた話が、ここには科学的な理論として存在していた。

ただ、ひとつ残念なことがあるとすれば、僕が女性にモテなかったということだろう。それは容姿の問題もあったかもしれない。間違ってもハンサムとは言えない顔。ひょろりと背が高く、決して筋肉質ではない体型。いくら勉強を頑張ったところで、女の子たちはもっと格好良く明るい男たちの元へ群がった。

僕は鬱屈《うっくつ》した思いで、益々勉学にのめり込むようになった。どうしていつも僕の前には、ああいう奴らが立ちはだかるんだろうか。目の前の快楽しか頭にない猿が、女たちに次から次へと手を出し、僕の邪魔をする。子どもができてもどうせ堕胎するだろうに、女たちはあんな屑《くず》どもに喜んで身体を差し出す。僕が声をかけても、虫でも見るかのような表情で避けていくくせに。

ただ、その苛立ちは、僕が研究へ取り組む強いモチベーションとなったのも事実だ。気が付けば、僕は学年でもトップの成績を取るようになり、僕の名前は若手の有望株として学会でも一目置かれるようになった。

先生と同じように、遺伝子が残せなくても、研究の世界で名前を残せればそれでもいいか、という思いが浮かぶ。

それでも、キャンパスを歩く時、楽しそうに腕を組んで歩く男女を見る度に、僕の胸中にはどす黒い思いが渦を巻くのだった。

5　外の世界へ

「じゃあ、押すぞ」

クランは目の前の扉の脇に据え付けられたボタンに手を掛けると、他の五人の顔を見た。一様に緊張を浮かべた五人は、何かあったらすぐに対応できるようにと、それぞれが手に武器になりそうなものを握っている。とはいえ、シェルターの中に本当の武器が置かれていたわけではない。見つけることができたのは調理用の包丁にサバイバルナイフ、工具箱にあった長いバールと金槌《かなづち》、そのくらいである。カイは万一のことを考えて、取り外した倉庫の棚板を一枚、盾代わりに構えていた。

その日は朝から、どうやって外を確認するかということが話題の全てだった。

シェルターの出入り口は、片側が幅一メートル程度の金属製の頑丈そうな扉が二枚並んだ両開きだ。これが両側にスライドして開くので、開口部は都合二メートル四方程度の正方形になるということだ。扉の開放が途中でキャンセルできるかどうかの保証はないし、開ききるまでの時間もわからない。つまり、場合によっては、この正方形の開口部から何かが飛び込んでくるだけの時間的余裕があることも考慮する必要があった。

「そこまでしなくてもいいんじゃないの。ぱっと開けて、見て何かあればすぐ閉めれば良いじゃない」

イリヤは、武器を構えておいた方が良い、というカイの提案には消極的だった。その考えは理解できないでもなかった。千年の間、全く開くことがなかった扉が、今日突然開くと誰が予想できるだろう？　外に危機が待ち構えているとして、それが生物的なものだとすれば、少なくとも扉が開いた瞬間に飛び込んでくるとは思えない。

むしろ心配なのは、開けた先が例えば水没しているとか、放射能で汚染されている、などといった、自分たちの力では防ぎようがないケースだ。そうなれば水や放射線は扉を開いた瞬間に容赦なく襲いかかってくるだろう。

「だけど、やはり危険な生物がいる可能性は捨てきれませんし。何もせずにぼうっと立っているよりは幾分気も紛《まぎ》れるんじゃないですかね」

結局、カイのその言葉が決め手となり、スイッチを押す役目となったクラン以外は、皆が適当に装備を固めることとなったのだ。

出入り口の動作については、全員がスリープに入る前に、研究員からごく簡単には聞かされていた。開けられるのは内側からだけ。この扉の隣のボタンを押せば自動で開き、その後はもう一度ボタンを押すか、もしくはしばらく経つと自動で閉まる。

閉まってしまうと外から開ける手段はないので気を付けるように、という説明を、研究員はさも冗談か何かのようにしていた。

もっとも、外に出て閉め出されたとしても、内部に誰かが残っていれば開けて貰えばいいことだ。そういう意味では、六人というこの人数は多少なりとも頼もしく感じた。

クランは、まるでフットボールのコーナーキックを蹴る選手のように、両手を挙げて全員に合図を送った。

クロエが固唾を呑むのがわかる。

ボタンに手を掛け、強く押し込む。

機械の駆動音が響く。扉が呻き声を上げるようにして振動し、千年間——あるいは少なくとも一五三年間——動くことのなかった扉が、軋みと共に両側へと開いていった。

扉の隙間から、明るい日差しが射《さ》し込《こ》んでくる。シェルター内のやや薄暗い照明に慣れてしまった被験者たちの目に、それはスタングレネードと同じだった。

徐々に隙間が開いていく。想像していたよりずっとスピードが遅い。

日差しと共に、砂埃《すなぼこり》が舞い込んでくるのが光に照らされて見えた。

突然、何か黒い、大きなものが、隙間にのしかかるようにして覆《おお》い被《かぶ》さった。

金属製のシェルターの外殻が何かに打ち付けられ、鈍い音を立てる。

なんだこいつは、と誰かが声を上げたかもしれない。

しかし感覚が麻痺し、動けないでいるうちに、そいつは隙間が開くのを待ち構えていたかのようにして、無理矢理にその巨体をシェルターへとねじ込んできた。

「クラン！　危ない！」

シーナの声が響いて、クランの身体にかかっていた金縛りが解け、足が動くようになる。その刹那、クランは咄嗟《とっさ》に後ろへと飛び退いた。

ずん、という重い音を立てて、そいつがシェルターの床へと転がった。

「……ああ、驚いた。木だね」

再びシーナが口を開く。その声に、全員が振りかぶっていた得物を下ろし、肩から力を抜くのがわかった。

床に横たわっていたのは、枯れた木の幹だった。途中から折れ、更に根から倒れたらしい。

「たまたま扉に倒れかかってたってことか」

クランはまだ額を伝ってくる嫌な汗を袖口《そでぐち》で拭《ふ》きながら、誰ともなしに尋ねた。

「そうだろうね。ミズナラかな？　この木の感じだと、倒れてきたのは多分ここ数年だと思う。あたしが知ってる生態系が維持されていれば、の話だけど」

シーナの話を聞き流しながら、クランはそいつを乗り越えて扉の向こうへと向かった。恐る恐る、顔を覗かせる。

そこには、森が広がっていた。

特に空気には異常な様子は感じられない。

見渡す限り、といっても樹木が生い茂っていて視界はあまり利かないが、ともかく目に見える範囲には動物の気配はなかった。

「大丈夫そうだ。森の中だよ」

クランが内部に伝えると、全員が今や開ききった扉の際まで近寄り、周囲を観察し始めた。

「とりあえず出るのは問題なさそうね。それじゃ手筈《てはず》通りでいい？」

「いいんじゃないか。マルコとイリヤは一旦残り、他の四人で近くを色々探してみよう」

クランはそう言って一歩外へと踏み出した。その刹那、クランの中に得も言われぬ感情が溢れてきた。

そうだ、ここは俺の知っている世界ではない。

俺たちは千年の時を超えて、未来にいるのだ。

今やクランは、すっかり消えて無くなりたかったことを忘れていた。脳内を占めているこの気持ちを、好奇心と呼ぶのだろう。子どもの頃以来久しく忘れていたそれは、彼を外へと向かわせるのに充分な熱量を持っていた。

「待ってよ、クラン」

後ろからシーナが出てくる。続いてクロエ、そしてカイ。留守番の二人を残して、クランたち四人はその森をきょろきょろと見回した。

「とりあえずあの倒木をそのまま使ったらいいんじゃないですかね」

カイが後ろを指さす。

「そうだな。どのくらい耐えられるかのテストも兼ねて、使ってみよう」

カイの言う、使う、とは、つまりドアストッパーのことだった。外に出てしまうと中には入れない。それを防ぐためには、ドアが閉まらないようにする工夫が必要である。

当初は、何か大きい岩でもあれば、それを挟んでおこう、という算段であった。扉が閉まる機構の強さがわからないが、少なくとも岩なら扉を止めておくことはできるだろう。ただ、いかんせんそれだけの大きさの岩を探し、更に運んでくるのは骨だ。ちょうど倒れてきたこの倒木が、その代わりを務めてくれるならばありがたい。

クランとカイは二人がかりで倒木の位置を調整し、ちょうど両方の扉の中央に横たえた。本来なら開閉の方向に水平にして、縦に挟まるように――つまりつっかえ棒のように使えないか、と考えたのだが、思ったより重くてちょうど良い位置に持ってくるのが難しかったのである。

それからしばらく、全員が扉の様子を観察した。たっぷり一分は経った頃だろうか。再びドアが軋みを上げ、ゆっくりと閉じ始めた。

それは開いた時と同じスピードで徐々に隙間を狭めていき、やがてその間に木の幹を挟んだところでストップした。

「ああ、よさそうじゃん」

木に近寄ったシーナが、耳を澄ませている。

「特に壊れそうな音も聞こえない。中は？　イリヤ、どんな様子？」

「中も特段変わったことはないわ」

木によってできた隙間を通して、イリヤの声が聞こえてくる。

隙間はちょうど人一人がすり抜けられる程度に収まっていた。小柄なクロエならば特段問題ないだろう。カイには少し厳しいかもしれないが、誰か一人が入れれば、改めて開閉スイッチを押せばいい。

「じゃあ食料を取ってくれ。これでしばらく外の様子を見てくる」

クランが中に声をかけると、しばらくしてイリヤの華奢《きゃしゃ》な腕がぬっと突き出され、探索組の食料が入った布袋を手渡してきた。

まずは一番近くの街へと行き、生活している人間を見つけよう、というのが今回の探索の趣旨だった。とはいえ、全員で外へ出てしまうと閉め出されるのが怖い。それに、引き続きコンピュータの情報を精査する必要もあった。それでイリヤとマルコがシェルターに残り、他の四人が外へ赴くことになったのである。

外は既に日が高く昇っていた。木々の葉を通して射す陽光が、枯れ葉と草に覆われた地面のあちこちに影を作っている。季節は五月だから、特段暑くも寒くもない。気候的にはそれほど千年前と変わっていないのだろう。

「だいぶ土に埋もれてるね」

シーナが一歩引いて扉の全体像を眺めている。言われてみれば、確かにシェルター全体が土に覆われている印象だった。確かこのシェルターは、元々山際に半分埋もれるようにして建っていた筈である。だとすると、その山が崩れたりでもしたのだろうか。入り口の周辺だけは辛うじて土に埋もれることなく、金属の光沢が日の光を反射して煌《きら》めいていた。

改めて見回すと、人の手が入っているとは思えない、原始の姿の森がそこにはあった。

「極相林《きょくそうりん》だね」

シーナが呟く。

「極相林?」

「そう。森っていうのは、時間経過と共に段々と樹種が変化していくの。最初は他に木がなくて明るい環境だから、そういうところに適応した樹種が生えてくる。そしてそれが育つと林床は日が届きにくくなるから、それに応じた樹種が育つようになる。そうして最初に生えてきた木が枯れる頃には、後から生えてきた木が大半を占めるようになる。そうやって少しずつ樹種の構成が変化していって、最終的に行き着く構成が極相林」

「それがどうしたんだ」

「つまり、人の手も、極端な自然災害もないまま何百年も経っているってこと」

それを聞いて他の三人はああ、と納得の声を漏らした。

人間による開発の手が入っていないということは、やはり想定していた通り、この辺りは政府の強制移住政策によって無人の地域になったということだろう。

クランの記憶では、千年前の段階でもかなり辺鄙《へんぴ》な場所に位置していた筈だから、そうであっても不思議はない。

カイが荷物の中から赤色のビニールテープを取り出した。多少劣化してはいるが、まだ充分に使える。工具と共に置いてあったものだった。

それをところどころで木に巻き付けながら、四人は緩やかな斜面を下っていった。とにもかくにも、人間の痕跡を見つけたい。千年前に被験者たちをここまで導いてくれた道路は、既にすっかり土に覆われてしまっているようで、どこにも見当たらなかった。

時折、何かはわからないが獣の鳴く声が聞こえる。

一歩踏み出すごとに足下からは小さな昆虫がぱっと飛び立ち、一行に道を譲っているようだった。シーナはその度に目を輝かせてそれを追いかけては、フキバッタか、とかツノトンボだ、などとぶつぶつ呟いていた。

「何か珍しいものでもいますか」

クロエがおずおずと声をかける。

「そうだねえ、とりあえずぱっと見た感じは千年前とそんなに変わらなそうかな。生物相が変化してないのは人間活動の影響が少なかったからかも。まあ元々田舎だったもんね、この辺」

「人口減少社会では、真っ先に廃村になりそうな場所でしたよね」

カイが同意する。彼は早くも額に汗を浮かべていた。

「しかし道が埋まってるのは困ったな。道路さえあればたどっていけばいいと思ったんだが」

「大丈夫だよ。みんなここに来た時の記憶、まだあるでしょ。千年前でも実質三日前くらいなんだから」

確かにその通りだ。いくら森に覆われてしまったからと言っても、街があったおおよその方向は見当がつく。四人は足下の草を踏みしめながら、前に進んでいった。

一歩進むごとに、その下でクッションのように落ち葉が体重を受け止め、乾いた音を立てる。周囲を警戒しつつ歩きながら、クランは千年前の記憶を引っ張り出していた。

三日間の隔離体験を終えて、施設からここに連れてこられたのは、研究所の所有するワゴン車だった。山際とはいえ、近くの集落からはものの一〇分程度の距離だった筈である。何度かヘアピンのようなカーブを曲がり、山裾《やますそ》の斜面を登った覚えがある。つまりクランが歩いているのは、この斜面ということになるだろう。道の痕跡なのか、あるいは水でも流れた跡なのか、多少木が少なくて歩きやすいルートが曲がりくねって続いていた。

これを下った先には人口が数十人程度と思われる地元の集落があった。そこからは川に沿って道が続き、平地になる辺りからは街になっていたのを覚えている。

街はどこにでもあるような地方都市だった。首都で見られるような高層ビルは駅前に集中して何本かある程度。郊外へ行くほど店舗は大型化し、周辺に広がる住宅地があり、そしてその外縁は自然が囲んでいる。海から少し離れたこの街では、その境界を規定しているのは全て山だった。

もし人が今も生活している可能性があるとすれば、当然街の中心部だろう。たしか、そこまでは車で二〇分くらいの距離だった。つまり障害がなければ、徒歩なら二、三時間くらいで着く計算になる。もっとも、政府の強制移住政策というのが正しければ、その街にもおそらく人はいない。首都近郊へ全員が移住し、打《う》ち棄《す》てられた街の残骸《ざんがい》が残っているだけだ。

「なあ、シーナ。近くの街に人がいる可能性はあると思うか」

クランが尋ねると、またしてもひらひらと舞っていった蝶《ちょう》らしきものをふらふらと追いかけていたシーナが振り返った。

「あたしは正直難しいと思う。強制移住したとすれば当然集まってるのは首都圏でしょ。とはいえ、ともかく状況を探らないとね」

そうだよな、とクランは深くため息をついた。

歩きながらシモンと謎の死体について考えを巡らせる。もしも誰かが侵入してこのふたつの殺人を犯したのだとすれば、その犯人は一体誰なのか。

被験者は、目覚めたとすれば自分一人でスリープに入り直すことができない。そうなるとやはり考えられるのは、研究所の職員だろう。イリヤは知らされていないようだったが、職員ならば、非常時に備えて外からシェルターに入るための手段をもっていても不思議ではない。外部からの侵入が制限されているという事実から考えれば、それを疑うのが当然の道理だ。

しかしだとすれば、わからないこともある。まずシモンが殺された理由。クランたちと同じように抽選で選ばれたシモンが殺されるとすれば、それはなぜなのか。しかも、おそらくは一五三年前というタイミングで。流石にスリープに入る前にいた職員は生きてはいまい。そうなるとスリープしている最中に、何かシモンが殺される理由が発生したことになる。

　だがコールドスリープ状態にあり、全く外界と遮断されている人間に、殺害される理由など新たに発生するのだろうか。考えられるとすれば、シモンの子孫などの血縁者が関係している、遺産相続などのトラブルか。

　もうひとつ不明なのは、結局あの顔を潰された死体が、いつの時代の、誰のものだったのかということだ。あの死体はどう考えてもまだ成人のものではなかった。とすれば、当然研究員ではないということだ。普通に考えれば、あの被害者もスリープ中に侵入した人物ということになる。だとすると、シェルターの侵入を防ぐ機能というのは、少なくとも二回破られたということになるのか。

　いや、とクランは一人首を振った。それは考えにくい。仮にも千年もの間侵入されないように、と構成されたシステムだ。それが二度も破られたと考えるより、シモンの殺害に関係して同一のタイミングで侵入されたと考えるべきだろう。

　するとどういうことになるか。

　クランの足は一定のリズムで落ち葉を踏み、その度に乾いた音が静かな森の中に響いた。時折シーナが何かを見つけたらしい、楽しそうな声が混じる。一方のカイとクロエは、クランと同じようにそれぞれに何か考え込みながら、一言も発することなく歩を進めているようだった。

　外部から、研究所の職員か、あるいは強引にシェルターの防御を突破した人物が侵入した。それは少なくとも一人の少年を含む二人組であり、そいつらはシモンのテグミネを強制終了させ、そしてシモンをナイフで刺して殺害した。シモンにコールドスリープに必要なチューブ類が刺さっていなかったことを考えると、強制終了により一度は起き上がったのだろう。そして朦朧としているタイミングか、あるいは隙を見てか、背後からナイフで一撃を見舞った。

その後、その二人の間では何か仲間割れが発生した。そして一人がその少年を殺し、それから顔を潰して冷凍庫へと収納した——。

クランは思わず顔を顰めた。何か筋が通らない。

もしこの考えが正しければ、侵入者は被験者たちが全く知らない人間の筈だ。なぜ顔を潰す必要があったのか。顔から得られる情報が、見た目以外にあるとでもいうのか。

そこまで考えて、ふとクランの脳裏にあることがよぎった。

そうだ、これが起きたのは俺たちの知っている世界より何百年もあとのことだ。

だとすれば、その時代の人類の特徴として、顔にそれとわかるものがついていてもおかしくない。

例えばかつて、顔に入れ墨を入れている者たちがいた。それは部族の習慣であったり、ファッションであったり、一部の国では犯罪者だということを示す印であったり、理由は様々である。もし、俺たちの時代から数百年が経った世界で、そういう消えることのないマークが顔に刻まれる習慣が発生していたら。

あの顔なしの死体は、俺たちが起きた後に千年後の世界の人間が見る可能性がある。その時に顔のマークで、それがどういう人物なのかが露呈《ろてい》する、ということもあり得るのではないか。だとすればそれを防ぐために、顔をマークごと潰した、ということも考えられるじゃないか。

「ねえ、みんな随分静かだけど、大丈夫？」

シーナが無邪気と形容して差し支えないような声色で三人に声をかけた。ふと顔を上げてみると、手には何やらもぞもぞと動く生き物を摑んでいた。

「ひゃあっ！　なんですかそれ！」

クロエが飛び上がりそうなほど驚いて二、三歩後ずさる。背後を歩いていたカイが抱き留めるようにしてそれを支えた。

「何って……ナナフシだよ。正式名称はエダナナフシ、の筈。ほら、触角が長いでしょ。これがエダナナフシの特徴なんだけど、あたしが知ってる種類とはちょっと違って体色が黄色みがかってる。やっぱり進化してるんだよ」

シーナは実に嬉しそうな表情で、その細長い昆虫をつまんで掲げて見せた。

「本当なら標本にしたいんだけど、流石にそんな道具はないもんなあ……街に着いて人がいたら聞いてみようかな。もしかしたら未来の標本道具はもっと簡単に作れるようになってるかも……」

独り言ちながらうっとりした目でそのエダナナフシとやらを眺めているシーナに、「いいから進むぞ」と声をかけ、クランはまた先を急ぎ始めた。

「頼むから警戒してくれよ。何があるかわからん」

「わかってるよ。それよりクラン、何かずっと考えてたみたいだけど。やっぱりシモンのこと？」

「そうだな」

クランはシーナと並んで歩きながら応えた。気付けば斜面も終わりに近づいたらしく、足下はすっかり平坦《へいたん》になっている。それでも周囲の木々が相変わらず開けてこないのは、人間社会がこの辺りを放棄してから自然が浸食を続けたからだろう。千年前ならそろそろ集落に差し掛かっても良い筈だった。

「誰かが侵入したとすれば、それはどういうやつで、なんでシモンだったんだろうな、とか」

「それなんだけどさ、もしかして誰でもよかったのかもよ」

シーナの発言に、クランは驚いて思わず歩調を緩めた。

「誰でもよかった?」

「そう。シモン個人への恨みとかじゃなくて、スリープしている人間の誰か一人を殺す必要があった」

「それじゃ、もしかすると他の誰かが標的になった可能性もあるってことですか? 僕も?」

後ろで聞いていたカイが緊張した様子で言葉をかぶせた。

「可能性の話だよ。そうだったという証拠は何もない。だけど」

シーナは手にしていたエダナナフシを近くの木の垂れ下がった枝にそっと乗せ、振り向いた。

「普通に考えて、スリープから八〇〇年以上も経ってるのに、シモン個人に対する殺害動機が発生しないでしょ」

「ああ、それは俺も考えた。だけど例えば、シモンの子孫やなんかがいて、遺産相続の関係で、とかはあり得ないか」

「うーん、まあ可能性だけなら色々考えられるけどね。何しろあたしたちは二九〇〇年頃の世界を知らない。もしかすると遺産相続に関する法律がその頃変わって、シモンを殺す必要が出てきたかもしれない。それとも科学技術に関係して、とか」

その時、ふとクランの中にまた閃《ひらめ》くものがあった。

「そうか、もしかして一四〇〇年前からの記録がなかったのって、それに関連して……」

「ああ、あり得るかもね。侵入者が、あたしたちが起きた後にそのキーになる社会の変革を知ることがないように、その周辺の記録だけ消去した。だとすれば結局あたしたちには何もヒントがないわけだ」

その言葉に、一行は皆黙り込んだ。

そうだ、ヒントになるものがなさすぎる。千年前の常識に従って考えていても、何もわからない。

「どっちにしても早く現代人に会わないとね。とは言っても、もしかするとその中にはシモン殺害犯がまだ生きている可能性もあるんだけど」


すっかり日が南中し、影が短くなった頃、四人はようやく森の外れに差し掛かっていた。

木々はまばらになり、足下には壊れたアスファルトの塊らしきものが混じり始める。どうやらもっとも近い街に出たようだった。

「街には着いたみたいですね」

カイが言いながら、森の末端にある一本の木に赤いテープを二回巻き付けた。ここが帰りの目印になる。ここから一直線に森を抜ければ、シェルターにたどり着ける筈だった。

「そうだな、だけど……」

クランは目の前に開けた景色に、言葉を失った。

そこに広がっていたのは、異様な光景だった。

人工物の残骸が転がる乾いた草原。

そこに整列するようにして、数メートルはある柱がずらっと立ち並んでいる。

古代文明の遺跡のようなその柱の群れが、かつての電柱であるということに気付くまでに、数秒を要した。電線はとっくに切れて落ち、大半は根本から傾いており、数本に一本は半分くらいから折れている。

かつての主要道路であっただろうその電柱の列の両側を見れば、木造の住居は、どれも潰れて全く原形を留めていなかった。草や土に埋もれるようにして、小山を形成しているだけだ。

時折高く聳《そび》えているのは鉄筋コンクリートの建物である。しかしそれらもまた、ほとんどがすっかり崩壊してしまっていた。上半分が消失しているもの、真ん中辺りから下が潰れているもの、外壁が丸々一面無くなり、中が丸見えのもの。そのどれもが風に吹かれて堆積《たいせき》した土に覆われ、その土からは草木が僅かな場所を争うようにして生えている。

それらの建物の痕跡に入り交じって、一抱《ひとかか》え以上ある、草木に覆われた金属の塊が目についた。一瞬、それが何なのか理解できなかったが、少し考えて合点がいったクランは、ああ、と一人頷いた。これは車だ。かつて街中を我が物顔で走り回っていたこの鉄の獣は、今や無残な錆だらけの屑鉄《くずてつ》と化して、そこかしこに放置されている。

その車たちが通るために綺麗に整備されていた道路は、今は草原の一部として僅かにアスファルトの破片を覗かせているだけだ。それでも森の浸食があまりないように見えるのは、おそらく高木がほとんど生えていないせいだろう。どうやら積もった土の深さに限度があるため、高い木は成長できないらしい。それはまるで、人間の領域だった場所が植物たちの侵略に辛うじて抵抗しているかのようだった。

「……誰かがいるとは思えんな」

「そうだね。というか、ここまでなるには数百年はかかると思う。多分、強制移住と同時に捨て去られた街なんだろうな」

「だけど、強制移住の記録があったのって、二五〇〇年かそのくらいでしたよね？　だとするとその頃からここには誰も住んでないってことですか？」

カイが眉を顰めた。

「それはそうでしょう。それがどうかしたんですか？」

隣で呆然《ぼうぜん》と景色を眺めていたクロエがそちらを振り向く。

「いや、つまり、シモンさんが殺された頃って、既に付近には誰もいなかったってことになりませんか」

「ああそういうことか。確かに」

クランも同意して頷いた。

「もしその頃、既にここが捨てられた街になっていたなら、シモン殺害犯は街のある首都圏から来たってことになるな。そうするとわざわざ何時間もかけて出かけてきてまで殺す必要があったってことか……」

「シモンのことは一回忘れようよ」

シーナが言葉を遮った。

「どっちにしても現状の社会を見てみないとわかんないよ。それより、ここから首都圏っていうとどのくらい距離ある？」

「僕、覚えてます。多分三〇〇キロくらい。車で三時間半は走ってましたよ、連れてこられた時」

三〇〇キロ。ということは、もし歩くとすれば一〇日近くかかる距離だ。強行軍でも五日はかかる。

「ちょっと簡単に歩いてくってわけにはいかなそうだな」

「よっぽど装備を整えないといけないですね。靴もこれで大丈夫かどうか……」

クロエが心配そうに己の右足を上げてみせた。

一同は全員、倉庫に眠っていた日用品の中から、同じデザインのスニーカーを見つけ出してそれを履いていた。シェルターに入る時に、もう不要だから、と自分の靴は研究員に回収されていたのだ。考えてみればそれも当然だろう。テグミネに入るのには靴は必要ないし、シェルター内も汚れをできるだけ持ち込まないために土足禁止だ。そして脱いだ靴をどこかに保管しておいたところで、千年も経てば何の用も成さなくなることは誰でもわかる理屈だ。

ただ、この靴も決して質の良いものとは言えなかった。長期保管に主眼が置かれているせいだろうか。この靴で三〇〇キロを歩くとなれば、破損した時のことを考えて予備を持っていく必要がある。それだけでも荷物の量が増えてしまう。

「ともかく、少し街の中を見てみようか」

シーナがそう言って歩き出した。足下で時折アスファルトの欠片が崩れる音がする。時に腰丈まで伸びている草に足を取られそうになりながらも、クランとカイ、クロエがそれに続いた。

手近にあるコンクリートの建物に近づいてみる。どうやらホテルか何かだったらしく、細かく区分けされた部屋が二階部分に並んでいた。しかし外壁は大きく崩れ、開口部に積もった土から、細い木が何本も飛び出していた。

「入れるか。崩れないと良いが」

クランが軽く壁を叩《たた》くと、僅かに手に土埃《つちぼこり》が付着した。それでも一応まだ軀体《くたい》はしっかりしているらしい。少なくとも突然潰れて生き埋めになる心配は少なそうである。

「もし心配ならここで待っててもいいよ。あたし見てくるから」

「いえ、私も行きます。正直、置いてかれる方が少し……不安で」

四人の中でもっとも臆病《おくびょう》、よく言えば慎重なクロエの言葉で、自然と全員が中に入ることになった。

クロエが入るならクランにもカイにも入らないという選択肢はない。

ガラスが全く無くなり、金属製の錆びたサッシだけが残されている出入り口をくぐる。かつて受付ロビーだったと思われる空間には、まだカウンターやエレベーターだった場所がそのまま残されているのが見て取れた。

「やっぱり石や金属は強いね。何百年も経っても残るんだ」

シーナが感慨深げに感想を述べる。確かにカウンターはコンクリートの上から薄い大理石が張られているらしく、あちこち剝げてはいたものの、まだ当時の面影《おもかげ》を残していた。

ここで何人もの客が手続きをし、向こうに見えるエレベーターで客室へと向かったのだ。だが今やそのエレベーターも、金属の扉がすっかり腐食し、中央部に大きな穴が空いていた。

ロビーを後にして一階の廊下を進む。クランはかつてレストランであったらしきスペースを目にして、中を覗いてみた。テーブルや椅子の残骸がそのままに残されている。木でできている部分はどれも朽ちてしまっているが、金属部分はエレベーターと同様に原形を保っていた。

「レストランだったんですね」

カイが入り口で立ち止まっているクランを避《よ》けながら中へと足を踏み入れたのを見てクランも続く。後ろからはクロエとシーナもやってきた。

厨房《ちゅうぼう》スペースだったと思われる場所に足を踏み入れると、崩れてしまった棚から食器や調理器具が溢れ出して床に散らばっていた。近寄ってひとつ手に取ってみる。陶器でできた皿だった。落ちた時に割れたのだろう、綺麗に真っ二つになっている。

「意外と物が残ってるんですね」

「そうだな。思ったより多い。もしかすると移住の時に廃業して、そのままになってるのかもしれん」

「そうですね。移住先でもホテルなりレストランなりやるなら持っていくでしょうし」

カイもクランと同じように床に散らばった食事用のナイフを手に取った。すっかり錆びてはいるが、それでも多少凝《こ》った装飾が見て取れる。それなりに洒落《しゃれ》たレストランだったに違いない。

「ねえ、どうするの？　ここの中見て回っても誰もいないよね」

厨房の入り口からシーナが呼んだので、クランとカイは顔を見合わせた。

「他の建物も多分同じようなもんだろうけどな」

「でも、少なくとも今社会がどうなってるかのヒントになるような情報が必要でしょ」

「わかったよ、行こう」

四人はホテルの残骸を後にして、再び壊れた道路を歩き始めた。確かに、誰にも会えないのならそれはそれで、何かしらの情報は手に入れたいところだ。道路の両側には潰れた住居の跡が土に埋もれて並ぶ。午後の陽光が照りつけ、一行の影を濃く地面に落としていた。

担いでいた袋から水のボトルを取り出してひと口飲む。酷く暑いというわけではないから、季節的にはやはり五月頃で間違いないのだろう。きっかりスリープから千年後だ。心なしか千年前の五月に比べて涼しいような気もする。気候の変動があったのか、あるいは人類が地球温暖化に歯止めをかけるのに成功したのかもしれない。

ふと振り返って、シェルターがある筈の方向に目をやる。クランが思わず立ち止まったのを見て、他の三人もそちらを振り向いた。クロエがわあ、と小さく感嘆の声を上げる。

向こうには、抜けるような青空をバックに、残雪の残る山脈が連なっていた。手前にある低い山には新緑が芽生《めば》え、トーンの明るい緑に染まっている。その麓《ふもと》にある森林は圧倒的な力強さでそこに広がっていた。この場所はもはや自然に返ったのだ、とでも語りかけてくるようだった。

そうだ。この場所はもはや人類の居場所ではない。

人の作り出した物は全て朽ち果て、ただ地形だけがそのままに残されている。

まさしく、国破れて山河在《あ》り、だ。

しばしそうして休憩を兼ねて立ち止まっていると、ちょうどよい風が土埃と共に吹き抜けていく。千年経っても何も変わらない、乾いて心地のよい五月の風だ。軽く目を閉じて深呼吸をする。何のためにここにいるのかを忘れてしまいそうだった。

再び目を開き、進むべき道へと向き直る。

その時、クランの視界の隅で何かが動いた気がした。

ほんの一瞬の動き。影のような黒いものが、建物の向こうへと消えた。

「なんだ？」

「……なんです？　クランさん、どうかしました？」

「ああいや、今何か動いた気がして」

「動物じゃない？　野生の動物が何かいるんだと思う」

「動物……。そうかな、もう少し大きかったような」

クランが首を捻ると、シーナが少し眉根を寄せた。

「もしかすると野犬とか、あるいは熊《くま》みたいな大型の哺乳類《ほにゅうるい》かもね」

「野犬？　すると襲われるってことも」

「こっちが警戒してれば突然襲いかかってくることはないだろうけど、ちょっと良い気持ちはしないね」

「どうしましょうか」

クロエがまた怯《おび》えた表情を見せる。クランの中で、中性的な顔を追い詰められた小動物のように震わせている彼女の印象は、スリープ前の閉鎖環境で感じていたのとはだいぶ変わっていた。かなり臆病で、他人に庇護《ひご》を求めるタイプ。金持ちの娘で、何でも周囲の人間にやらせてきたからだろうか。どちらにしても、トラブルに弱いのは間違いない。

「少なくともこちらから追いかける必要はないだろう。もし相手が人間なら、是が非でもコンタクトを取りたいところだが、あの逃げ方からするとシーナが言うように動物だろうしな」

「クロエ、心配しなくてもいいよ。野生動物っていうのは基本的に人間が怖いんだから。よっぽど飢えてなきゃ襲ってこないよ」

それから四人はまた街の中心辺りを目指して歩いた。ただ、先ほどとは違うのは、どうも何かに見られているような気がすることだった。さっき見た獣だろうか。遠くから監視されているような、あるいは観察されているような、そんな感覚がどうにも拭えなかった。

「気のせいじゃないですか」

カイはクランの不安を、軽く笑い飛ばした。

「動物が近くにいるってわかったから、そんな気分になるんですよ。多分今頃はあいつもどっかへ行っちゃったと思いますよ」

カイの言う通り、あれからは怪しい影を見かけることはない。ただ時折風が吹き抜け、茂った草葉を揺らす音が響くだけだ。

やがて視界の向こうに、これまでで最も大きな建物が見えてきた。四階建てくらいはありそうなその巨大なコンクリートの塊は、屋上に積もった土から多くの曲がりくねった木が生え、外壁の大部分はツタで覆われている。まるで何千年を生きた巨大な亀《かめ》を連想させるそいつは、辛うじて残された壁面の表示から、病院であったことがわかった。

「病院か。何か役に立つ物があるかも」

シーナがそちらへと向かう。他の三人も後に続いた。

他の建物と同じようにすっかりガラスが無くなった入り口を通り抜け、待合ロビーだった場所を見渡す。何百年も無人であった虚無の空気がひんやりと流れるそこは、埃っぽく一行を出迎えた。

無言のまま階段へと向かう。医療器具の類いもほとんど使い物にならないだろうが、それでも何か役立つものがあるかもしれない。

シェルターの倉庫に備蓄されていたストックは、あくまで簡易な日常用品だけだ。少なくとも長距離を歩いて旅する必要が出てくれば、それだけでは不足だろう。

ボロボロになった階段は、ともすれば崩れるんじゃないかという不安を喚起するが、幸いなことに踏みしめればまだしっかりしているのがわかる。クランが二階の廊下へと足を踏み入れた時、先を進んでいたクロエとカイが、病室らしき部屋を覗き込んだところだった。

突如として廃墟《はいきょ》の中に、絶叫が響いた。

心臓が何かに鷲摑《わしづか》みされたかのような感覚。一体何があったのか。叫びの出所を探すクランの視界に、病室の入り口でへたり込んだクロエの姿が映った。

「どうした！　大丈夫か！」

声を上げて駆け寄る。隣でクロエを抱き起こすようにしていたカイが、苦笑しながら振り向いた。

「大丈夫です。ちょっと驚いただけ。ほら……」

近くまで来たクランはカイの指さす方を見る。そこにはベッドの残骸の傍に横たわった、人間の骨があった。

「死体か……白骨化してる」

クランが呟くのと、後ろからばたばたと走ってくる音が聞こえてきたのが同時だった。シーナがクロエの悲鳴を聞きつけて来たらしい。

「どうしたの？」

「なんでもないよ。骸骨《がいこつ》だ」

クランが顎でそちらを示すと、シーナはああ、とほっとした声を出し、人骨に近づいていった。

「ご、ごめんなさい。私、急に骸骨が出てきたからびっくりしちゃって。どうしても苦手なんです。お化け屋敷《やしき》とか、ホラー映画とかもダメで」

「いいよ、大丈夫。何かあったわけじゃなくてよかった」

「そうそう、誰か怪我したのかと思ったよ。……ああ、だいぶ古い骨だね。間違いなく何百年も経ってる。きっと強制移住に従わなかった人なのかな。それとも従いたくても動けなかったか……」

「どんな人間なのか、骨格からわかったりしないのか」

「あたし別にそういうの専門じゃないんだけどな」

シーナが苦笑しながら白骨をあれこれと弄《いじく》り回《まわ》す。だがその目には好奇心と専門家としての観察が入り混じった光が宿っているようだった。

「骨盤は広いから女性だろうね。身長は……あたしより少し低いくらい？　一五〇センチちょっとかな。歯が結構しっかりしてて、骨も脆《もろ》くないからまだ若かったのかなあ。少なくとも高齢者じゃないね。わかるのはせいぜいそのくらいだけど。あ、あと骨折して入院したとかじゃなさそう」

「しかし老人じゃないとすれば、どうしてこんなところで死んでるんだろうな。強制移住命令に対して動けなくてここで最期を迎えたんだろうか」

「そうとも言えないんじゃない？　むしろ強制移住命令後も、それに逆《さか》らってこの辺で生活してたとか」

「それか、ふらっと探検に来てアクシデントにあったとかもありそうですね」

「そうそう。あたしたちの頃もいたでしょ、廃墟マニアみたいな人たち。そういう人種だったかもよ」

「想像力豊かだな。まあでもそうか、結局死因も何もわからんしな」

「それより少し不思議なのは、動物がこの死体をどこにも持ってってないことだね。普通なら肉食動物が荒らしててもおかしくないんだけど」

シーナは少し部屋の中を見回し、肩を竦めた。

「まあ以前は大型の動物が入ってこれない環境だったのかな」

クランは改めてここが病院であったことを思い出した。

そうだ、素性はどうあれ、この白骨の主はこの病院で最期を迎えたのだ。移住の際に置き去りにされたのか。自ら望んでここに残ったのか。それとも廃墟となった後で入り込み、非業の死を遂げたのか。今となってはそれを物語るものは残っていない。

少しの間沈黙が降りる。あるいはクロエ辺りは追悼の意を表していたのかもしれない。しかしその沈黙はすぐに破られることとなった。

「うわ！　こっちにも！　こっちにも骸骨があります！」

カイの声に反応したクランたちは急ぎそちらに向かう。声がしたのは隣の病室からだった。

「なんてこと……こっちは二体？」

病室の中に飛び込んだシーナが、流石に怪訝《けげん》な表情を浮かべた。そこには白骨がはっきり二体分、ベッドの残骸に横たわっていたのである。

「おいおい、どうなってるんだ。これじゃまるで……」

クランはその後に続く言葉を呑み込んだ。

「……やっぱり置いていかれたのかな。でもそんなことって」

「よっぽど無理矢理な移住政策だったんですかね」

カイも沈痛な面持ちで二体の白骨を眺めている。

「もしそうだとすれば、人権の考え方がだいぶ変わってきているのかもしれないな。病人を見捨てるなんて」

クランの言葉に、シーナはしばらく考え込んでいるようだった。

「どういうことだろう。なんかおかしい気がする」

「そりゃおかしいけど、社会がそういう風に変化していたっていうだけじゃ……」

「そうじゃなくて、なんていうかな。何か大きな事件が起きたような印象なんだよ」

「大きな事件？」

「例えば……そう、戦争とか。それとも大地震とか」

シーナは宙の一点を見つめながら、その光景を想像しようとするかのように目を細めた。

「要するに、大量に怪我人か病人が発生する事態が起きて、その遺体の処理が間に合わなかった、っていう感じ。そんなイメージがある。なんだろう」

「だけどシェルターにあった記録ではそんな記述何もなかったですよ。見逃したかな」

「カイ、もしかしたら例の、空白の一二四年なんじゃない？」

クロエの言葉に、しかしシーナは首を傾《かし》げた。

「確かにそれも考えられるんだけど、この骨はもっと古い感じがするんだよなあ。百年ちょっとじゃこんな風に風化したりはしないと思うんだけど……」

それからしばらく四人で顔を突き合わせていたが、結局答えは出ないままだった。

「とにかく、他の病室の様子を見てみましょう」

一行はカイの提案で、二人ずつ組になって病室を片端から開けて回ることにした。シーナとクランが三階に上がり、そこを担当する。カイとクロエが二階を受け持った。

クランとシーナが確認した範囲では、概《おおむ》ね二部屋に一体くらいの割合で白骨が発見された。そのどれもが外傷のない、病死と思われるものだ。

「これだけ残っているってことは……やっぱり何かあったんだよ。それで埋葬の手が足りなくて、放置されたままになったんだ」

カイたちと合流し、結果を報告しあった後、シーナは腕を組んで顎に手を当て、考え込んだ。カイとクロエも、二人とさほど変わらない数の人骨を見つけていた。

隙間から吹き込む柔らかな風がその短く切りそろえられた髪を揺らす。ろくに髪の手入れもできない環境で、あとどれだけこの美しい横顔が保たれるだろうか。そんな場違いなことをふと考える。

「ともかく、事務室みたいな場所を探そう。もしかしたら何か情報が残っているかもしれない」

再び一階に降りることにして、階段へと向かう。二階の手術室か何かに使っていたらしい部屋の前を通り過ぎようとした時だった。

突如として部屋の中で大きな音がした。

がらがら、という岩が崩れるような音だった。

「なんだ？」

驚いた一行が一瞬足を止める。カイが恐る恐る、その部屋を覗き込んだ。

「崩れたんだ」

カイの指さす方に、大きなコンクリート片が転がっている。窓枠がかつて嵌《は》まっていたであろう場所が、大きくえぐれるようにして穴になっている。どうやらその壁の部分のコンクリートが、風化に耐えきれなくなり崩れたということらしかった。

「頑丈に見えても、やっぱり脆くなってるんだな」

「多分窓が無くなってから、雨に曝されたせいだろうね。こうなるとコンクリートも劣化が早いと思う」

シーナが応える。とりあえず動物や何かが入り込んでいるのでなかったのはよかったと言えるだろうか。ただ、四人の中にこの建物も崩れるかもしれない、という緊張感が生まれたのは確かだった。

「急ぎましょうよ」

クロエに急かされるように、一同は一階へと向かった。病院の事務を司っていた部屋を探すと、それは受付カウンターの奥にあった。いつの時代も病院の構造は変わらないということなのだろう。

しかしそこでの捜索は、ほとんど徒労に終わることとなった。紙の類いはすっかり風化してしまい、形が残っているものがあっても印刷されていた文字がほとんど読めなくなっている。また電子データが入っていただろう機械類は、誰かが持ち出したのかどこにも見当たらなかった。

「もしかするとあたしたちが想像しているような形じゃなくなってるかもしれないね」

シーナがプラスチックが劣化してぼろぼろになった書類棚を開きながら呟いた。

「どういうことだ？」

「もし強制移住政策のあった頃までこの病院が機能してたなら、コンピュータも当然何百年も進化したものってことでしょう。小型化も進んでたかもしれないし、ひょっとしたら完全にウェアラブルだったり、まさか全部頭の中に収まってたりして。そういう進歩があったなら、あたしたちが思ってるような機械はどこにもないのかも」

「ああ、なるほど」

クランもその説明に納得して頷いた。確かにクランたちがスリープに入ってから五百年近くも経った時代だ。そういう変化は大いに考えられた。千年前に作られたコンピュータがシェルターに残されていたせいで、なんとなくこの時代のものもそういうスタイルなんだと思い込んでいた気がする。

「まるで叙述トリックだな」

クランは独り言ちた。

結局ろくな成果も得られないまま、四人は病院を後にすることにした。この病院で何があったかはわからないが、それを知る術《すべ》は残されていない。

気が付けば、日が少しずつ傾き始めていた。腹の空き具合と日の高さからすると四時頃だろうか。ここまで来るのに三時間近くかかったことを考えると、日が落ちる前にシェルターに戻るためにはそろそろ出発する必要があった。

病院の入り口に座り込み、携帯していたビスケットと水で軽い食事を摂る。まだ起きてから三日目だというのに、早くもこのビスケットの味には飽き始めていた。やたらと味が濃い割に、単調で変化がない。

「倉庫に他の味のやつもあるのかな」

クランが呟くと、クロエが少し笑った。

「私も、少し飽きてきたところです。戻ったら今度は冷凍食品が食べられますから、そっちの方がありがたいですね」

来た道を引き返すのは、それほど難しいことではなかった。街の中はほとんどまっすぐ歩いてきていたし、森の縁まで来ると、すぐにカイが二重に赤いテープを巻き付けた木が見つかった。

「ここからはテープを目印に歩けばいいです。暗くなる前に、急ぎましょう」

カイの声に、一同があぁ、とかうん、と曖昧な返事をして歩調を速める。流石に誰の顔にも疲労の色が浮かんでいた。それでも四人は、休むことなく斜面を登り続けた。薄暗くなり始めた森の中で、赤い目印のテープはクランたちをはっきりと導いてくれる。

やがてシェルターが近づいてきた所で、久しぶりにシーナが口を開いた。

「イリヤとマルコは大丈夫かな」

「そりゃ大丈夫だろう。子どもじゃあるまいし」

「そうなんだけどさ、入り口が開けっぱなしでしょ」

シーナの言葉に、クランも一瞬口を噤《つぐ》む。言われてみれば、外出組が帰った時に万一のことがないよう、入り口に木を挟んできたのだ。

「野生動物とか、ですか」

「そう。暗くなってきちゃうとシェルターの灯りが外に漏れるから、いろんな虫とかも入ってくるだろうし。あたしは平気だけど……」

「ああ、あの二人なら大騒ぎしそうですね」

カイが苦笑いを浮かべた、その時だった。

足下がゆら、と揺れた。

酷い眩暈だ。

倒れる——。

思わず地面に膝をつく。草と落ち葉のクッションが柔らかくそれを受け止めてくれた。

周囲を見ると、木が一斉にガサガサと揺れ動いている。他の三人が同じように転んだり、座り込んでいるのを見てようやくクランは合点がいった。

地震だ。それもかなりデカい。

まるで地面が咆哮《ほうこう》しているかのように、低く深い唸りがどこからか響いていた。

あちこちで木が折れるめききめき、という音がする。何本かが近くで倒れてきたらしい。森の奥からは、何かの鳥が叫び声を上げて飛び立つのが聞こえてきた。

視界が定まらない。恐怖感でへたり込みそうになるのを懸命に堪える。少し離れたところで、遅れ気味に歩いていたクロエが悲鳴を上げるのが聞こえた。

時間にしてほんの数十秒だっただろう。しかしクランにはまるで一時間にも感じられる揺れだった。ようやく地面の蠕動《ぜんどう》が収まり、周囲が静かになる。

次に聞こえてきたのは、カイの叫び声だった。

「クロエ！」

その声にクランは振り向いた。カイが走って向かう先に、巨大な木が倒れているのが目に入った。

まさか。

クランも慌ててカイの向かった方へと走り出す。その先に、木に押しつぶされるようにして下敷きになっているクロエの姿があった。

「おい！　大丈夫か！」

「クロエ！　クロエ！」

男二人の叫び声が森にこだまする。後から追いついてきたシーナが、早く！　木をどけて！　と怒鳴るのが聞こえた。

「いっ……たぁ……」

その時、木の下敷きになったクロエが呻いた。

「大丈夫か!?」

「あ、足が……」

クロエは苦痛に顔を歪めながら、枝葉の陰《かげ》で身体を動かしている。どうやら身体に被《かぶ》さっているのは細い枝と葉であるらしい。少し胸をなで下ろすと、カイと共に大木をどかす作業に取りかかった。

「足が挟まれたのか？」

「そうです……幹の下に、左足が」

クロエが悲鳴のような声で返答する。会話ができるということは、おそらく体幹部分は無事なのだろう。だが足が挟まれて動けないということらしかった。

せーの、のかけ声で幹を持ち上げようと力を込める。だがクランもカイも、決して体育会系の筋肉の持ち主ではない。シーナもそこに加わったが、僅かに幹が動くだけで持ち上がる気配がなかった。

「梃子《てこ》を使おう。クラン、頑丈そうな枝を。カイは大きめの石を持ってきて」

シーナの指示で二人が慌てて駆け出す。クランの頭の片隅を、シーナはいつも冷静だな、という驚きが支配していた。そうだ、緊急時に冷静でいるその態度も、アヤによく似ている。くだらないことを考えながら、クランは辺りを見回した。

太い枝。梃子に使えそうなものはないか。

すぐに直径十数センチほどの枝が見つかる。しかし持ち上げてみると、それは既に腐り始めていて、握った場所からはシロアリのような小さな昆虫が湧き出した。

ダメだ、これでは折れてしまう。

更に枝を探して森へと分け入る。数分の後に、先ほどより頑丈そうな枝が一本、折れかけて幹からぶら下がっているのを見つけることができた。

これならまだ生木の状態だから頑丈だろう。クランはそれを摑むと全体重をかけ、下に引っ張った。折れ目がついた枝は、みしみしと音を立てながら完全に折れ、幹と分離する。

抱えて戻ると、既にカイは一抱えもある岩を運んできていた。一瞬、よくこんな大きさのものを持ってきたな、と感心する。火事場の馬鹿力《ばかぢから》というやつだろうか。普段のクランならば絶対に持ち上がらなそうだった。

岩を支点にし、枝を梃子にして倒木の下に差し入れる。先ほどからクロエは脂汗を流しながら、呻くのが精一杯という様子だった。

シーナが梃子を押し、クランとカイが再び倒木の幹を摑んで力を込める。直径が五〇センチもありそうなその木が、今度は僅かに持ち上がるのがわかった。

「カイ、クロエを引っ張るんだ」

「わかりました！」

カイがクロエに被さった枝葉を掻き分け、その両脇に手を差し込んだ。

「せえのっ！」

クランの合図で再び力が込められ、持ち上がった僅かな瞬間にカイがクロエを引き摺り出した。

全員が荒い息をしながら、クロエの周りに集まる。彼女の左足、ふくらはぎの辺りが、青黒く変色しているのが誰の目にもわかった。

「折れてる。これは歩けないな」

シーナがその足を子細に検《あらた》めながら呟いた。

半分泣きそうになっているクロエの背中を、カイが擦っていた。

「他に痛むところはない？　足だけ？」

「足だけ……です。他、は、大丈夫」

途切れ途切れに絞り出す言葉が痛々しい。クランは周囲を探し、今度は三〇センチほどの長さの、できる限りまっすぐな枝をいくつか拾ってきた。

「とにかく固定だ。シェルターまではおぶっていくしかないだろう」

折れたとおぼしき足に枝を添える。それからカイが使っていた赤いテープを受け取り、それを包帯代わりに巻いていくことにした。

「っ……！」

クランが足に触れる度に、クロエが苦痛に呻く。

「クラン、応急処置できるんだ」

「できるって自慢するほどじゃないが……これでも教師だったからな。救急手当ての講習には参加してたし、一度だけ同じように腕が折れた生徒の手当てをしたことがある」

「そう。よかった。あたしやったことなかったから」

クロエの白く細いふくらはぎが、赤いテープで何重にも巻かれて固定されると、ほんの僅か、彼女の表情が和らいだようだった。

「どうだ。まだ痛いとは思うが……」

「大丈夫です。それよりごめんなさい。私がのろまだから」

「やめましょう。あの地震じゃ仕方ないです。それより早く帰らないと。日が落ちると目印が見つけにくくなるし、何よりシェルターも心配です」

カイが励ますように言い、クロエの前に屈んで背中を差し出した。自分がおぶう、という意思表示だろう。

クランは少し迷ったが、カイに任せることにした。自分の方が多少背が高いが、体力は似たようなものだろう。それにどうやら、クロエもカイにおぶわれる方が嬉しそうだ。

「キツくなったらすぐに言えよ。頻繁に交代した方が楽だろうから」

少しにやりとしてカイの肩を叩く。カイも、不敵な笑みで応えて見せた。

6　新たな情報

日が落ちて、目の前がいよいよ見えなくなり始めた頃に、クランの視界にシェルターの灯りが飛び込んできた。

どうやら挟んだ倒木はまだ無事に残っているらしい。

シーナがその隙間から飛び込むと、そこで待っていたらしいイリヤとマルコの声が上がった。

「遅かったじゃない。心配したわよ」

「ごめんなさい。ちょっとアクシデントがあって。ともかく全員中に入れる」

シーナが入り口の開閉ボタンを押す。それまで倒木でブロックされていた扉が、軋みを上げて再びゆっくりと開きだした。

考えてみれば、この外出は倒木というアクシデントから始まり、そしてやはり倒木による事故で終わったことになる。つくづく自然というのは人間に優しくないものだな、とクランは疲れた頭で考えながら、挟んであった木をどかし始めた。

その間にカイがクロエを中に運び入れ、床へ下ろす。イリヤが軽い悲鳴を上げ、シーナがそれに説明をしているのが聞こえてきた。

出入り口が再び閉じる前に、クランも中へと飛び込む。たった一日の出来事だったが、今やこのシェルターが自分たちの家なのだ、と感じられるほどに懐《なつ》かしかった。

「傷。診せて」

マルコがぶっきらぼうにクロエに告げた。クロエがズボンの裾をまくり上げようとすると、マルコがそれを遮った。

「ズボンを脱いで貰った方が早い。他の場所も心配だ」

「ちょっとあんた、何言ってるの。いくらなんでも脱ぐわけには――」

「傷がここだけだとどうして言える？　イリヤ、今は恥を堪える時だろ。それとも傷が化膿《かのう》してもいいのか？」

マルコが唇の端を上げるようにして皮肉っぽい笑みを浮かべる。尚もイリヤが言い返そうとしたところで、クロエが弱々しく大丈夫です、と申し出た。

「少しでも医学を齧ったのはマルコさんだけですからね。イリヤさん、脱ぐの手伝ってくれませんか」

その言葉で、クランとカイは自然と見えないところへ移動することになった。目隠しをするようにして二人とクロエの間に立ったシーナが、ジェスチュアで後ろを向くように指示をする。

「わかってるよ。カイ、食べ物取りに行こう」

「そ、そうですね」

カイはまだ肩で息をしていた。

カイは、結局クロエを担いで一度も交代しないまま、シェルターまでの数十分の道のりを歩ききってみせた。いくらクロエが小柄で細身だとはいえ、少なく見積もっても四〇キロはあるだろう。その重さを一人でおぶって歩いたのは、クランには素直に驚きだった。

「大したもんだな。何か運動していたのか？」

「いや、特に……昔柔道を少しだけ」

カイがはにかんだような笑みを浮かべた。

「でも僕のせいです。僕が咄嗟に庇《かば》っていればこんなことには……」

「仕方ないさ。俺も最初は眩暈が起きたんだと思ったよ。あの状況ですぐに動くのは難しい。ましてやまさかあんな大きな木が倒れてくるとはな。内臓や頭が潰されてたら死んでてもおかしくなかった」

クランの言葉に、カイは目を閉じて何かに耐えるようにしていた。クランは軽くその背中を叩き、ほら、行くぞ、と促す。

倉庫の中は、多少箱が乱れているものの、特段変わりはなかった。あの大きな揺れでも棚が倒れたりした様子はない。考えてみれば当然で、被験者たちがスリープしている千年の間にも、何度も地震は発生している筈だ。それにもかかわらず目覚めた時に特に乱れた様子がなかったということは、それだけ影響を抑える設計になっているということだ。

もしかすると免震構造か何かになっているのかもしれない。クランは倉庫を通り過ぎて冷凍庫へと足を踏み入れた。昼間乾燥したビスケットしか食べていない。夕食はレトルトの方がありがたい。

クランとカイが食料を抱えて戻ってみると、ちょうどクロエが上半身を起こして座っているところだった。

「どんな様子だ」

クランが尋ねると、マルコがいつもの面倒くさそうな調子で振り向いた。

「左の脛骨《けいこつ》が折れてる。それに右の大腿部《だいたいぶ》にはかなり大きな打撲があったけど、こっちは折れてはいねえな。あとは下半身を中心に擦過傷がいくつか。そんなとこだ。倉庫に消毒薬はあったから傷の方は問題ねえだろ」

「骨折の方は？　治りますよね？」

「折れたって言っても、開放骨折とかじゃねえ。このまま固定しとけば大丈夫だ……っていうか、それ以外どうしようもねえな。レントゲンもギプスもない。しかも診てるのがまともな医者じゃねえんだから」

「充分だ。ありがとう」

労《ねぎら》いの言葉に、マルコは、はっ、と鼻で笑うような声を残し、談話室へと消えていった。

テグミネに寄りかかって座ったクロエの手を、シーナが握っている。その足下には錠剤の瓶《びん》が転がっていた。

「それは？」

「痛み止め。マルコが見つけてくれてたの。当面はこれで乗り切るしかないね」

「ともかくご飯にしましょうか。クロエの足のことは明日考えましょう。みんな遅かったから心配しておなか腹空いちゃった」

イリヤが立ち上がり、談話室へ向かう。必然的に、カイとシーナがクロエを支えることになった。

「……そうか、少なくとも松葉杖《まつばづえ》は必要だな。明日何か見繕《みつくろ》ってみるか」

「そうだね。車椅子《くるまいす》でもあればいいけど、流石にないだろうし。何にしてもマルコがいて助かった」

「ごめんなさい。私のせいで」

「僕がいけないんです。地震が起きた時に、ちゃんと庇ってあげるべきだった」

「カイさんのせいじゃないですよ。私がトロくて」

「いやいや、僕が」

クランとシーナの視線が交錯する。シーナの顔には苦笑いが浮かんでいた。


「で、どうだったの？　何か収穫はあったのかしら」

豆のスープを口に運びながら、イリヤが言った。

「一番近くの街まで三時間くらい。でもそこには誰も住んでないみたいだった。もう多分何百年も昔に放棄された街」

シーナが昼間の出来事を説明した。打ち棄てられた病院と何体もの白骨死体の話になると、流石にイリヤも眉を顰めた。

「どうしてそんなに大量に骨があったのよ」

「わからない。もしかすると、何か戦争や自然災害みたいな大きな事件があって、病院でたくさん人が死んだのかも。だけど埋葬する暇がなかった――例えば強制移住の影響とか」

「結局推測に過ぎないからな。可能ならもう少しよく調べたいんだけど。ここを放棄するわけにもいかないし、どうしたもんかな。イリヤ、こっちはどうだった」

「どうもこうも、退屈だったわ。もう一回過去の記録を見直してたけど、あんまり役に立ちそうなものはなし。ああでも、確かに大きな震災は過去に二回くらい記述があったわね」

「ふうん、じゃあもしかするとそれが関係してるかな。強制移住政策よりも前？　後？」

「覚えてないわよ。でも前だったような気がする。ともかくそれを眺めて、他に役に立つ情報がないかシステムの中を漁《あさ》って。そのくらいかな。誰かさんはずっと寝てるし」

イリヤが皮肉っぽくマルコの方に視線をやったが、当の本人は相変わらず陰気な顔で、口の端をつり上げながらビスケットをスープに浸していた。

「ともかく、一番近い街には人がいないことがわかった。これからどうするかだ。もうしばらくここを拠点に生活するのか、それとも他の街を目指すのか」

「クランはどう考えてるんですか」

「俺か。俺は……そうだな、街を目指すべきだとは思う」

「あたしも。だけどクロエのことがあるから……」

シーナが言うと、クロエはバツが悪そうに目を伏せた。

「もし足手まといなら、私はここに残りますから皆さんで行ってください。いずれ助けに来て貰えるなら、生活するには当面困りませんし」

「僕も残りますよ。クロエを一人にするのはよくないです」

カイが主張すると、意外なことにイリヤも手を挙げて同意した。

「私も残る。というか、私はクロエのこととは関係なく、みんなここに残るべきだと思ってるわ」

「どうして？」

「どう考えても長距離の旅はリスクが高いじゃない。ここに残って研究所の助けが来るのを待つべきよ。

私は分が悪い賭《か》けはしたくないの」

「ハッ。分が悪いってんなら、ここに残ってる方が分が悪いと思うがね」

珍しくマルコが自分から口を開いた。

「ここで待っててよ、一体いつになったら助けが来るんだ。前に言ってたじゃねえか。研究所が組織として既に存続してなければ、俺たちを助けに来る人間なんて誰もいねえんだよ。俺たちは世の中から忘れられてるのさ。自分から動かなきゃ誰も助けに来ねえよ」

談話室に沈黙が降りた。悲観論に傾いているとは思うが、一方でそれこそが正論だという感触もある。少なくともクランとしてはマルコの意見に賛成だった。

「じゃあどうだろう。クロエがともかく回復するのを待つ。それからみんなで人のいる街を目指す。それまでは、日帰りか一泊で今日の街まで行って、他に情報がないか探してみるっていうのは」

「結論は先送りってわけね。まあクロエの足が治るまではそれでいいんじゃない。あたしも賛成」

シーナの一言に、クロエとカイが賛同の意を示した。イリヤが不満げなのは、先延ばしにした末の結論が、やはり自分の意に反するものであろうことを理解しているからだろう。それでも特に反応しようとしないマルコを除いて全員が同意したことで、翌日以降の方針が決まった。

「明日は私が残ります。他の皆さんで行ってきてください」

クロエがそう言うと、座ったまま深々と頭を下げた。


気が付くと夜中の一二時をまわっていた。

喉が渇いた。

クランはベッドから降り立つと、洗面所へと向かう。談話室に通じるドアを開くと、そこに人影があった。

「あれ、クラン。寝れないの」

そこにいたのはシーナだった。ショートボブの髪を手櫛《てぐし》で整えながら、ぼんやりとした表情で考え事をしていたらしい。

「どうしたんだ、こんな時間まで」

「うん、ちょっとスリープに入る前のことを考えててね。気付いたら寝入りそびれちゃった」

「スリープ前のこと？」

「そう。閉鎖環境で過ごした三日間のこと。あの時、もしかしたら何かシモンが殺されることに繋がるようなことがなかったかなって思い出してて」

クランはキッチンで水を汲んでくると、シーナの隣に腰を下ろした。本当なら紅茶か酒でも欲しいところだが、生憎《あいにく》今のところ、膨大な食料のストックの中からそういった嗜好品《しこうひん》の類いは見つけられていない。

「殺された動機がもし閉鎖環境にいた時のことにあったとすれば、俺たちの中に犯人がいるってことか」

「そう。その可能性も考えてみようかなって。もしあたしたちの中に犯人がいたとしたら、その人は当然一五三年前にシモンと一緒に目を覚ましたことになる。どっちが先に目覚めたのかは知らないけど。そしてそいつはシモンを殺した。で、その後は――」

「再びスリープに入った？　確かカイの話だと、テグミネの起動はスリープする本人には無理なんだろう。どうにかして誰かに動かして貰う必要がある。だからどっちにしても第三者の関与は不可欠じゃないか」

「そうなんだよね。もしかするとテグミネを弄って自分で操作できるようにできないかなとは思ったんだけど……」

シーナはため息をついて、クランの持ってきた水を勝手にひと口飲むと、グラスを返した。クランも同じようにそれに口をつける。地下水の冷たい感触が喉を滑り落ちていった。

「それに、あの顔のない死体の存在も考えると、結局外部からの侵入者が二人必要なのには変わりないんだよね。だとするとあたしたちの誰かが殺人に関与してるってのは、あまり意味のない想像なのかも」

クランも頷き、もうひと口水を飲む。そうだ、俺たちの中に犯人がいるとは考えにくい。

「あたし、ひとつ仮説を思いついたんだよね」

シーナが少し深刻そうに表情を変えた。

「仮説？　侵入者についての？」

「というより、侵入者がどうやって入り込んだのか」

「無理矢理押し入ったってことじゃなくてか」

「無理矢理っていうのはどうしても不自然なんだよ。だってあたしたちが起きた時、出入り口は何も壊れていなかったし、他に秘密の通路なんかもない。換気口もあるけど人が通れるようなサイズじゃない。そうするとどうやって侵入者が入ってきたのか」

「何かシステムのトラブルでもあったとか？」

「そうじゃない。結論から言えば、中にいる人間が扉を開いて、迎え入れればいいんだよ」

クランは一瞬、シーナの言葉の意味が呑み込めずに彼女を見つめた。

「そりゃそうだが、一体誰が？」

「その時起きてるのは一人しかいないじゃん。シモン自身。シモンが何者かを招き入れた」

少しの間談話室に沈黙が降りる。

「……自分を殺すような人間を？　というか、八五〇年も過ぎて知り合いなんて誰もいないような世界で、誰を迎え入れたっていうんだ」

「それはわからない。一体シモンに何があったのか。だけどもしかすると偶然なのかもしれないよ。外の様子を見ようとして開けたら押し入られた、とか」

「ああ、そうか、そういう可能性もあるか」

クランが頷くと、シーナは満足そうに言葉を続けた。

「シモンが侵入者を招き入れてしまった。或いはシェルターを開けられる研究所の関係者が侵入した。理屈としてはその二通りだと思う。今のところ思いつくのは、だけど。そしてその動機は、残念ながら不明」

「というか、わかりようがない、っていうとこだな」

クランはひとつため息をつくと、伸びをして水の残りを飲み干した。

「休もう。明日も外へ出るんだろ。寝た方がいい」

「そうだね。どうする？　一緒に寝たい？」

シーナが揶揄《からか》うようににやりと笑ってみせた。クランはそれを鼻で笑うと、自分の部屋へと戻るために立ち上がった。

その翌日から、一同にとって単調な日々が始まった。

毎日、何人かが外へと探索に出かけて何かしらの情報を探し、一人ないし二人が残って留守番をする。足が不自由になったクロエも、クランが街で拾った廃材を使って作った松葉杖のお陰で、一人で留守番をすることくらいならできるようになっていた。出入り口は外から強く叩けばなんとか中の人間に合図が伝わることがわかったため、初日のように開けっぱなしにしておくことは無くなった。

時には外で一夜を明かすこともあった。野生の獣を警戒し、交代で見張りをしながら廃墟で明かす夜は、人類に放棄されて自然に浸食された街に飲み込まれたようで、気分のいいものではない。それでも移動時間のロスが無くなる分、探索範囲が広がり、街の様々な場所を見て回ることができるようになった。

一度、民家の潰れた跡で、やはり白骨死体を見つけたことがある。それは朽ちた木造住宅で、既に瓦礫《がれき》の山となり、土と緑に覆われ尽くしていた。シーナの見立てによれば、おそらく高齢の人物の骨だろうという。こちらは獣に荒らされたせいか、頭蓋骨《ずがいこつ》と背骨の一部が残っていただけだった。

「きっと移住の時に、一人残ることを選んだんじゃないかな」

シーナは頭蓋骨を丁寧に住居の跡地に埋めてやりながら呟いた。

「病院の白骨と同じように、天変地異か何かで亡くなった可能性もあるんじゃないか」

「勿論それも考えられるけど。ただ、なんとなく、ね。そんな気がしたの」

一方で、雨の降る日は出かけることも少ない。気温は決して低くはないため、濡れてもそれほど問題はなさそうだったが、いかんせん雨だとメンバーも出かけたがらない。クランはそんな日には、カイやシーナと話をしながら過ごすことが多かった。シーナもカイも、それぞれに専門の分野のスペシャリストだ。彼らの話を聞くのはなかなか楽しく、それなりに時間をうまく潰すことができた。

そういう日は倉庫の中を探し回る時間でもある。何度か倉庫の中を端から検めたことで、思わぬものが見つかったりもした。例えば酒。これは嗜好品ということもあり諦めていたのだが、シーナが倉庫の端の一角に蒸留酒が何箱かあるのを発見したのだ。よく考えてみれば千年ものの酒ということになる。イリヤなどはすっかり感激し、夕食の後で好きな者が少しずつ飲むのが日課になった。

更に嗜好品でいえば、煙草もストックされていた。とはいえスモーカーはクランとシーナだけらしい。見たことの無い銘柄《めいがら》のものだったが、ありがたく二人で貰うことにし、マッチと共に個室へと運び込んだものである。ただし当然吸えるのは個室か外、ということになった。

他にもシーナが予想していた通り、植物の種も多数発見された。これは万一の場合に家庭菜園を作れということだろう。早速シーナの指揮の下に、初夏頃に合うものをいくつかシェルター前の土地で試してみることになった。種と一緒に保管されていた、全体が軽い金属でできた鍬《くわ》を使って土を耕すのは、なかなかに骨の折れる作業だった。クランとカイが耕したところに、シーナが種を植える。二週間ほどすると芽が出てきたものがいくつかあり、クランたちは大いに満足した。

そんな中で、マルコだけは相変わらず静かなままだった。いや、相変わらず、というのは適切ではないかもしれない。クランはマルコの姿を見る度に、その顔が憔悴《しょうすい》しているのに気付いていた。何かを思い詰めているような、あるいは不安に苛《さいな》まれているような表情。

「マルコ、最近顔が酷いぞ。大丈夫か」

細い雨が朝から地面を湿らせているある日、シェルターの前庭で、壁に背を預けて座り込んでいるマルコを見つけ、クランは声をかけた。その日も空模様を見て、街へ行くのを中止したところだった。

「こんなところで濡れてると、風邪を引く」

クランは煙草を一本取り出して咥《くわ》え、マッチを擦った。燃え上がった火が煙草の端を灰にする。

「ほっといてくれ。何でもない」

マルコはいつものように剣呑《けんのん》に返したが、その口調にはやはりどこか覇気がなかった。

「最近、夜もかなり酒を飲んでないか。眠れないのか」

「……俺は元々酒好きなんだよ。だから飲んでるだけだ」

尚も強い調子で返そうとするマルコに、クランは少し呆れた。この若者は明らかにスリープから目覚めた当初よりも元気を無くしている。ただ、それが精神的なものなのか、肉体の体調不良によるものなのかはわからない。

「別に答える義理もないが、マルコが体調を崩せばその看病をするのは他のメンバーだろ。せめて何が問題なのかくらい教えて欲しいもんだが」

クランが紫煙と共に言葉を吐き出すと、マルコはまるで自分も煙草を吸っているかのように大きく息を吸って、細く長く吐き出した。

「……そうだ。眠れないんだよ」

「シモンやなんかのことが不安なのか？　それとも今後の先行きか」

「いや、そうじゃない。シモンや顔なしのガキを殺したのは、どっちみち過去の人間だろう。今心配しても仕方ねえよ。それに今後のことだって、俺は正直どうなってもいい。なるようになればいいんだ」

「達観してるな。若いのに大したもんだ。だけどじゃあどうしたんだよ」

「多分環境が変わったストレスで自律神経が参ってるんだろ。よくある話だよ。そのうち慣れてくれば戻るさ」

マルコは立ち上がると、クランの吐き出した煙のカーテンを潜り抜けてシェルターへと戻っていった。他に医療のことがわかる人間がいればいいが、生憎マルコが唯一の人材である。本人にそのように言われてしまうと、それ以上どうにもならない。

ただ——。

クランは最後のひと吸いをして、フィルターを焦《こ》がし始めた煙草を土でもみ消し、指で弾いて数メートル向こうへ投げ捨てると、マルコの後を追うようにシェルターへと入った。霧のような雨を受けた服はしっとりと湿っている。

マルコが何かを隠しているのは間違いない。

それが本当にプライベートな話なのか、それともクランたちにも関わることなのか。このような状況で後者だとすれば、あまりいいことではない。

クランは扉に挟んでいた握りこぶし大の石を外に放り出す。何度かの実験によって、このくらいのサイズの石でも充分にドアストッパーの役割を果たすことがわかっていた。石を挟んでストップしたドアは、再び開く方向に力をかけると、自動で開いてくれる。これなら女一人で外に出る時でも楽に扉を開けておくことができる。そして誰かが外にいる時には、決してストッパーの石を外してはいけない、というのがメンバーの間の不文律になっていた。

談話室に戻ったが、既にマルコの姿はなかった。代わりに、クロエが農業の専門書を読んでいるところだ。種と一緒に入っていたもので、今のところこのシェルターで唯一の読み物と言っていい。

「クロエ、マルコは？」

「え？　ああ、今個室の方へ行ったと思います。お酒の瓶を持っていたから、今日はもう出てこないかもしれませんね」

クランの胸中に、また苦いものが広がった。まさか依存症にまではならないだろうが、シェルターには度の強い酒が多い。急性中毒にならないことを祈る他ない。

「何かあったんですか」

「いや、大したことじゃない」

不思議そうにその中性的な顔を傾げてみせたクロエに、軽く手を振って答えると、クランは倉庫の中を物色しに奥の扉へと向かった。


やがて「起床」からふた月ほど経った頃には、クロエの足もようやく癒《い》えてなんとか歩けるほどになった。そして街の中はあらかた探し尽くされていた。そのふた月で得られたのは、この街には何の情報もない、ということだけだ。紙の類いは発見してもどれもこれも風化してインクが消えてしまい、読み取れないものばかりだった。電子情報は機械が残っていても壊れていて当然使い物にならない。

季節はすっかり夏になり、シェルターの外は熱中症の心配をしなければならないほどの暑さになっている。

ある日の探索を終えて、シェルターに帰還したクランたちは、その日留守として残っていたクロエとイリヤに迎えられた。

「お帰りなさい。今日はビッグニュースがあります！」

帰るなり、珍しくクロエが上気した顔で、四人に声をかけた。

「イリヤさんがすごい情報を発見したんです」

「イリヤが？　すごい情報ってなんでしょう」

カイがくたびれた様子で古びた椅子に座り込みながら尋ねた。この頃になると、外で見つけた金属製の椅子などの使えそうな家具を苦労して運び、シェルターの中で修理して使うようになっていた。何しろシェルターには家具というものがほとんど無い。テグミネの置いてあるホールにも椅子が欲しい、という意見が採用された結果だった。

このところ、マルコが動きたがらなかったので、大抵はクロエとマルコの二人が留守番することが多かった。それでも今日は半ば無理矢理にクランがマルコを連れ出したため、イリヤが居残っている。その間にイリヤは、コンピュータ内の情報をあれこれと物色していたらしい。

「何か良い知らせか？」

クランが尋ねる。その視界の隅を、すっかり疲れ果てたといった様子のマルコが、ふらふらと談話室の方へと消えていくところだった。

イリヤの発見したという情報は、夕食時に共有されることとなった。

談話室のテーブルに円形に座り、六人が顔を合わせたところでイリヤが、「実は」と切り出した。

「もうひとつ、シェルターがあることがわかったわ」

「もうひとつ？」

シーナがオウム返しに声を上げる。

「そう。私たちのシェルターと同じように、千年のコールドスリープをしたシェルターがこの近くにあるの」

一瞬、談話室に沈黙が降りた。マルコが酒を飲み干したカップをテーブルに置く音がひとつ、こだまする。

「俺たち以外にもコールドスリープした人間がいるのか？」

「多分。はっきりとそう書かれていたわけじゃないけど。システムの中のデータに、それを示すと思われるものがあったの。もうひとつのシェルターは、このシェルターがあるのと同じ山脈沿いに南へ行ったところにあるみたいよ。地図と照らし合わせるとおそらく海の近くね」

「あたしたちよりも後からスリープしたの？　あたしたちが世界初の筈だよね」

「そう。データの見方が正しければ、私たちより三年後。まあ見つけたのは、正確には『研究所が第二のシェルターの用意をしている』、ていう情報ね。だから予定通りにスリープが実施されたとも限らないんだけど、うまく事が運んだなら二〇四一年からスタートしてる筈。今から行けば、まだ起きてないと思うわ」

イリヤの報告を聞いて、談話室の中が俄《にわか》に活気づいた。皆新しい刺激に飢えていたのだろう。マルコを除いては、是非そこに行ってみよう、という論調だった。

「距離的にはどうなんでしょう。首都圏を目指すより近いんですか？」

カイが夕食のシチューを飲み込みながら尋ねた。

「距離まではわからない。極秘情報だったのか何なのか、正確な場所が書いてないのよね。同一山系に造るってだけで。でもここから南の方で、海までの間にあるとしたら、どんなにかかっても三日よ。首都圏までは一〇日以上かかるでしょ？」

「捜しながら歩くことになるね。最悪、土砂崩れなんかで埋まっちゃったりしてたら見つからないかも」

「だが、少なくとも首都圏へ行くよりは早いだろうな。どうだろう、俺としては一度様子を見ておきたいんだが」

クランが提案すると、全員がそれに同意した。マルコも黙ったまま頷いている。ただその顔は、相変わらず冴《さ》えないままだった。

結局、天気を見ながら翌日にでも出発しようということになった。クロエはまだ足を引き摺っているが、流石にどれだけかかるかわからないということもあり、今回は付いていくつもりのようだった。いざとなればクランかカイがまた背負っていくこともあり得るだろう。だが、一人で置いておくわけにもいかなかった。

それぞれが今夜中に荷造りをすると決め、夕食の後は全員が思い思いに倉庫に出入りする賑《にぎ》やかな夜となった。幸い、大きめのバックパックが一〇個ほどあったのでそれを各自ひとつずつ持っていくことにする。クランも適当な食料をその中に詰め込みながら、冷凍食品が持っていけないとなると当面はあのビスケットが主食だな、と内心苦笑した。

個室のドアがノックされる。どうぞ、とクランが返すと、シーナがドアを開けて入ってきた。

「荷造りは済んだのか?」

「うん。あたしはもう終わった」

「早いな。それで? 何か用か」

クランが尋ねると、シーナは、用ってほどでもないけど、と頭を掻きながらポケットから煙草を取り出した。

「吸って良い?」

「ああ、どうぞ」

クランも荷造りの手を止め、デスクに置いてあった煙草を一本取り出す。先に火をつけたシーナが、マッチをそのまま近づけてきたのでありがたくそれで着火する。それから二人揃ってしばらくの間部屋の空気を白く煙らせた。

「本当に換気システムがしっかりしてるんだね。あたしの部屋の中も、吸ってしばらくしたらもう臭《にお》いがしなくなるんだよ」

「鼻が慣れてわからなくなってるだけじゃないのか」

「それもあるかもしれないけど」

シーナが笑ってまた煙を吐く。いつの間にか肩くらいまで伸びた髪が、笑いに同期するように揺れた。

「ねえ、どうして他の街を目指すより先にシェルターに行くことにしたの？」

「なんだよ。シーナも賛成してただろ」

「いや、そうなんだけど。クランは街に行きたいのかと思って」

「俺は正直どっちでもいいんだけどな。でも首都圏まで行けば戻ってこないことも想定する必要がある。その前に近い方からチェックしておきたいってだけだよ」

「ふうん」

ため息とも返事ともつかないシーナの声が、紫煙と共に形のいい唇から出てくる。クランはそれを横目に見ながら、いつの間にかアヤのことを考えなくなっている自分に気付いた。

「ちょっと不思議なんだけどさ。イリヤはどうして街に行きたがらないんだろう」

「どうしてって……自分でも言っていたろ。不確定な旅をするより、ここで救助を待つ方がいいって」

「でももう二ヵ月だよ。流石に救助は期待できないってみんな薄々気付いてるでしょ」

そう言われて、クランは今まで目を背けていた事実を改めて思い知らされた気分になった。

そうだ。おそらく救助はあてにできない。自分たちで首都圏までたどり着かねばならない。

「それに、イリヤは確か、今の時代で世界初のコールドスリープ被験者として名前を刻みたいんでしょ？それなら他の人間に会わないとダメなんじゃない？」

「ああ、そういえばそんなことを言ってたか」

クランも長く煙を吐き出す。

「気が変わったのかもな。それか、ああ見えてクロエの足のことを気遣《きづか》ってるのかも」

「そうなのかなあ」

気怠げに最後のひと吸いをして、シーナが辺りをきょろきょろと見回した。クランがデスクの隅に置いてあった金属製のマグを取り、そちらに押しやる。倉庫でいくつも見つけたので、灰皿代わりに使っているものだった。

「ありがと」

再び笑みを浮かべてシーナが煙草をもみ消すと、さて、と立ち上がった。

「煙草を吸いにきたのか？」

「まあそんなとこ。あとは少し不安だったのもあって」

「そうか。まあ早く休めよ。明日はかなりしんどくなりそうだ」

クランが言うと、シーナは手をひらひらと振って了解の意を示し、扉を開けて出ていった。

クランも根元まで吸いきった煙草を消し、ベッドに横になる。煙草そのものの備蓄はそれなりの量があったが、それが尽きてしまえばその後はどうなるものかもわからない。なにせスリープ前の段階でも、喫煙者は迫害されているにも等しい状況だったのだ。今の社会では完全に違法になっていてもおかしくないし、そうだとすると今あるストックが無くなれば強制的に禁煙せざるを得ない可能性もある。

そうだ、どのくらいで戻ってくるかも分からないんだから、煙草は多目に持っていった方がいいな。

とりとめのないことを考えていると、次第に眠気が襲ってきた。まだ荷造りは少し残っていたが、クランはその眠気に身を任せることに決めた。どうせあまり遅くまでは寝ていられない。ならばさっさと寝て早起きをする方がよかろう。

気が付けばクランは夢の中にいた。発見した新たなシェルターから、ゾンビと化した被験者たちが這い出てくるという、嫌な夢だった。

7　襲撃と死者

翌朝は九時頃に全員がホールに集合した。それぞれが大きく膨らんだバッグを担いでいる。お仕着せなので当然どれも同じデザインだが、入りきらずにはみ出ているもので多少は区別がつきそうだった。カイは予備の靴が靴紐《くつひも》でバッグに結わえ付けられているし、シーナはマグカップが肩紐に通してある。

「さて、じゃあ岩を運ぼう」

クランが言うと、カイが荷物を下ろした。手伝うという意思表示だろう。

昨晩、話をしている中でひとつ問題になったのは、シェルターの扉をどうするかということだった。開けっぱなしで行くのも不安があるが、さりとて閉じてしまえばもう二度と入れない。第二のシェルターを確認した後は戻ってくる可能性も大いにあったから、そうすると開けておかざるを得ない。

普段のようにこぶし大の石で留めておくのでは、強風や動物のいたずらで動かされる可能性もあるだろう。これまでは中に必ず留守番を残していたので万一のことがあっても大丈夫だったが、今回は誰も残さずに、しかも長ければ一週間以上留守にすることになる。

結局いくつかアイデアを出し合った末、シーナの「できるだけ大きくて、一人じゃ動かせないような岩を挟んでおく」という案が採用されることになった。人の気配がないことで野生動物が入り込むこともあるだろうが、それは致し方ない。それで昨晩のうちに、近くの山肌から手頃な岩を探して近くへ持ってきてあった。

イリヤがドアの開閉ボタンを押し、開いたところでクランとカイが外に出る。ミニ菜園と化したシェルター前のスペースの脇に置いてある、一抱えもある岩を二人がかりで転がすようにして押した。

「もう少し前に。あと一〇センチ──OK、そんなもんかな」

シーナの指示でクランとカイが手を離す。岩はちょうどドアのレールの真ん中で止まった。

「いい岩見つけたね。花崗岩《かこうがん》かな。堅そうだし、これならあたしたちが帰ってくるまできっと持つよ」

シーナがよくわからない褒め方をする。クランとカイは顔を見合わせて苦笑すると、それぞれに荷物を担ぎ直して外に足を踏み出した。

完全に夏の日差しだった。情報に狂いが無ければ、今は七月も後半、一年で最も暑い時期である。千年前と比べると多少はマシにも思えるが、それは気候が変わったからというよりも森の中だからだろう。一行が歩き出すと、その強烈な陽光は、すぐに肌に突き刺さり、全身から汗を噴《ふ》き出させた。

「とんでもない時期に遠出することになったものね。こんなんだったらもう少し遅らせてもよかった気がするわ」

イリヤが一〇分も歩かないうちに、空を睨みながら文句を口にした。

「化粧崩れの心配をしなくていいじゃない。何しろ化粧してないんだから」

シーナが茶化すと、イリヤは苦笑しながら額の汗を拭った。

「でも完全に日焼けするわね。せめて日焼け止めが欲しかったなあ」

一方で、クランは最後尾をとぼとぼとついてくるマルコの様子を窺《うかが》いながら歩いていた。

マルコは当初、一緒に行くつもりはない、と主張していた。とても気力がついていかないから残る、というのだ。しかしクランとイリヤがそれを説得して、半ば強引に連れ出していた。

「起床」当時とはだいぶ様子が変わり、憎まれ口すら叩かなくなったマルコが心配だった、とか、道中で怪我人が出ればマルコの力が必要になるから、というのが表向きの理由である。ただ、実際のところ、クランが考えていたのは、「一人シェルターに残して、自暴自棄になって何か変なことをされたら困る」ということだった。それはおそらくイリヤも同じだろう。無理矢理に連れ出したのは、いわば監視するためだ。

「マルコ、酒は持ってきたのか」

クランが軽口に聞こえるように意識して声をかける。マルコは面倒くさそうにクランを一瞥して、力なく笑った。

「まさか。流石に重たすぎて持ってくる気にはならねえよ。俺は体力がないんだ」

「疲れたら早めに言えよ。急ぐ旅じゃないし、できるだけ頻繁に休憩取るから」

「そういうのはクロエに言えよ」

マルコが顎をしゃくって斜め前を歩くクロエを示す。クロエは怪我をした足を半分引き摺るように歩いており、一歩踏み出す度に足下に積もった落ち葉が派手に音を立てていた。

「私は大丈夫です。歩きにくいけど痛みもないし。マルコさんのお陰ですね」

「やめてくれ。そんなんじゃない」

振り返って微笑んだクロエの視線を避けるように、マルコが俯《うつむ》く。クランは少し安心して歩調を速め、先を行くシーナに追いついた。

明確な目的地がわからないままにただ南へ、というだけの旅は、至って単調だった。南北に延びる山塊に沿ってひたすら森の中を歩く。時折見かけるのは鳥や昆虫くらいで、人間社会の臭いはしない。とはいえ、第二のシェルターは案外近くにある可能性もあるのだ。見落とさないようにそれなりに注意を払う必要があった。

二時間ほど歩いて最初の休憩を挟み、再び歩き始めたところで、一行の前に川が現れた。

「そうか、当然こうなるよね」

シーナが腰に手を当てて川面《かわも》を眺めながら呟く。川の水はかなり澄んでおり、そのまま飲んでも問題はなさそうに見えた。ただ、流れは急である。あちこちに転がった大きな岩にぶつかり白い波を立てている清流は、この暑い気候の中では一服の清涼剤のようだった。

「当然ってどういうことですか？」

「いや、あたしたちは山に沿って歩いてるわけでしょ？　だから当然、こうやって川を何本も横断することになる。人間社会から離れた川だろうから、水の補給にはちょうど良いけど……」

「渡るのはちょっと面倒ではあるな」

クランがシーナの言葉を引き継いで、頭を掻いた。

「どうしよう。私靴の予備は持ってこなかったのよね。かといって裸足《はだし》で渡るのは危ないし」

「そうだな。うまくやれば飛び石の要領で濡れずに渡れそうではあるが……まあでもこの気温だ。靴が濡れてもすぐ乾くんじゃないか」

クランが提案すると、カイがバッグに結びつけてあった靴をほどきながら言った。

「靴を濡らしたくない人は僕が担ぎましょうか。予備の靴がありますから」

「ああ、少なくともクロエはそうして貰った方が良さそうだな。あとは……イリヤもそうするか？」

「そうね。頼んでもいいかしら。私濡れた靴で歩くのすごく嫌いなのよ」

「ねえ、行かないの？　あっまたいた！」

ふと振り向くと、シーナが既にズボンの裾をまくり上げた状態で川へと入り、そこら中の川底の石をひっくり返しているところだった。

「シーナさん、何してるんですか!?」

驚いたクロエが声を上げる。

「何って……水生昆虫だよ。カワゲラとかトビケラ。こういう川底の石に巣を作るんだ。でもやっぱり相当に綺麗な川だね。かなり上流域じゃないといない筈のやつらがゴロゴロいる」

拾い上げた石に顔を近づけ、じっと観察しているシーナを見ているうちに、クランは戸惑っている自分たちが多少バカらしくなり、そのままザブザブと川へ足を踏み入れた。

「行こう。クロエはカイが担いでくれ。イリヤ、もし濡れたくなきゃ俺が担ぐよ」

「……わかったわ。お願いする。でも絶対にお尻とか触らないでよね」

結局、クロエとイリヤがカイとクランにそれぞれ担がれ、全員が無事に川を渡った。マルコは最後まで躊躇っていたが、男におぶわれるのが嫌だったのか、諦めて靴を濡らすことを選択した。

また二時間ほど山裾を歩き、昼休憩を取る。いつもの近くの街へ向かっている道のりならばとっくに街中にいる距離だが、今回は街を迂回《うかい》するように歩いている。ここまでの間に見かけた人工物は、せいぜいかつての道路だったらしきアスファルトの欠片程度のものだった。

「もし第二シェルターについたら、どうします？　僕らのシェルターと同じようなテグミネが使われてれば、強制的に起こすこともできますよね」

カイがビスケットを口にしながら、誰にともなく尋ねた。

「そもそも中に入れない可能性が高いけどね」

「だけど、シモンさんを殺した犯人は少なくとも中に入れたんですよね。だからもしかしたら、我々にも侵入する方法があるんじゃないですか？」

「それはそうね。というか、そうであって欲しい、ということだけど」

イリヤは川で汲んだ水で顔を洗っていた。今日一日で、少し行動がワイルドになった印象である。少なくとも一週間前なら「川で汲んだ水で顔なんて洗えない」などと主張していたことだろう。クランはそれに気付いて少し含み笑いを漏らした。

「もし強引にこじ開けられる可能性があるなら、それでもいいけどね」

食事を終えたシーナが立ち上がり、膝の上に散ったビスケットの粉をはたき落とす。それから近くの木に近づいていき、何か木肌を熱心に観察し始めた。

「何かいるのか」

クランがそちらに近づく。シーナが黙って指さした先には、一センチ近いぶよぶよとした気味悪いものがいくつも木に付着しており、その周囲に真っ黒なアリが群がっていた。

「……なんだこの気色悪いものは」

「これ、多分クチナガオオアブラムシだよ。周りにいるのはクサアリだね。でもこんなデカいの見たことない。これも進化してるのかな」

「アブラムシ？　こんな大きい？」

「そう。クチナガオオアブラムシはアブラムシの中でも特に大型なんだけど、少なくとも千年前にいたのは大きくても五ミリくらいだった。実はこのアブラムシは、クサアリに飼育されてるんだよ。クサアリはアブラムシの出す甘露を舐めるんだけど、甘露の出が悪いやつを殺して、出がいいやつだけを残してる、っていう仮説があったんだ。つまりアリがアブラムシを進化させている、もっと言えば育種しているってことなんだけど。この様子を見るともしかしたらアブラムシの身体が大きくなる方向に育種が働いたのかもしれないな。だとするとこれ相当貴重なサンプルになるかも……」

シーナが一人呟く内容はクランにはほとんど理解ができなかったが、少なくとも自分の世界に浸っているシーナを眺めているのは楽しかった。まるで昆虫採集を楽しんでいる小学生男子のようだ。

その時だった。

がさ、という音が離れた茂みで鳴った。

不意に首筋に違和感が走る。

またた。また何かに見られている感じ——。

クランは慌てて辺りを見回した。他のメンバーは一五メートルほどのところで、相変わらず纏まって食事をしている。だとするとやはり野生生物か。

しばらく身構えていたクランだったが、それ以上何も起こらないのがわかると、ふっと肩の力を抜いた。少なくとも襲ってくることはなさそうだ。

結局それ以上、茂みに気配を感じることはなかった。考えてみればこの周辺に生きている野生動物は、おそらく人間という存在を知らない筈だ。初めて見る二足歩行の大型動物。むしろ向こうの方が怖がっているに違いない。

茂みの気配には無頓着《むとんちゃく》に木の幹を覗き込んでいるシーナをしばらく観察していたクランだったが、やがて他のメンバーが荷物を纏める気配を察し、シーナに声をかけた。二人で戻っていくと、最後まで荷物を片付けていたマルコがのろのろと立ち上がったところだった。

「さあ、行きましょう」

カイが号令をかけ、それから一行は再び炎天下の行軍へと足を踏み出した。

やがて進むにつれ、少しずつ森が開けてくる気配があった。雑木がまばらになり、ところどころにぽっかりと空き地が現れるようになる。どうやらかつての集落の跡に出たらしい。時々見られる空き地は、集落内にあった家屋が潰れた跡のようだ、とクランは当たりをつけた。下に瓦礫が埋もれているせいで、根を大きく張るような大型の樹種が育ちにくいのだろう。その周辺には、農業用のものだったらしき大型の機械の残骸がいくつか転がっていた。もし修理できればシェルターでの家庭菜園に役立つだろうが、生憎そうはいかなそうなほどには古びている。とはいえ、こういうところから車輪だけでも持って帰れば、何かしら役に立つかもしれないな、とクランはしばし思考を巡らせた。

こういった集落の跡地には、しばしば白骨が落ちている、ということは既にこれまでの街の探索で承知していた。案の定、尚も一行の周りをあちこちと飛び回って自然観察に勤《いそ》しんでいたシーナが、ああ、まただ、と一本の骨を拾い上げている。

「また骨ですか」

カイが顔を顰めると、シーナは少し考え深げに手にした白骨を眺め回した。

「これは人じゃないっぽいね。熊とかじゃないかな。それか鹿《しか》。大腿骨だと思うけど、人のものには見えない。それに結構新しいよ」

だとすると、この森にはそういった大型の哺乳類も生息していることになる。先ほど自分が感じた気配も、そういった哺乳類のものなのかもしれない。クランは噴き出る汗を手の甲で拭いながら、先ほど川で汲んであった水をボトルから飲んだ。

このボトルも倉庫で見つけられてよかった。これが無ければ道中の水分補給はかなり難しかっただろう。いくらかつてよりも暑さが穏《おだ》やかだとはいえ、この真夏に水分なしでの行軍は自殺行為である。

集落を通り過ぎて三〇分ほど歩くと、また森の気配が濃くなってきた。シーナに言わせると、こういう鬱蒼《うっそう》とした環境と、先ほどの集落跡のような開けた環境では、昆虫の種類が違うらしい。確かに言われてみれば、開けたところでは何種類かのカラフルな蝶を見かけたのに対し、薄暗い森の中になると途端にそういったものは見なくなる。虫に興味のない人間からするとつまらないものだったが、シーナにとってはそうでもないようだった。

「ああ、こっちはヨコヅナサシガメだ。そっか、完全にこっちに定着したんだな……しかもこれも少し大型化してる。模様もちょっと違ってるし……あれ？」

他の五人に先駆けて一〇メートルほど前を歩いていたシーナが、不意に立ち止まった。それからクランたちの方を見て手招きをする。

「こっちこっち。なんかあるよ！」

「なんですか？」

カイが先頭を切ってそちらに駆け寄る。そしてシーナが指している方を見て、おお、と声を上げた。他の四人も近寄る。クランは視界に、金属製のドアらしきものが山肌に埋まっているのを捉え、思わずカイと同じように声を上げた。

「シェルターのドアじゃない？」

「でも小さいわよ。私たちのシェルターと同じ仕様なら、両開きだと思うけど」

やはりそれを見て立ち止まったイリヤが異を唱える。

「いや、もしかすると何かの都合で片開きになったのかもしれない。ともかく近くに行ってみよう」

それは二〇メートルほど向こうの草に覆われた緩やかな斜面を削り取るようにして設置されていた。斜めから午後の日の光を浴びた鈍色《にびいろ》の金属は、クランたちのシェルターの扉とよく似た素材に見える。ただイリヤが主張するように、一枚分の大きさであり、それもスライドするタイプではない。どうやら内側にスイングするドアになっているようだった。

「これ、どうでしょう。開きますかね」

カイがドアの周囲を丹念に調べながら呟いた。素材自体はやはりシェルターと同じ、錆の出ないものを利用しているらしく、古びてはいても動きそうに見えた。しかしカイが力を込めて押してみても開く気配はない。

「引くってことはないでしょうか？」

クロエが提案したが、カイが無理ですよ、と笑って否定した。見ればドアにはノブのようなものが一切付いていない。つまり引っ張るための手がかりが無いのだ。

「僅かに動く気配はあるから、シェルターよりは密閉性が低そうね」

イリヤがドアをどんどんと叩きながら言う。確かにイリヤの言う通り、ドアを叩く度にほんの僅かにドアが揺れる様子がある。となると厳密に密閉されているということでもないようだ。

クランは腕を組んで少し考えた。シェルターの堅牢性に比べると、どうも一段セキュリティ的には劣《おと》る気がする。クランたちの捜している第二シェルターが、第一のシェルターより三年後発《こうはつ》だとすると、そのような仕様の劣化は考えにくい。

「これ、もしかするとコールドスリープのシェルターじゃなく、誰かが勝手に造ったものなんじゃないか。何かの倉庫とか、あるいは家とか」

「確かにシェルターにしてはちょっとちゃちな気がするね」

シーナも同意する。

色々とやってみた末に、結局ドアをぶち破れるかやってみよう、ということになった。違う可能性が高いとはいえ、もしこれがシェルターなら中を確認してみたい。幸い、ドアの様子からすれば力尽くで開くこともあり得そうに思えた。

クランとカイが二人で何度か体当たりを試みる。息を揃えて肩からぶち当たると、ごく僅かにドアが向こうへ歪むのがわかった。

「いけそうじゃないですか」

「そうだな。何度かやってみよう」

それからたっぷり二〇分にわたり、クランたちは交代で体当たりを続けた。本当なら何かもう少し役に立ちそうな道具があればよかったが、生憎そういったものは持ってきていない。それでもこれがうまくいかなければ、その時は一度引き返して工具類を持ってくることも考えていた。

相変わらず塞《ふさ》ぎ込《こ》んだ様子で少し離れて腰掛けているマルコと、足がまだ不自由なクロエは戦力にならないため、他の四人が何回かごとに入れ替わってぶつかる。イリヤは早々に肩が痛い、と音を上げたが、それでもシーナに宥《なだ》められて時折ローテーションに参加した。

何度ぶつかったことだろうか。クランとイリヤがペアで三度体当たりをした時、ドアが一センチほどたわんだ。

「おお、今ちょっと開いたぞ」

クランが歓喜の声を上げる。眺めていた他のメンバーからも、もう少し、や、いいぞ、といった声が上がった。

イリヤがカイと交代し、再び男二人で息を合わせる。

「せえのっ！　せえのっ！」

二回目の体当たりを食らわせたところで、ドアが軋みながら大きく開いた。思わずつんのめりそうになり、クランはなんとか踏みとどまる。一方開く側に立っていたカイは、そのまま転がるようにして中に倒れ込んだ。

「やった！　開いた！」

シーナが拍手をする。釣られるようにクロエも手を叩いた。

クランがカイを助け起こす。そこにはひんやりと冷たい空気が漏れ出す、素掘りの通路が奥へと延びていた。

「これ、岩肌が剝《む》き出《だ》しですね」

カイが少し残念そうに呟く。岩肌に何の加工もされていないということは、おそらく研究所が造った大がかりなものではないということだろう。クランもそれを理解し、痛む肩を擦りながら唸りを上げた。

強引にねじ曲げられたドアを少し観察する。どうやら内側から閂《かんぬき》がかけられていたらしい。その部分がくの字に曲がっていた。

「閂？　ってことは……」

それをクランの肩越しに眺めていたシーナが呟く。そして早くも中に進もうとしているカイを呼び止めた。

「カイ、待って。慎重に」

「どうしました？」

「中に誰かいるかもしれない」

「誰か？　どういう……あっ」

そう言われてカイは、シーナの言う意味に気付いたらしかった。クランも同時に何を言っているのかを理解する。

そうだ。閂がかけられているということは、中にいた人間が外に出ていないということだ。

「だけど、これだけ騒いでいたんだから、誰かいれば出てくる筈じゃないですか？」

クロエが恐る恐る尋ねる。今はイリヤの後ろに隠れるようにしてこの人工の洞穴を覗き込んでいた。

「それはそうなんだけど。だとすると中にあるのは死体かもしれないね」

シーナの軽口に、クロエが身震いして小さく、ひっ、と声を漏らした。

「確かに中には誰かいるんだろう。生きてるか、寝てるか、死んでるか……何にせよ、慎重であるに越したことはないな」

クランが言うと、カイが頷いて、改めて洞穴に足を踏み入れた。

内部は日の光が射し込む範囲だけが照らされており、数メートル進むともう真っ暗である。イリヤが荷物の中から懐中電灯を取り出した。

「用意がいいですね」

「当たり前でしょ。外で夜を明かすんだから。もしかして私以外誰も持ってきてないとか言わないでしょうね」

懐中電灯を受け取ったカイが首を竦める。少なくともカイとクランは持っていないということだ。一方で、イリヤの後ろではクロエも同じように懐中電灯を取り出していた。

二筋の人工の灯りがトンネルを照らす。どうやらまっすぐ行った先に、もう一枚のドアがあるようだった。また体当たりにならないと良いが、とクランは眉根を寄せながら、カイのすぐ後に続いて歩を進める。じめじめとした湿気《しっけ》がクランたちを包み、微かに息苦しさを覚えた。

幸いなことに、奥にあったドアの方は鍵がかかっていなかった。ただしこちらは外のドアとは異なり、もう少し一般的な金属を使っているようで、錆びと軋みが酷い。ドアノブを握って押し開けるのに、結局はクランとカイの二人がかりで押す必要があった。

ざりざり、という音を立ててドアが開く。

その向こうは懐中電灯が照らし出す限り、広い空間になっているようだった。

クランが手にしていた懐中電灯のＬＥＤの周囲のカバーを外す。光が弱くなるのと同時に広がり、広範囲が見えるようになった。その光が照らし出すものを見て、後に続いていたクロエが再び小さく悲鳴を上げた。

三〇畳くらいはありそうな広い空間である。壁は石材を敷き詰めてあるらしく、水分を纏った滑らかな表面が、何かの生き物のように光を撥《は》ね返《かえ》していた。

壁の一面は棚になっており、片隅には腐った木材の破片が転がっている。そして床の真ん中、クロエが見たであろう辺りには、明らかに人骨とわかるものが転がっていた。

「なるほど、死んでる方だったわけね」

イリヤがため息をつく。その声が微かに石壁に反響した。

「地下室というか、防空壕《ぼうくうごう》みたいな感じにも見えますね」

カイがあちこちを懐中電灯で照らしながら呟いた。シーナが白骨に屈み込んでそれを検めている。クランもシーナの横に行き、その手元をライトで照らした。

「四人分ある。大人の骨が多分二人。子どもが二人分。なんだろう。ひと家族ってことかな」

「固まって落ちてるってことは折り重なって倒れてたのか。それとも誰かがここに——いや、それはないか」

クランは言いかけてすぐにそれを取り下げた。ここは内側から施錠されていた完全な密室だ。誰かが死体を固めて置いたなら、その人物はどこにも行けない理屈になる。

「だとするとどういうことだ。どうしてこの連中はこんなところに引きこもって死んでるんだ？」

「さあ——何かから逃げていたのか、それともここを家にしていて、日常の中で事故でもあったのか。あるいは——」

シーナが言いかけたところで、入り口の近くにもたれて中の様子を見ていたマルコが一言だけ発した。

「心中」

その言葉を聞いて、全員が一瞬固まったようだった。クランもそれが意味することを理解し、思わず目を閉じる。

そうだ、心中。それも一家での。

考えたくはないが、一番合理的な解釈だろう。

愛する筈の家族を道連れに、自らの命を絶つという選択は、一体どうして生まれてしまうのだろう。クランは目を閉じたまま思いを馳《は》せた。自分一人だけならわからなくはない。クラン自身、一度は自殺まで考えた人間だ。そして実際には実行しなかったが、その後も生きている意味を見出せずに、今こうして千年後の世界に立っている。しかし家族を道連れにするとなれば話は違ってくる。果たして自分は、どうにもならない状況に追い込まれた時、アヤを道連れにできただろうか。

「これも相当古い骨だと思うよ。何百年も前だろうね」

クランの後ろ向きな思索を、シーナの声が遮った。我に返り目を開けると、シーナが頭蓋骨をひとつ取り上げ、灯りに翳《かざ》しているところだった。

「そうするとやっぱり強制移住政策の頃とかですか？」

「いや、流石にそれは早計じゃないかな。人が死ぬ理由なんていくらでもあるんだから」

「それはそうか。だけどこれじゃまるでカタコンベですね」

クランは骨の傍でシーナと話し込むカイから懐中電灯をひとつ受け取り、この地下室の奥を見てみることにした。あちこちに光を向けると、腕組みをしているイリヤと、怯えた様子でそれに寄り添っているクロエが映し出される。その向こう、入り口とは反対の壁際に、ベッドと机らしきものが置いてあった。

そちらに近寄ってよく見てみる。湿気が強いためだろう、ベッドも机もすっかり木材と金属の廃材の山と化している。それでも辛うじてそれがベッド、あるいは机だったとわかるのは、それぞれの崩れた山に、生活用品のなれの果てが転がっているからだった。ボロボロになった布団であろう布きれ。錆びて原形を留めなくなった筆記用具。ページが張り付き、黴《かび》ですっかりぐずぐずになっている書籍。

足を使ってその廃棄物の山を崩しながら、何かないかと探してみる。もっとも気を付けなければ、釘《くぎ》を踏み抜きでもしたら洒落にならない。クランは適当な角材を手に取り、それを使って更に廃材をひっくり返した。

「何してるの。何かあるのかしら」

イリヤがクロエを伴って近づいてきた。もしかするとより明るい方へと引き寄せられてきたのかもしれない。もうひとつの光源の近くでは、生きた人間二人が死んだ人間四人を検めている最中だ。

「いや、何か情報がないかと思ってな。何しろ街へ行ってもほとんどが風化してただろ。俺たちは結局あのシェルターのコンピュータでしか今の世界を知らないわけだ」

「そうね。ＡＩが集めてたのはあくまで世界的な出来事が主だったし、ローカルな話題はほとんどなかった。だから——あ、それは？　何か箱みたいな」

イリヤがふと指さしたところ、机の天板だったらしい木材の下から、金属のようなものが覗いていた。あまり錆びてはいないようで、電灯の光を鈍く反射している。クランがそれを引っ張り出してみると、それは立方体に近い箱だった。三〇センチ四方というところだろうか。だいぶ重量がある。

「これは——金庫か」

「へえ、金庫。ちょっといいじゃない。ねえ、開かないかしら」

「どうかな。流石に金庫破りをするには道具も技術も知識も足りてないが……」

クランは言いながらその箱を観察した。どうやらダイヤルとレバーによって開くタイプの、昔ながらのものらしい。この地下室が一体いつ造られたのかはわからないが、こういうものをまだ使っていたということは、クランたちがスリープしてからそれほど経たない頃のことなのかもしれない。それとも金庫というものの進化が長い間止まっていたのか。どちらかだろう。

表面はそれほど錆びていないように見えたが、内部機構はだいぶいかれているようだった。クランがダイヤルを回そうとしても全く動かない。続いてレバーを押し下げてみる。クランの手の中で、それは僅かに動く様子だった。

クランは箱を地面に置き、レバーに体重をかけた。

「お、動くかな。鍵がかかってなければ――開いた！」

がちゃん、と大きな音が石の壁に響き渡り、レバーがクランの手の下で大きく動いた。箱の扉が開く。かなり厚く造られているところを見ると、やはり金庫だ。

「鍵をかけてなかったのね」

イリヤが早速覗き込もうとしゃがむ。骸骨の傍で議論していた二人も、騒ぎを聞きつけて近づいてきた。その向こうからマルコもやってくる。クランは箱の蓋を全開にすると、中を懐中電灯で照らした。

「イリヤが金庫を見つけたんだ。だがどうやら鍵はかかってなかったらしい」

「多分この地下室自体が、侵入されないようになってるから、わざわざかけなかったんだろうね」

「中は何ですか？」

「もしかしてお金とか？　でもお金ならあんまり使い道は無いですね」

集まってきたメンバーが口々に言う。言葉が反響し、重なりあって、クランの耳にはよくわからない雑音となって届いた。

「いや、これは……ああ、メモリスティックだな。それから、おお宝石だぞ」

クランは取り出したものを光に翳した。途端に懐中電灯の無骨な光が、煌びやかな美しい輝きに姿を変える。大きな宝石の嵌まったネックレスのようだった。

「ダイヤモンドですかね」

「かもしれないな。他にもあるぞ、ほら」

クランが摑み取ったそれをイリヤに渡す。イリヤは薄暗い光の中で、妖艶《ようえん》に微笑み受け取った。

「メモリスティックは？　使えそう？」

シーナが尋ねた。

「いや、どうだろうな。そもそもダメになってる可能性が高いし、使えたとしても読み取るための機械が……」

「そうね、少なくともシェルターのコンピュータには接続できない筈。ドライブがないから」

緑色の宝石の嵌まった指輪を掌で転がしながらイリヤが応じた。

「まあ、持つだけ持っていってもいいかもしれないけど。街へ行けば読み取る手段もあるかもしれないわね。ただそこまでして読んだところで、どうせこの一家の思い出の写真とかじゃない？」

「そうですね。それはそれで貴重な記録かもしれませんけど。あとは何もないですか？」

「そうだな、あとは何も……いや、待てよ。手帳だ」

クランが一番奥から取り出したのは、小型の手帳だった。掌よりひと回り大きい。開くと、紙と紙がくっついてしまっているところが多いようだった。

「これは……日記というか、メモ書きかな。水分でくっついたり字が滲《にじ》んだりしてるけど、読めるところも時々ある」

「多分密閉されてたから、他の野ざらしだった文書よりもインクが長持ちしたんだろうね」

シーナがクランの手元を覗き込みながら言う。どうやら中身に興味津々のようだった。

クランはこれ以上の損傷がないように慎重にそれを広げた。

「読める範囲で年号は出てこないが……三月二〇日、ここに入ってから一週間。今のところ食料は足りている。妻の咳《せき》が酷い。三月二五日、奴らがやってきた。扉の向こうでひとしきり騒いでいたようだ。こちらが反応しなかったためか、一応引き下がったようだ――、おい、ちょっと明るいところへ行こう」

クランはそう提案すると、入り口へと歩き始めた。懐中電灯の灯りではとにかく読みづらい。他のメンバーもその後をぞろぞろとついてくる。

素掘りの通路を通り、外へ出ると、夕方の光がクランたちの目を刺した。眩しい、というより痛いという感覚である。クランは目を細めて額に手を翳すと、近くの岩に腰掛けてしばらく目が光に慣れるのを待った。

シーナが少し離れたところで煙草を咥え、火をつけた。赤みを帯びた眩《まばゆ》い世界に、白く煙がたなびく。

「よし、読めるとこだけ読もう。ええと……『また奴らだ。しつこいことこの上ない。だが何を言っても引き下がろうとしない。いっそ、こちら』……あとは読めん」

「奴ら？　誰のことだろう」

「何でしょうね」

シーナとクロエが顔を見合わせる。クランが続けた。

「それからしばらくまた字が滲んでるな……、『シェルターには』だけ読める。それから『家族がいる』、『死ぬつもり』、『わからな』。これだけじゃわからないか」

「でもシェルターって言ってるわね。この地下室のことかしら。それとも私たちのスリープしてたシェルター？」

「こっちには『……ルターにいくら掛けたと思っているのか、貧乏人どもめ。これだ……』とある。そうすると多分ここで言っているのはこの地下室のことだろうな。これを金を掛けて自分で造ったんだろう」

クランが今し方出てきた山肌の扉を指さす。一歩離れて聞いていたシーナが、細長く紫煙を吐き出しながら、なるほどね、と頷いた。

「つまり、ここはお金持ちが造った自家用のシェルターだったわけだね。そしてその中で金持ち一家が閉じこもっていた。何から逃げていたのかはわからないけど……奴ら、って書いてある連中か」

「連中って……人間か？　獣とかって可能性もあるんじゃないのか」

クランが疑問を口にすると、シーナより先にカイが答えた。

「いや、クランさん、何を言っても引き下がろうとしない、って書いてありましたよ。つまり少なくとも会話の通じる筈の相手なんじゃないですかね」

「あと貧乏人とも。だから人間ですよ」

「クロエ、その貧乏人、っていうのが、やってきた『奴ら』と同一とは限らないんじゃない」

「あ、そうか。そうですね」

メンバーが口々に意見を述べ合う中で、クランは他に読めるところを探した。しかしどこも滲みが酷い。結局拾えるのは、単語にもならない僅かな文字だけだった。

「うーん、残念だな。もう少し情報が残ってると思ったんだけど」

「でも多少の収穫はありましたよ。ここの住人は、どうやら何かから逃げてここに閉じこもったんでしょう。そしてその連中がやってきても決してドアを開けなかった。だけどそのうちここで亡くなったんです。病気か、自殺かはわかりませんが」

「それのどこが収穫なのよ」

イリヤが呆れ顔で言うと、カイが肩を竦めた。

「少なくとも、その当時は何か危険な者がいたっていうことですから。例えばもし、この人たちの時代が強制移住政策後だったとすれば、こういう人の住まなくなった環境で悪事を働いていた連中かもしれませんよ？　だとすれば、今現在も同じような輩《やから》がいてもおかしくないです。警戒しないと」

そうだ。カイの言うことも確かだ。

以前から観察されているような感覚。また時折近くに現れる謎の動物。もしかするとこれが、その危険な連中である可能性はある。注意するに越したことはなかった。

「しかし目的の第二シェルターじゃなかったな。そろそろ行くか」

クランが立ち上がると、イリヤが手にしていた宝石を掲げてみせた。

「これはどうする？　貰ってもいいわよね？」

「そうだね。何百年も前のものだろうし。もしかすると誰かと接触できた時に、お金の代わりとか交渉材料になるかも。持っていこうよ」

シーナが手近な石で煙草をもみ消す。そしてフィルターを鞄《かばん》の中にしまった。

「一応、全員で適当に分けませんか。何があるかわからないし」

カイが言うと、イリヤも特に反対することなく、ポケットの中の戦利品を取り出してそれを平たい岩の上に並べた。

「私はこのネックレスが欲しいんだけど。いい？」

「あたしは何でもいいや」

「僕も――ああでも、これにします」

それはさながら、山賊が獲物を山分けしている風景だった。クランは苦笑しながらも、余った指輪に手を伸ばす。他のものと違って、小さなダイヤモンドらしき石がいくつか嵌まっているだけのシンプルなものだ。色からするとプラチナだろうか。装飾品というよりは結婚指輪を思わせるデザインだった。

自分の指には小さすぎる。クランは一度指を通そうと試み、すぐに諦めると、指輪をポケットにしまって立ち上がった。

「さあ行こう。日があるうちにもう少し進んでおきたいし」


遠征一日目の日が傾き、太陽が千年前と同じように西の山にかかる頃、一行は小さな川のほとりにいた。その日の夜を過ごすために、シーナの提案で水場の近くを選んだのである。

ちょうど森と街の境目になっている川だった。向こう側にはかつて人間の領地だったエリアが広がっている。ところどころに建っているコンクリート製の廃墟と、まばらに立ち並ぶかつての電柱に西日が当たり、一種幻想的とも言える風景を作り出していた。

世界の終わりには、こんな景色がどこでも見られるのかもしれない。

「テントがないのが辛《つら》いところだな」

クランは川で腕の汚れを落としながら言った。隣では同じように川面に屈み込んだカイが顔を洗っている。

「流石にテントは見つからなかったですからね。でもシートはありましたし、雨除《あめよ》けくらいにはなりますよ」

「街の外れまで来れてよかったよ。あの辺の建物の中ならある程度安心して寝られそうだ」

クランは立ち上がり、両手を大きく振った。ただでさえ清冽《せいれつ》で冷たい水が熱を奪い、火照《ほて》った腕がよく冷えて心地良い。僅かに出てきた風が、適当に切りそろえただけの髪を撫でていった。

「クラン。薪を集めに行くよ」

シーナの声にクランは振り返ると、わかった、と手を挙げ、カイを待ってからそちらへと向かった。

先ほど話し合って、分担を決めたところである。クランとイリヤ、それにシーナが森へ入って、薪と、他に食べられそうなものなどを集める。カイとマルコは市街地へと渡り、寝床によさそうな建物を物色する。クロエは荷物番である。

二手に分かれて森へ再び足を踏み入れる。先ほど通り抜けてきた木々の間は、陽光が減るにつれて薄暗く、不気味さを増しているようだった。それでもシーナは怖《お》じ気《け》づくことなくどんどんと下生《したば》えを掻き分けて進んでいく。クランとイリヤも置いていかれないように足早にその後を追った。

「一言で言えば、針葉樹は焚《た》き付《つ》けにして、広葉樹はメインの薪にするんだよ」

シーナが地面に落ちている、比較的乾燥してそうな枝を集めながら言った。

「マツやなんかだと着火しやすいけど、その分すぐに燃え尽きちゃう。逆にコナラとかブナとか、そういうのは火がつきにくいけどその分持ちがいい。まあどっちにしても、できるだけ太くて乾燥してるのを探してね」

「その辺の枝を折っちゃダメなの？」

「まだ生きてる木だと乾燥してないから、煙ばっかり出てなかなか燃えないんだよ。だから落ちてるのを拾って」

クランもその言葉に従い、手頃な木を拾って歩いた。集めた薪を風呂敷《ふろしき》代わりに持ってきた防水シートにくるみ、背中に背負う。

「まるで昔話のおじいさんとおばあさんだな」

クランが呟くと、シーナがふふ、と笑った。

「いや、クラン、あたしたちは昔話の登場人物そのものなんだよ。なんせ千年も前の人間なんだから」

「言われてみれば。その通りか」

「ちょっと。私はおばあさんじゃないわよ」

イリヤが混ぜっ返す。クランも釣られて笑った。

小一時間も歩いていると、思いのほか薪はたくさん集まった。更にシーナは時折食べられる植物を見つけ、それも収穫する。主には若芽や葉を食べる、山菜の類いが中心だった。

「本当は油があれば揚げると美味しいんだけどね。まあ茹《ゆ》でてもいけると思う。塩味しかできないけど」

「そのうち魚も釣りたいところだな。あとは肉があれば嬉しいが……これは無理か」

「少なくとも弓矢か罠《わな》くらいは必要だね。生憎そっち方面の知識はないなあ」

シーナと話しながら作業をしていると、一日歩いてきた後の追加の労働の割にはあまり疲れを感じない。彼女の快活な雰囲気がそうさせるのだろうか。クランは食べられるらしい若芽を摘み取り、それをポケットにしまった。

その時だった。

不意にまた向こうの茂みが揺れた。

何かいる。

今度は近い。クランは少し躊躇った後、意を決してそちらへと足を踏み出した。音の具合からすれば、獣だとしても決して大型ではなさそうだ。茂みはまだ微かに揺れている。クランは荷物から手頃な枝を取り出すと、それを使ってざわめいている腰丈《たけ》ほどの草を掻き分けた。

そこには、想像していた通り、一頭の獣がいた。

それはタヌキだった。千年前に何度か見かけたことのある、里山に棲《す》む獣。ずんぐりとした体軀《たいく》に、少し堅そうなグレーの体毛が生えている。そしてそいつは、身体のあちこちから血を流し、草の中に倒れ伏していた。

時折断末魔《だんまつま》のように四肢が痙攣《けいれん》する。その動きが草を揺らし、微かなざわめきを立てていた。

クランは屈み込むと、その様子を観察した。どういうことだろうか。野生の獣がこういう怪我をして死にかけているということは、何か別のものに襲われたのか。しかし傷痕はかなり多い。何度も噛まれたり、引っかかれたりしたのかもしれない。

いずれにしても、こいつを襲った別の獣が近くにいるかもしれない、ということだ。だとすれば警戒した方が良い。

シーナとイリヤに知らせなければ。

そう思った次の瞬間だった。

木立を縫って射していた残照が喧噪《けんそう》と共に薄闇《うすやみ》に包まれた。

思わず荷物を取り落としそうになり、クランは慌てて影の正体を見極めようと辺りを見回す。

それは黒い鳥の群れだった。

「なんだこいつら……うわ！」

クランの叫びがけたたましい鳴き声に掻き消される。

鳥の鳴き声は、カラスによく似ていた。ただ、一羽《わ》一羽がクランの記憶にあるカラスより倍近く大きい。それが何十もの群れを成して、木々の間を飛び回っていた。

騒がしい声の中に、女の悲鳴が混じる。シーナだ。咄嗟に助けに行こうとするが、その行く手を黒い影が遮る。次の瞬間、鳥たちから繰り出された爪と嘴《くちばし》の雨が、クランの上に降り注いだ。

声にならない声を上げながら、クランは必死に荷物を振り回した。何羽かの影がそれに当たって吹き飛ぶ。しかしそれによってできた隙間は、すぐに別の鳥に取って代わられた。

「シーナ！　イリヤ！　逃げるぞ！」

クランの叫びが鳥の鳴き声を上回って森に響いた。すぐに鳥を掻き分けるようにしてシーナの姿が現れる。

「イリヤは!?」

「わからない！　近くにはいなかった！」

シーナを抱えるようにしながら、鳥たちの執拗《しつよう》な攻撃を振り払い、クランは森の外へと走った。イリヤのことは心配だが、さりとてこの状況ではいかんともしがたい。

黒い鳥たちは、尚も執拗に二人を攻撃してきた。身体を丸めるようにし、手や荷物で上空から襲ってくる爪と嘴を防ぎながら、転がるように森を抜ける。何度も木にぶつかりそうになり、低木が身体の下半分にも傷を付けた。

襲撃は永遠にも思われるほど続いていたが、森の端へとたどり着いた二人がそのまま開けた河原へと走り出ると、僅かな間だけそれが止《や》んだ。

鳥たちが森を出るのを躊躇ったようだった。

一〇〇メートルほど上流に、クロエが荷物の傍で座り込んでいるのが見えた。こちらに気付いたようで、ゆっくりと立ち上がって手を振ろうとしている。クランは一時その姿を見て安堵し、次に戦慄《せんりつ》した。

このままクロエにターゲットが移ってしまえば、絶対にまずい。彼女はまだうまく走れない。

「シーナ、クロエの方に行ったらヤバい。街へ逃げるぞ」

クランが言い終わらないうちに、再び漆黒の嵐《あらし》が襲いかかってきた。この鳥たちは別段森の外に出られないわけではないらしい。それどころか、遮るもののない場所で、却《かえ》って獰猛《どうもう》になったかのように攻撃を始める。

一撃一撃は小さいが、それが蓄積するとダメージもバカにならない。今やクランの両腕は、流れ出た血で赤く染まっていた。

クランとシーナは、靴が濡れるのも構わずに川を渡り、全速力で走った。傍から見れば、おそらく黒い雲が二人を包んでいるように見えただろう。かつてアスファルトが敷かれた道だったところを、草に足を取られながら並走し、逃げ込めそうな建物を探す。二〇〇メートルも走っただろうか。右手に見つけた店舗だったらしい廃墟の、枠だけになった入り口から、二人は中へと駆け込んだ。

廃墟内部には、多くの什器《じゅうき》の残骸が残されていた。どうやら食料品の店だったようだ。クランは急いでそれを掴むと、シーナを伏せさせ、自分も寝転びながら棚を横倒しにして二人の上に被せた。

次の瞬間、棚の上で凄《すさ》まじい大騒ぎが勃発した。獲物を遮られ、怒り狂った鳥たちが棚をつつき回す。恐怖を感じさせるには充分な雄叫《おたけ》びが何度も廃墟の中に響いた。

どうやらこの鳥たちは、棚の下に潜り込んで攻撃をするだけの知能は持ち合わせていないらしかった。二人の上に横たわった棚の上から、虚しい攻撃を何度も仕掛けては怒りに満ちた鳴き声を発している。クランは鳥たちがぶつかってくる度にぐらぐらと揺れる棚をしっかり支え直し、荒い息を吐いた。

こいつらがもし、地面を歩きながら棚の下に潜り込んでくるようなら、いよいよ危なかった。

しばらく目を閉じて呼吸を整える。それから首だけを回して横を見ると、同じように息を荒らげているシーナと目が合った。

「大丈夫か」

「うん、なんとか……。でもイリヤはどうしたんだろう。それにクロエも。大丈夫だったかな」

シーナが呟いたのを合図にしたように、急速に周囲に群がっていた鳥の気配が去っていくのがわかった。風を打って羽ばたく音が打楽器のロールのように幾重にも響き、やがて諦めた黒い影が建物から飛び立っていく。

クランとシーナは、完全に音がしなくなってから数分待って、そっと棚を自分たちの上からどけた。

廃墟の中は先ほどまでの狂乱が嘘のように静まりかえっている。そこら中に、真っ黒で艶のある羽が散らばっていた。クランは棚を完全に横へ押しやると、両腕を気にしながら立ち上がった。服が真っ赤に染まっている。元々が薄い色の服なだけに、余計にその血の色が目立った。ところどころ細かく切り裂かれて袖も背中もボロボロになっている。

横を見れば、シーナもほとんど同じような状況だった。上半身はあちこちに穴が空き、血が滲んでいる。

二人はお互いの傷を観察し合い、深い傷がないことを確かめると、無言のままそっと外の様子を窺った。動くものは何もない。西の山の稜線《りょうせん》が、微かに赤紫色に染まっている。周囲はすっかり薄暗くなり、少し冷たくなり始めた風が、間もなく夜がやってくることを教えていた。

鳥たちがいなくなったのを確かめたクランとシーナは、急ぎ足でクロエの元を目指した。まずは居場所のはっきりしているクロエを捜すのが先決だ。あの足ではもし襲われていたらひとたまりもない。

河原へたどり着くと、そのまま川沿いを遡《さかのぼ》る。ものの数分も歩くと、薄闇の向こうに、大きく手を振っている人影が見えてきた。

「クロエ！」

シーナが叫んで走り出す。どうやらクロエは襲われていなかったらしい。しかし二人が近づくと、クロエはほとんど泣きそうな声で、「何があったんですか」と尋ねてきた。

「鳥に襲われたんだ。真っ黒な、猛禽類《もうきんるい》くらいの大きさの鳥の群れ。森の中で突然現れて、攻撃してきた」

クランが血に染まった袖を見せる。クロエは息を呑み、両手で口を覆った。そうしなければ叫び声を上げてしまう、とでもいうかのようだった。

「クロエは大丈夫みたいだね。よかった。心配したんだよ、その足だと走れないだろうし。鳥はこっちには来なかった？」

「ええ、来ませんでした。クランさんとシーナさんの後をずっと追いかけて飛んでいって、その後かなり高いところを飛んで森に帰っていくのを見ました。だから大丈夫。それよりイリヤさんは……」

「わからない。鳥に襲われてパニック状態だったの。呼んだんだけど返事もなくて……。もしかしたらどこかに隠れてやり過ごしたかも」

「しかしあの鳥は何だったんだ？　あんな鳥、千年前にはいなかったと思うが」

クランが痛む両腕を川の水で洗い流しながら疑問を口にする。するとシーナが同じように横にやってきて、水を掬《すく》いながら答えた。

「カラスだよ」

「カラス……」

思わずクランの口から呟きが零れる。

「そう、カラス。あの鳴き声も、嘴や羽も、カラスに間違いない。巨大化したカラス」

「バカな。ほとんど鷲か鷹《たか》くらいあったぞ？」

「千年の間に巨大化したんだね」

シーナが掬った水を腕に掛け、血を洗いながら顔を顰めた。

「多分、この辺りみたいに人間がいなくなった地域で、人間が残していったものを利用して一気に繁殖したんじゃないかな」

「残していった……」

「食べ物や農産物、それに人間の身体そのもの。カラスたちはそういうものをうまく利用する習性も賢さもあった。それに元々数が多かった。それで一気に増え、生態系でも一定の地位を占めるようになったんだと思う」

「それがどうして巨大化に繋がるんですか？」

クロエが荷物からタオルを取り出してクランとシーナに渡してくれた。ありがたくそれを受け取って両腕を拭く。ズキズキとした痛みが走るが、クランは努めてそれを無視するように振る舞った。クロエにあまり心配を掛けてもいけない。

「これは勿論推測なんだけど、カラスたちはそうやって生態系の上位の地位を占めたことで、段々と捕食者として強力になっていったんじゃないかな。それに伴って体も大型化して、群れで狩りをするようになった」

「そうか、じゃあ俺が見たタヌキは……」

クランが呟くと、シーナが首を傾げた。そうだ、タヌキを見たのは自分だけだった。クランは事の次第を二人に説明した。

「ああ、じゃあそのタヌキもカラスにやられて逃げてきたんだろうね」

シーナはそう締めくくると、タオルをクロエに返して森の方を睨んだ。

イリヤの気配はない。

もうすぐ夕闇《ゆうやみ》に沈むであろう木々は、風に揺れるばかりで、イリヤの動きを伝えてはくれなかった。

「イリヤ！」

クランが大声で叫ぶ。続いてシーナとクロエも、口々にイリヤの名を呼んだ。

「こっちだ！　イリヤ！　もうカラスはいない！　出てきて大丈夫だ！」

尚もクランは声を張り上げる。しかしその大音声は、風が吹き抜ける音に混じって虚しく森に響き渡っただけだった。

あちこち歩き回りながら、三人はイリヤを捜して森の縁を移動した。流石にこの暗さでは、森の中に入ると遭難する可能性がある。だが逆に考えれば、イリヤもおそらくこう暗くなってくれば身動きはとれないだろう。

「どうする。明日の朝にするか」

「でも、またカラスに襲われたら……」

「多分大丈夫じゃないかな。夜間は寝ていると思うから。だからイリヤが滅多《めった》やたらと動き回らずにじっとしてくれれば、安全だとは思うんだけど」

その時、不意に川から水音が聞こえた。ボチャン、という何かが水に入った音。

三人が同時に振り向く。途端に目が眩《くら》むような閃光《せんこう》が走り、クランは思わず目を細めた。

「どうしたんですか。何かありましたか？　さっきから叫び声がしてましたが」

声の主がカイであり、閃光の正体が懐中電灯であることを理解し、三人がほっと緊張を解く。カイと、その後ろからマルコが川を渡ってくるところだった。

「お待たせしてすみません。ちょっと街中で迷っちゃいました。でも一応、寝床になりそうなところは見つけましたよ。――あれ。イリヤさんは？」

「カイ、話は後だ。とにかく完全に暗くなる前に、荷物を持って移動しよう」

「……そうですか。そんなことが……」、二人とも、怪我は酷いですか」

クランの口から経緯を聞いたカイは、焚《た》き火《び》の灯りの中で顔を顰めながらクランとシーナを交互に見つめた。

カイとマルコが見つけてきた建物は、元々は倉庫だったもののようだった。中は広々としており、全員が横になるだけのスペースは充分にある。まだ軀体もしっかりしており、穴なども空いていない。そして何より、割れてしまっている窓に鉄格子が嵌まっており、入り口さえ塞《ふさ》げば完全に外界からの侵入を防げそうだった。

確かにこれはいい拠点だ。

クランは焚き火の上に吊《つる》した鍋《なべ》をぐるぐると掻き回した。中にはクランとシーナが収穫した野草が入っている。塩味だけのつまらない味付けだったが、温かい汁物はありがたい。

「マルコさん、二人の傷、見て貰えませんか」

カイがマルコに声をかける。しかしマルコは相変わらず塞ぎ込んだように火を見つめながら、微動だにしなかった。

「いいよ、大丈夫。深手は負ってない」

「あたしも」

クランとシーナがそれぞれ両手を挙げて見せる。二人とも新しい上衣に着替えており、傷口は袖に隠れて見えなかった。

「……抗生物質はある。様子がおかしかったら言え」

マルコがようやく口を開いた。つまり、消毒薬などは持っていないから、もし細菌感染を起こしたらそれからなんとかする、ということのようだ。

クランは苦笑いしてありがとう、とマルコに言った。

「だけどイリヤさん、心配ですね。一応、メッセージは置いてきましたけど……」

カイが沈んだ声を出す。

一行は、荷物を引き上げるにあたり、万一イリヤがそこに戻ってきてもいいように、紙にメッセージを書いて置いてきていた。紙と筆記用具はマルコが持ってきていたものである。そこには翌朝迎えに来るから、一番近くの廃墟に避難しているように、との伝言が書かれていた。

「あの手紙も、石で押さえてきただけだからな。風で飛ばされるかもしれないし、何よりこの暗さだと見つけられないかもしれん」

一行の間に沈黙が降りた。焚き火がはぜる音をＢＧＭにして、時折汁を啜《すす》る音やビスケットを囓る音がそこに交じる。

やがて食事が終わると、それぞれが言葉少なに毛布を広げた。床はそれほど崩れておらず、フラットなので、固く冷たいことに目を瞑《つぶ》れば、なんとか眠れそうではあった。

カイが最初の見張りを申し出た。一時間半おきに交代することを決めると、カイを除いた四名が横になる。クランは頭の中で渦を巻く不安や痛みを無理矢理に追い出し、目を閉じた。とにかく疲労を取る必要がある。

やがて眠りが訪れ、クランは久しぶりにアヤの夢を見た。浅い眠りの中で、アヤは何度も助けて、と叫ぶ。その度に目を覚ましては、焚き火に照らされる廃墟の床を確認してまた目を閉じるのだった。

翌朝、身体のあちこちに痛みを覚えながら起き上がった一行は、早々に身支度を調えて森へと向かった。一刻も早くイリヤを救出する必要がある。気温からすると凍死したりする心配はなさそうだが、それでも明るくなるとまたあの巨大なカラスどもが活発になるだろう。

外はうっすらと明るく、清冽な空気が世界を包んでいた。

朝日が西の山とその麓に広がる森を照らしている。荷物を担いだ五人は、足早に川のほとりへと足を進めた。

「……まだありますね」

最初に置き手紙を見つけたのはカイだった。五人が書き残したメッセージは、昨日のままそこに置かれている。上に載せた石までも、全く動いた気配が無かった。

「多分、読んでないな。やはりまだ森の中にいるのか」

クランが眉を顰める。シーナが「イリヤ！」と声を張り上げた。それに反応するように鳥の鳴き声が森の中から響く。しかしそれはカラスのものではないようだった。

「クラン、昨日の襲われた場所、大体わかる？」

「どうだろう。多分方向はわかると思うが……ここから川下へ二、三百メートルくらい行った辺りに出たからな」

シーナの問いに応えながら、クランが川の向こうを指さす。シーナは迷うことなくそちらへと歩き出した。

「森へ入って、走って五分くらいの距離だと思う。だからそんなに奥じゃない筈だよ」

クランも後を追いながら頭の中で昨日のことを思い出していた。シーナを抱えて、カラスたちの攻撃を防ぎながらの、それも木々の茂る中を移動した五分。決して遠い距離ではない。

川に沿って数分下り、なんとなく見覚えのある辺りで立ち止まる。それからシーナが、森の端にある木を見ながら歩き回っていたが、やがて何かを発見して声を上げた。

「多分、ここだ。ほら、下生えが少し倒れてる。あたしたちが走ってきた跡だと思う」

そこで五人は、そこを中心にして横一列に広がり、森へと入ることにした。互いが見える距離を保ちながら中へと進んでいく。イリヤを呼ぶ声があちこちでこだました。

何か痕跡があれば見落とさないように、ゆっくりと足を運ぶ。下生えの間に時々生えている実生《みしょう》を踏みつける度に、枝が折れる感触がクランの足に伝わってきた。やがて唐突に、目の前に見覚えのある茂みが現れた。

「ストップ！　ここだ！」

クランは叫んで全員を呼び集める。それは確かに、昨晩タヌキが死にかけていた茂みだった。

「ほら、ここ。少し血や毛がついてる。タヌキは何かが持っていったんだろうが、ここで襲われたのは間違いない」

「じゃあ少なくともこの周辺だね。イリヤ！」

シーナがまた叫びながら、周辺を見回した。反応は無い。

五人はそこを中心に、再び広がって捜索することにした。いやが上にも全員の顔に緊張が走る。何しろつい昨日、恐るべき襲撃を受けたまさにその場所だ。二度目の襲撃があってもおかしくはない。

次に声を上げたのはクロエだった。捜索を開始して一時間以上が経っていた。

「見てください、ほら、これ！　イリヤさんのですよね、きっと」

クロエの元に集まったメンバーはそれを見て、一様に頷いた。そうだ、間違いない。それは収穫物を入れておくためにイリヤが持っていた筈の、手提げバッグだった。何の飾りも無い地味なものだが、明らかに新しい。

「じゃあここを通ったのか。でも変だな。俺もシーナもこんな方までは来てない筈だが……」

クランが首を傾げる。先ほど確認した、昨晩の襲撃地点からは数百メートルは離れているようだった。

「待ってください。こっち……ほら、少し木が折れてる。しかも下草も少しだけ踏まれたように見えます。向こうに行ったんじゃないですか」

カイがしゃがみながら言った。指さす辺りには、確かに何かが通ったらしき痕跡が残されていた。

微かなその痕跡をたどりながら、五人は森の奥へと進んでいった。イリヤは間違いなくここを通っている。もはやクランの中では、確信に変わっていた。だがどうして？　なぜ一人こんなに離れた場所にいたのだろう。何かを見つけたのだろうか。それともカラスから逃れるために？

様々な疑問を胸中に抱きながら、クランたちは二〇分ほどの間、黙々と痕跡を追った。時折遠くでカラスの鳴き声が散発的に聞こえる。その度にクランは昨日の恐怖が脳裏をよぎり、心臓が跳ね上がりそうになった。

「ねえ、ここ」

不意に先頭を歩いていたシーナが立ち止まった。

下草にばかり注目していたクランもその声に顔を上げる。見ると、そこには畳数枚分ほどのスペースが広がっており、その向こうには森にほとんど同化するようにして、コンクリートの建物の残骸がひっそりと佇《たたず》んでいた。

「廃墟だ。こんなところに」

シーナが呟く。森の中だと思い込んでいたが、もしかするとかつてはこの辺りまで街が広がっていたのかもしれない。木造の住宅が全て森に呑み込まれた後、最後まで自然の力に抵抗していたのだろうか。その廃墟は、崩れかかったその躯体を朝の木漏れ日に曝し、まるで前衛芸術のような影の模様を纏っていた。

「イリヤ！」

クランが叫ぶ。もしかするとここに一晩いたのかもしれない。マルコを除く他の三人が、クランに続いて声を張り上げた。

カイが先頭に立ち、廃墟の中を確認する。しばらくあちこちを捜していたが、しばらくして首を振りながら戻ってきた。

「ダメですね。それらしい痕跡はないです」

「そうか、ここかと思ったんだが——これは？」

クランの視界に、布の切れ端が映った。それは、廃墟の前庭のようなスペースに横たわる、巨大なコンクリートブロックの下から、はみ出るようにして落ちているように見えた。

「俺たちの服と同じ素材だ。じゃあまさか」

クランは最悪の事態を予感し、思わず一歩後ずさった。コンクリート塊は、かなりの大きさがある。人間が一人隠れられるくらいの平たく細長い塊である。とても一人では持ち上がるサイズではなかった。

「嘘ですよね。イリヤさん……まさかこの下に」

クロエが震える声で呟いた。クランの脳裏にも、悍《おぞ》ましい想像がよぎる。

まさか、この下敷きになって——。

しかしコンクリートの周辺を見ても、血液らしいものは見当たらなかった。

「どかしてみよう。カイ、マルコ、そっちを頼む」

クランが男たちの名を呼びながら、コンクリートの片側の端に取り付いた。それを聞いてカイが、次いで全くと言っていいほどに覇気の無いマルコが、それぞれクランの向かいの端や中心辺りに取り付いた。息を合わせて平たいブロックを持ち上げる。三人がかりならばなんとか持ち上がるが、重たくて指がおかしくなりそうだった。

ゆっくりとコンクリートがずれていく。

シーナとクロエがその下から現れるものを、固唾を呑んで見守っていたが、徐々にその表情に恐怖と驚愕が混じる。

その様子から、クランにも現れたものが何か、察することができた。

「イリヤ……」

シーナの口からその名が零れる。

クロエは今や目を強く瞑り、シーナの後ろに隠れるようにしていた。

やがてブロックがほとんど横にどかされ、男たちの視界にもそれがはっきりと捉えられた。

そこには、一人の人間が横たわっていた。

ただし、それは重たいブロックに潰された姿ではない。細長く掘られた浅い穴の中に、まっすぐに横たえられた女の遺体だった。

豊かなウェーブのかかった髪は酷く乱れ、その美しかった顔に纏わり付くようにして表情を隠している。両手は葬儀の時のそれのように、鳩尾《みぞおち》の辺りで組み合わされていた。そして左の乳房のすぐ上、首元より少し下の辺りから、ナイフの柄らしきものが飛び出している。そこから溢れ出た血が、お仕着せのシンプルな服を赤黒く汚していた。

「イリヤ……、なんだこれは」

クランも驚きに目を見張り、コンクリートに隠されていた遺体を見つめた。

恐れていた最悪の事態が起きてしまった、という失望。

そしてそれが予想を遥かに超える状態で目の前に現れた、という恐怖。

シーナも、カイも、マルコでさえも、狼狽《ろうばい》の色を隠しきれず、しばしその場に立ち尽くしていた。

最初に動いたのはマルコだった。そっと屈み込み、イリヤの身体に触れる。そして、「もう冷たい」と誰もが予想していた言葉を口にした。

「亡くなってどのくらいだ？」

「わからねえよ。だけど……、そうだな、二時間とか三時間ってことはないだろう。昨日の夜だよ、死んだのは」

マルコが関節の固まり具合を確かめ、それから立ち上がると全員の顔を見回した。

「誰だ？」

その言葉に、思わず他の四人が顔を見合わせる。

誰――。

そうだ、これは明らかに獣やカラスによるものではない。だとすると一体誰の仕業だ。

「昨晩、俺とシーナはカラスに襲われているうちにイリヤを見失った。はっきり言ってあの状況じゃ、イリヤを殺すことができるわけがない」

「待ってください。僕もマルコと二人で、ずっと街の方にいました。その間はずっと二人一緒だったし、一人になるタイミングなんてなかったですよ」

「いや、そうじゃない。そうじゃないんだよ」

クランとカイの主張を、シーナが遮った。シーナは遺体を回り込んでコンクリートの塊のところに屈み込むと、それを指でゆっくりと撫でた。

「犯人は一人じゃない。少なくとも二人いないとこれは動かせないんだから」

再び一同に沈黙が降りる。

クランは頭の中で、思考が爆発しそうなほどに駆け巡るのを感じていた。

二人以上じゃないとこのブロックは動かせない。

俺とシーナはカラスに襲われていたし、やっていないのを知っている。

クロエはずっと一人で荷物番をしていた。

だとすれば——。

気まずい沈黙の中で、再びシーナが声を上げた。

「やめよう。今はとにかくイリヤをなんとかしてあげようよ。このままじゃあんまりだ」

クランははっと我に返り、辺りを見回した。

よく見れば、近くにはこの浅い穴を掘った時に出たらしい土塊が転がっている。

「せめて、これをかけて埋めてあげましょうか」

カイが呟き、周囲の土を手で集め始めた。マルコを除く全員がその作業に加わる。

ろくに調べもしていない遺体を埋めてしまって良いのか、という疑問が一瞬クランの脳裏をよぎったが、すぐにそれを打ち消した。調べたところでどうなるものでもあるまい。今は警察を頼りにもできない。イリヤは胸を刺されて殺されたこと。そしておそらくは、その犯人がイリヤを穴に横たえ、上からコンクリートブロックを載せて隠したこと。それだけがわかっていれば充分だろう。

足の方から土を被せ、上半身に移ったところで、シーナがイリヤの胸からナイフを引き抜いた。

「これだけは、預からせて貰うね」

それは、証拠である、ということと同時に、ナイフが刺さったまま埋葬されたのでは可哀想だ、という思いから出た行動だったのだろう。クランはその様子を見届けると、再び土を被せ始めた。

「きっと獣に荒らされちゃうね、この浅さじゃ」

イリヤの全身が見えなくなったところで、シーナがまた呟いた。きっとそうなる、と誰もが内心で同意していただろう。クランもその事実を受け止め、憂鬱《ゆううつ》な気分になった。

だがこれ以上どうすることもできない。穴を深く掘る道具もないし、まさか遺体を担いでいくわけにもいかない。せめて少しでも荒らされにくいように、と、コンクリートの塊を被せた土の上に再び載せておくことにした。

果たしてシモンのように、ずっとその肉体が残ったままでいるのと、野生の獣に食い尽くされて自然の一部に還《かえ》るのと、どちらの方が幸せなのだろうか。いや、幸せというのも烏滸《おこ》がましいのかもしれない。それを思うのはクランたち生きている人間だけだ。シモンも、イリヤも、更に言えばあの顔を潰された見知らぬ少年も、自分の肉体がどうなったかなど考えることすらないのだ。

やがて作業を終えた一行は、無骨な墓標に一瞥をくれると、無言のまま荷物を抱えて歩き出した。キャンプ地とした廃墟から再び山沿いへと戻り、森の中を南へと向かう。

誰の胸にも同じ疑念があっただろう。

イリヤを殺したのは、自分たちのうちの誰かなのか。

それとも、自分たちの他に、殺人鬼がうろついているのか。

下を見ながら歩き続ける五人には、今やぎくしゃくとした空気が流れている。クランは立ち止まり、荷物から煙草を取り出すと火をつけた。

緩やかな風に吹かれた煙が、森の緑に紛れ込んで掻き消える。まるで自分たちの心に入り込んだ不安が具現化したかのようだった。

8　失《しっ》踪《そう》と邂《かい》逅《こう》

「そのナイフ、どういうものだった?」

クランが尋ねると、シーナが荷物からタオルに包んだそれを取り出した。

昼食のために、歩みを止めて全員が荷物を広げている。手頃な倒木を見つけたため、五人ともそこに腰掛けて一列に並んでいた。

次第に気温が上がってきて、クランもシーナも腕まくりをしている。腕中に散った無残な傷痕が痛々しかったが、二人とも敢えてそれを口にしようとはしなかった。

また一人の仲間を失った今、こんな傷痕は大した問題じゃない。

「これだね。見覚え、あるよね」

「……ああ、あるな。俺たちのシェルターにあったやつだ」

クランはべったりと赤黒い汚れが付着したナイフを受け取り、ためつすがめつしながら応じた。

シェルターの倉庫で何本か見つけたものと全く同じデザイン。刃渡りが一五センチほどある、いわゆるサバイバルナイフのようなタイプだ。クランの荷物にも同じものが入っている。

「これがあるってことは、やはり……」

クランが思わず口に出したところで、シーナにやんわりと窘《たしな》められた。

「やめなよ。というか、これイリヤのかもしれないよ」

シーナにはクランが言おうとしていたことがわかったのだろう。

シェルターにあったナイフが使われたということは、俺たちの中に犯人がいる——。

だが、シーナの言うことももっともだった。確かにイリヤが持っていたナイフを犯人が使ったのなら、メンバーの誰かとは限らない。

そしてもし外部の人間が犯人だとすれば、今もクランたちはどこかで見られているかもしれなかった。

「どうしてあんな蓋を被せたんですかね」

カイが話しかけてきたので、クランもシーナもそちらを向く。カイは水筒に入れた川の水をひと口飲んで、続けて口を開いた。

「わざわざあんな重いものを、それも穴を掘った後で。埋めるとか隠すのが目的なら、そのまま土を被せた方がいいですよね。楽だし」

「そうだね、それをあたしもずっと考えてた」

シーナが同意した。

「見つかりにくくするため、っていうのがやっぱり一番しっくり来るけど……だとすれば、誰に、が問題になってくる。あたしたちから？　それとも他の誰かから？」

「そもそも死体そのものを隠すメリットって何かあるか」

「そりゃ犯行そのものを発覚させないためじゃないですか」

クランの疑問にカイが応じる。クランも手にしたビスケットを囓りながら考えを巡らせた。

「何から隠した、って考えるなら、もうひとつ、野生生物からっていう可能性もあるんじゃない」

「野生生物から、ですか」

「そう。土をかけただけじゃ明らかに掘り起こされるのが目に見えてるから、獣じゃどかせないような重いものを蓋にした。ああでも、どっちみち穴を掘れる獣だったら蓋の横から掘り返しちゃうか……」

「もし、僕らから隠そうとしたのなら、今こうやって発見してしまった状況は犯人からすると好ましくないってことになりますよね」

カイが腕を組んで、その丸い顔を傾げながら言った。丸い、とはいえこの二ヵ月ほどの過酷な生活の中で、随分顔つきもシャープになってきている。元々がにこやかで人当たりの良い性格だ。スタイルが少しよくなってきたことで、今やだいぶハンサムになってきた、と言ってもいいだろう。

「だとすると、もう一度襲撃があってもおかしくない？」

「可能性としては」

シーナがクランの言葉を首肯する。それからシーナは食後の煙草を取り出し、左手で風を遮りながら火をつけた。

「煙草もいつまで保つかな」

煙と共にそんな独り言を吐き出す。

「人のいるところに行ければ、なんか代わりはあるだろう」

クランが慰めるように言った。

昼食を済ませてまた歩き始める。相変わらずゆっくりな進み方だが、それでも周囲の景色は少しずつ変わってきているのがわかった。

シェルターのあった周辺は、森が鬱蒼としていて自然の浸食のパワーを思い知らされていたのだが、この辺りはもう少し木々がまばらになっている。元々の土壌や日当たりといった環境の問題なのだろうか。

五人が沿って歩いている山塊も、少しずつなだらかになってきているように感じる。

第二シェルターは海に出るまでの間のどこかにあるらしい、というのはイリヤが見つけ出した情報だった。

それがどの程度正しくて、具体的にどういう情報だったのか、ということは、もはやわからなくなってしまった。五人はただその言葉を信じて歩き続けるしかない。

いっそ、第二シェルターを諦めてこのまま首都圏へ向かおうか、とクランが提案したが、流石に首都圏までは遠すぎる、というカイとクロエの反対で、その話は結局流れた。確かに首都圏までなら、クロエの足を考えれば一〇日以上はゆうにかかるだろう。今回は往復でせいぜいその半分、五日分程度と見込んでの荷物だ。

とはいえ、五日分でも充分に重たくなっていることを考えると、首都圏に到達するには道中である程度自給自足する必要があるかもしれない、とクランは考えていた。だとすれば、少なくとも釣りくらいはできないと、途中で行き倒れになってしまう。

クランはシーナと並んで歩きながら、ぽつりぽつりとこれまでの事件のことを話していた。

少なくともシーナはイリヤ殺しには関わっていない。

クランの視点からは、それだけが唯一信じられる事実である。故《ゆえ》に自然とシーナと言葉を交わすことが増えていた。

「もし、この辺りにも人間が残っているとすれば、どんな奴らなんだろうな。強制移住政策に抗《あらが》った連中の末裔《まつえい》なのか、それとも居住地域から足を延ばしてやってきたのか……」

「その辺の情報がどうしても足りないんだよね」

シーナが小さくため息をつく。

「そもそも、首都圏に他の人間がみんな集まってる、ってあたしたちは信じてるけど、その前提すら間違ってるかもしれないんだよ」

「どういうことだ？」

「例えば強制移住政策っていうのが一時的なことで、今は解除されているかもしれない。だとすれば、あたしたちが見つけられてないだけで、普通にこの近くの街にも人がいるのかもよ」

「そうか、そういうこともあり得るのか」

「それとも集まっているのが首都圏じゃないとかさ。もっと全然別の方かもしれない」

「もしそうだとすれば、俺たちがたどり着ける可能性は相当低くなるな」

クランは苦笑した。考え出せばキリがない。

「それにしても、この世界で生きている奴らが俺たちを狙《ねら》っているとしたらどういう理由なんだろうな。それもシモンとイリヤだけを殺して、他のメンバーは襲われてない。もし千年前の人間だから、という理由なら今頃全滅してる筈だ」

「そう。だから誰が犯人か、というのもそうだし、なぜ殺したのか、というのも疑問。ミステリ小説でいうところのフーダニットとホワイダニットだよね」

「ああ、そんな単語あったなあ」

クランがほっと息を吐きながら応えた。

クロエのペースに合わせて歩いているので、どうしても歩調はのんびりにならざるを得ない。朝からずっと続いていた緊張状態は、午後の陽光に次第に溶かされていくようだった。生き物の気配も今はほとんど感じない。せいぜいが遠くで時折響く何かの鳴き声だけだ。そんな状況では、緊張を持続させるのは難しい。

とはいえ、五人の中にはずっと不安が燻《くすぶ》っているのだろう。時折風がざわめかせる木々の音にも、全員が揃って顔を上げ、緊張した面持ちで周囲を見回していた。

不意にまた、森が開けた。

今度は廃墟も岩場も何もない。膝丈くらいの草に覆われた空き地の広さは数百平方メートルはあるだろうか。千年前の田舎なら家が数軒建ち並んでもおかしくないほどの広さである。

ぽっかりと開いた広場に降り注ぐ眩しい日差しの中で、一同は困惑した面持ちで周囲に視線を巡らせた。

「これは……なんだろう。家があったのか？」

クランが誰ともなしに言うと、追いついてきたカイとクロエも口々に、何ですか、これ、と声を上げた。

「何かがあったんですかね。一面草っ原だ」

「倒木の跡？　……じゃないか。それにしては倒れた木が少なすぎる。それとも何か植生の関係？」

シーナも不思議そうに辺りを見回す。それから屈み込んで足下の草を丹念に調べ始めた。

「何か毒草とかそういうやつですかね?」

クロエが少し身を引きながら尋ねる。もし他の植物を寄せ付けないような毒草でも繁茂《はんも》しているなら、立ち入るのもよくないかもしれない。

しかしシーナは、尚も首を傾げながら立ち上がった。

「いや、特に変わった植物もないね。オニウシノケグサとかスズメノテッポウとか……強《し》いて言えば森というより荒れ地に生えるような雑草が多いのが不思議だけど」

「荒れ地、ねえ」

クランが靴で足下の土をほじくり返す。するとその土の下、ほんの数センチのところから、何か瓦礫のようなものが現れた。

「なんだこれ。……陶器?」

クランの声に、他の四人が集まってくる。その足下から出てきたのは、確かに陶器の皿の欠片のようだった。

陶器の皿が出てきたということは、この辺りには民家が建っていたのだろうか。クランは拾い上げた欠片を覗き込んできたカイに渡し、更に足先で地面の土を払いのけた。

「あ、いっぱい出てきますね」

クロエが土の下から露出したものを見て屈み込む。そこにはかなりの量の陶器やガラス片が埋まっていた。

「こりゃ、ゴミの処分場だな」

クランが足を止めて言う。

「ああ、不燃物の。そうか、こういう山裾に造られるって聞いたことあります」

「ここら一帯、木が生えてないのはこれのせいかもな。全面にこうやって不燃ゴミが埋められてるから、根が伸ばせないいんじゃないか」

「しかしそれにしたら随分浅いんじゃない？　もっと深く埋めるもんだと思うけど」

シーナが疑問を呈《てい》したが、それに誰かが反応する前に、無言で立っていたマルコが露出した廃棄物の一角を指さした。

「それ」

「それ？　それって……、わ、注射器」

マルコの指す場所に注目したシーナが眉を顰めた。

「これ、針もついてるし医療廃棄物じゃないの。なんでこんなところに……」

「不燃物で捨てていいもんじゃないのか」

「その筈だよ——あ、こっちにもある。そこにも」

シーナは次々と不燃物の山から注射器を見つけ出し、針で指を傷つけないように慎重にひとつ拾い上げた。

見れば、千年前によく病院で見かけたものと少し様子が異なる。針が短く、かなり細い。先が尖《とが》っているので折れたわけでもなさそうだった。

「何だろう。筋肉注射用ってことかな。それにしても短い気がするけど」

「何にしてもこれだけの量があるってのはちょっと異常だな。捨てられた頃には社会の常識が変わっていたのか、それとも単なる不法投棄か……」

「大体において法律なんて厳しくなる一方でしょうから、不法投棄な気がしますね、僕としては」

クランは少しだけ足の先がむずむずとする気分を味わった。下手すれば土を払いのけていた時に足に刺さっていた可能性もある。そうでなくても、医療廃棄物が不法投棄されているとすれば、土壌が汚染されているかもしれない。

シリンジや針の劣化具合からすれば、きっと何百年も前のものなのだろうからあまり心配する必要はない、と頭ではわかっていたが、どうにも不快感は拭えなかった。

「これは？」

不意にクロエがまたしゃがみ込んだ。そして何かを拾い上げる。その指先には、何やら小さなガラス製のアンプルのような小瓶《こびん》がつままれていた。

「これ、ラベルが消えてて読めないけど、形からすると何か注射するための薬品だよね、きっと」

シーナがクロエから小瓶を受け取って光に翳した。中には何も残されていない。

「薬か、それともワクチンとかかな。これもいっぱい落ちてる？」

「……ああ、ありますね。注射器と同じくらい落ちてます」

カイが足下を見渡しながら応じた。確かによく見れば、ガラスや陶器の破片に混じって小瓶が落ちている。どれも土で汚れているのでわかりにくいが、同じもののようだった。

「なんだろう。なんか変な感じ。ただの不法投棄ならいいんだけど」

「変って？」

「うまく言えないけど……そうだな、例えばさっきカイが言ったけど、法律なんて緩和する方向にはあんまり変わらないんだから、千年前よりも厳しくなってる筈でしょ。それなのにこんな不法投棄があるっていうのは、何か社会全体の雰囲気がよくない感じだったのかなって」

シーナは考えながら、自分の中にある違和感を言語化しようと努めているようだった。クランもなんとなく言いたいことは理解できる。つまりこの廃棄物処分場が使われていた当時、違法薬物などが横行していたんじゃないか、という仮説なのだろう。

「だけどシーナ、それはあんまり考えても仕方ないんじゃないか。そりゃ社会が不安定化したことも何度かはあるだろう」

「そうですよ。千年経ってますからね。今がそうだとは限らないですし」

クランとカイが軽い調子で言うと、シーナも肩を竦めて頷いた。

「ま、そうだね。あんまり心配することでもないかな」

結局五人は、その空き地を迂回していくことにした。万が一にでも足に怪我をするわけにはいかない。これ以上行動力に制限がかかる事態は避けなければならない。

再び森の中を無言のまま進む。クランの頭の中では、先ほどのシーナの言葉がずっと引っかかっていた。

――何か社会全体の雰囲気がよくない感じ。

もし、そういった社会の情勢が、シモン殺害の背景にあったとしたらどうだろう。自分たちには計り知れないような、ある種アウトローな人物が犯人だとすれば、その動機はもしかすると考えるだけ無駄なのかもしれない。誰でもよかった。たまたま犯人がシェルターに侵入して、テグミネを強制終了させたのがシモンのものだった。それだけなのではないか。

だが一方で、イリヤの事件については結局何もわからないままだ。イリヤを殺した人間が自分たちの中にいる、というのは考えたくない。ところが今のところ、自分たち以外の人間をこの世界で見てはいない。つまりそもそも、容疑者がここにいる五人しか判明していないのだ。

更に言えば、イリヤ殺害の犯人が身内であれ外部であれ、シモンの方の犯人とは別人の筈だ。何しろイリヤ殺害犯は間違いなく現在生きて活動している人間で、シモン殺害犯は一五三年前に生きていた人物なのだから。

しかしクランの中では、どうしてもひとつの疑問が浮かんで消えなかった。

どうして俺たち七人のうち、二人もが殺されるんだ？

全く関係のない殺人が、こんな少人数のサークルの中で二件も起きることがあるだろうか？

「イリヤとシモンの殺害は、互いに関係あると思うか？」

クランは再び前を行くシーナに小声で話しかけた。

「事件の起きた時間があまりにも離れすぎてる。現実的には考えにくいと思う」

シーナが同じように少し頭を寄せて答えた。

「もし仮に、イリヤを殺したのがあの三人の誰かだったとして、その人がシモンも殺せたかっていえば、それは現実的にあり得ない筈なんだよ。何しろテグミネは自分じゃ動かせないんだから」

「そうだよな。もし被験者の中に犯人がいたとすれば、そいつは一五三年前に一度シモンと一緒に起きてるってことだ。だとすればそいつが再びスリープに入れない」

「一応、外部の人間に手伝って貰った、ていう可能性は理論上はあるけどね。犯人は外部の人間をシェルター内に呼び込んだ。そしてシモンを殺害後、自分のスリープを手伝わせ、その人間は外に出ていった。

だけどこれも現実的じゃないんだよね」

クランはシーナのその仮説を頭の中で反芻《はんすう》した。確かにそうだ。可能性はあっても現実的じゃない。もしそうなら、スリープから八五〇年も経った時代の人間と、犯人がコンタクトを取って、あまつさえ自分の殺害の手伝いをさせたということになってしまう。果たしてそれだけの時代の隔たりがある中で、犯人とその共犯者に、一体どういう関係が考えられるというのだろうか。

「そうかといって、いくら寿命が延びてるといっても、二件の殺人の間には一五〇年の時間の溝がある。一五〇年かけて二人を殺すくらいなら、シモンを殺した時についでに殺してると思うんだよね。だとすると、イリヤ殺害犯とシモン殺害犯はやっぱり別人だというのが常識的な判断だと思う」

クランはそうだよな、と同意し、また無言で歩き続けた。汗が腕を伝って流れ、まだ塞がりきっていない無数の傷にしみて痛む。

かつて、千年前の世界で、「アイデアが湧くのは、移動中、風呂の中、そして布団の中が多い」という話を聞いたことがあった。まさしくその通りだ。他に何もすることがなく、ただひたすらに足を前に出し続けていると、次から次へと思考が渦を巻く。

日が傾き始め、そろそろ街の方へ移動して宿泊地を探そうか、という話が出始めた頃、またしても不意に森が切れ、景色が開けた。ただし今度は森の中にできた空き地ではない。どうやら山沿いの近くまで街があった部分に出たらしい。目の前には、削り取られた山肌に沿って広がる瓦礫があった。

「ここから先は街なのか」

クランが呟く。

「多分新興住宅街だったんでしょうね。街の中に住宅地が不足してきたから、山裾を開発したんでしょう」

カイが袖で汗を拭いながら言う。数歩遅れて追いついてきたクロエも、立ち止まって口を開いた。

「まるで家のお墓ですね」

家の墓か。確かにその通りだ、とクランも心中で同意した。

山の形に沿ってある程度規則正しく並んだ瓦礫の塊は、そのどれもがかつて一軒の住宅だったのだ。今は草や低木に覆われているが、そこにはひとつひとつの家族の生活があった。

よく、文学作品や曲の歌詞に、夜景の灯りのひとつには、ひとつの人生がある、という表現を見聞きしたものだ。手垢《てあか》のついた表現だが、クランはまさしくその表現が相応《ふさわ》しいと感じていた。

ここには、瓦礫の数だけ家族のなれの果てがある。

「ここからは少し歩きやすいね」

シーナが少しほっとしたように言う。あれからカラスどもの襲撃には遭わなかったが、ずっと音には警戒しっぱなしだった。それが無くなるだけでもだいぶ疲労感は違うだろう。

夕暮れが迫る中で、五人は住宅街を山に沿って抜けながら、まだ形を残している廃墟を探した。昨晩のような野営におあつらえ向きのものがあるとは思えないが、最低限屋根と壁さえあればいい。

今残っている建物は、玄関や窓といった開口部が、どれもこれもガラスが消え失《う》せてただの通り道になっているので、安全性という面では露天で野営しても大して変わらないのだろうが、そこは人間の性《さが》である。やはり周囲の一部でも防壁があると、安心感が違うのだ。

それに何より、急な天候の変化に対応できる。

クランが西の空を見上げると、少し不穏な雲が出てきていた。ここまでの道中はずっと晴れていたが、明日以降は天気が変わるかもしれない。

「みんな、雨具は持ってるか」

クランが尋ねると、マルコを除いた三人が頷いた。


荒れ果てた住宅街の中にぽつんと残っていた、一軒の元店舗の廃墟が、その日の宿となった。

おそらく千年前でいうコンビニのような店だったのだろう。ショーウィンドウのように店舗の一面がガラス張りだったと見え、その面にあった物が全て無くなり、随分と開放的な造りになっていた。もっとも、この街で人々が生活していた頃に、コンビニという業態が成立していたのかはクランたちには知る由もない。

ひとつ確かなのは、三面に開口部がない廃墟、というのはそれなりに過ごしやすそうだ、ということだけだった。ありがたいことに床面もまだ比較的平らで、寝るのにも都合が良い。

「今日は見張りはどうする」

廃墟の真ん中で燃えさかる炎を見つめながら、クランが口を開いた。

「また昨日と同じように、一人ずつ交代でいいんじゃないですか」

「そうだね。最初は誰がやる?」

「僕がやります。他に立候補がなければですけど」

カイが食べ終えたビスケットの包装を鞄にしまいながら立ち上がった。それを合図にしたかのように、各々が自分の寝る場所を確保するために少し広がって毛布を敷き始める。流石に身体に堪えるが、こればかりは仕方がない。天井と三方の壁があるだけいいと思うべきだろう。

カイの後にクロエ、その後はシーナ、マルコ、そしてクランの順で見張りをすることが決まり、それぞれに毛布にくるまる。夜の闇が支配する廃墟の外では、時折少し涼しい風と共に、あの忌々《いまいま》しいカラスによく似た鳴き声が流れてきた。

「なんだか大変なことになったな」

しばらく経って、クランが焚き火の傍に座り込んで外を眺めているカイに話しかけた。周りからは微かな寝息が聞こえる。どうやらまだ起きているのはクランだけのようだった。他のメンバーに視線をやると、芋虫のように丸まった毛布が緩やかに上下している。

カイも汗が冷えて少し寒いのか、毛布をマントのように肩から掛けている。その姿はさながら古《いにしえ》の吟遊詩人のようで、妙にノスタルジックな雰囲気に包まれていた。

「そうですね。千年後の世界がこんな風になっているなんて、思いもしなかったですよ」

カイが寂しげな笑みを浮かべたのが、焚き火の灯りに照らされて見て取れた。

「僕はね、クランさん、前にも言ったけど、テグミネを最後の最後まできちんと面倒を見るのが自分の使命だと思ってました。そして千年後の世界では、一人の技術者として最大の敬意をもって迎えられるものだと信じていたんです」

「ああ、そういえばイリヤもそんなこと言ってたな」

「だけど、いざ千年の時を飛び越えてみたら、僕らを称《たた》えてくれる人なんてちっとも見つからない。まるで打ち棄てられた浦島太郎《うらしまたろう》ですよ」

カイはまた自嘲《じちょう》気味に笑った。クランも少しだけふ、と息を漏らす。焚き火の向こうでシーナが入っている筈の毛布の固まりが、ごろりと転がって体勢を変えた。

「ましてや、数少ない被験者のうち二人もがいなくなってしまいました。僕らのせいかどうかはわかりませんが、せっかく一緒に時間旅行をしてきた仲間なのに、やっぱりショックです」

「そりゃ俺も同じさ」

クランはため息と共に応じた。

「俺はさ、やっぱり前に言ったけど、正直千年前の世界にもう未練が無かったんだ。妻を亡くしてからずっと。だけど積極的に死ぬ気にもなれなくて、ただ無気力に毎日を過ごしていたんだ。このコールドスリープに当選したと知った時、ようやくこれで世界におさらばできると嬉しかったもんだよ」

「じゃあ、クランさんとしては今の状況もそんなに辛くないですか」

「いや、そうでもない。せっかくここまで来たんだから、やっぱり早く他の人間たちに会ってその世界を見てみたいさ。それにこうやって必死に起きてからの二ヵ月を生きてきて、もう少しだけ生きてみたいって思った。だからあのカラスの襲撃の時も本気で逃げたよ」

「それは、シーナさんのことで？」

カイが意味ありげな笑みを浮かべる。その意図を汲み取ったクランは、思わず苦笑した。

「俺がシーナに気があるって？　そうだな。彼女は実は、死んだ妻に似てるんだよ。だから喋ってると、なんとなく安心するんだ。それだけだよ」

「なんだ、そうですか。まあでも僕も、そんな感じかもしれませんね。ここまで苦楽を共にしてきたメンバーは、みんな家族のような気分になってます。きっと現代社会に合流できても、その先もずっと交流したいと思うでしょうね」

再び廃墟の中が静かになった。焚き火が放つぱちぱちという音と煙、それに揺らめく炎だけが世界の全てのようだった。

「クランさん、寝てくださいよ。身体を休めておかないと明日大変ですよ。まだ第二シェルターまではかかりそうです。それに見張りもあるし」

「ああ、そうするよ。おやすみ」

「おやすみなさい」

クランは目を閉じると、自然の気配を感じながら空想の世界へと浸っていった。

明日はもしかすると第二シェルターにたどり着けるかもしれない。もし扉がロックされていたら、どうするのがいいだろうか。こじ開けられるものなのか。もし入ることができたら、内部はどうなっているだろう。きっと俺たちのいた第一シェルターと同じような構造に違いない。

ホールに円形に並んだテグミネが見える。クランたちのテグミネと見た目はほとんど変わらない。手を触れれば、微かな振動と冷気が伝わるだろう。それはこの完璧な繭の鼓動だ。羽化を待つこの繭は、時が来ればやがて中に包み込んでいた勇敢なる時間旅行者たちを吐き出す。彼らはどういう反応をするだろうか。最初は俺たちを研究所のスタッフだと思うかもしれないな——。

不意に埃っぽい空気が流れてきたように感じ、クランは大きなくしゃみをひとつした。

目を微かに開ける。

最初は自分がどこにいるのか、理解できなかった。辺りは薄明りに包まれ、目の前にある焚き火がすっかり消えているのが見えた。

身体の痛みに耐えかねて上半身を起こす。そうだ、自分はマルコの次、最後に見張りに立つ筈だった。起きそびれたのだろうか。それともこの時期の早朝はこんなに明るいのだろうか。

見回すと、毛布でできた芋虫が転がっている。まだ誰も起きてはいない。そして廃墟の中には、マルコの姿はどこにも見当たらなかった。

「マルコ?」

他の者を起こさないように小さく呼びかける。

しかしクランの声は、開放された壁の向こうへと吸い込まれるように消えていった。誰も反応する者はない。

毛布を剝ぎ取り、ゆっくりと立ち上がる。全身あちこちが痛む。だが流石に疲れがあったのか、よく寝た、という感覚はあった。

床に転がったメンバーを数える。クロエ、カイ、シーナ。三人だけだ。マルコの姿はやはりない。

壁のないところから外に一歩を踏み出す。今が七月だから、千年前と同じだとすれば、この明るさはもう午前六時近くになっているだろう。外の世界は、相変わらず夏にしては涼しいくらいの風が吹いていた。向こうの山には厚い雲がかかっている。心なしか空気が湿っているようだった。

首を回しながら改めて周囲に視線をやる。しかしマルコどころか、生きているものの気配が何もなかった。せいぜいが地味な色の小さい蛾《が》がふらふらと風に吹かれて舞っているだけである。

マルコはどこへ行ったんだ? なぜ見張りをしていない? それに、どうして俺を起こさなかったんだ?

胸中に不安が巻き起こる。クランは頭を掻き、今度は少し大きい声でマルコを呼んだ。

「どうしたの?」

後ろで声がする。振り返ると、シーナが起き上がってクランの方を訝しげに見ていた。化粧をしていない、寝起きの表情が、かつての妻の表情に重なる。千年以上前に、毎朝見ていた顔だった。

「いや、すまん、起こすつもりはなかったんだが。マルコの姿が見えないんだ」

「どういうこと？」

シーナが毛布を脱ぐように剝ぎ取り、立ち上がって近くに歩いてきた。

「クランが最後の見張りでしょ？　マルコがどっかに行ったのに見てなかったの？」

「違う。俺も今起きたとこなんだ。マルコに起こされなかったから。それで気が付いたらこういうことに」

三度、クランがマルコを呼ぶ。そこにシーナの声が加わった。静かな早朝の街跡に声がふたつこだまする。世界に吸い込まれるように消えていった音の波が呼び寄せたように、クランの顔に冷たいものが当った。

「雨だ。降ってきやがった」

クランは恨めしそうに空を見上げた。先ほどより真上にある雲が厚くなってきている。西の山から運ばれてきた雨が、じきに街に到達するだろう。

「どうなってるんだろう。どっかに行ったのかな。食べ物でも探しにいったとか？」

「まさか。一人で見張りの間に行く必要はないだろう」

シーナの言葉にクランが首を傾げる。それから二人で、すっかり燃え尽きた焚き火の傍に戻った。とにかく火をおこそう。昨晩森で集めた薪は、今日一日分にはとても足りない。もしここでそのまま雨宿りするつもりなら、今のうちに集めてきた方がいいかもしれない。

そんなことを考えながら薪のストックに手を伸ばしたところで、クランは薪の下に一枚の紙切れがあるのに気が付いた。どうやらそこに落ちている、というより、敢えて薪の下に置いたものらしい。拾い上げてふたつ折りになっている紙をそっと開く。その内容を見たクランは衝撃を受け、思わずカイとクロエをたたき起こした。

「カイ！　クロエ！　起きろ！　おい、これを見てくれ」

「どうしたの」

シーナが傍へやってきてクランの手元を覗き込む。続いて起き上がってきたクロエとカイも同じように、寝ぼけ眼で紙に目を走らせた。

それはマルコからの手紙だった。クランがそれを読み上げるにつれ、他の三人の顔にも驚きが広がっていった。

「突然いなくなってすまない。だがこれ以上は一緒に行けそうにない。俺はもう限界だと思う。毎晩のように悪夢を見るんだ。罪の意識がずっと消えない。取り返しのつかないことをしてしまった。俺は、人殺しだ」

「人殺しって、まさか……」

カイが狼狽えた様子で顔を上げた。

「イリヤのことでしょうか？　それともシモンの？」

「続きがある。俺は、千年前に一人の男を殺した。それが誰なのかはもう言っても仕方ないだろう。今更何を言ったところでそいつが生き返るわけじゃない。コールドスリープで千年の時を飛び越えれば、きっと忘れられると思った。誰も俺の犯した罪を知らない、そんな世界に行けばきっと大丈夫だと。

だけど俺は気付いてなかった。千年後の世界にも、俺の殺人を知っている人間が一人だけいる。それは俺自身だ。起きてから、ほとんど毎日のように、あの男の恨めしそうな表情が蘇《よみがえ》るんだ。そして目を瞑れば、男が生き返って俺に復讐《ふくしゅう》しようとやってくる。もう限界だ。お前らとは一緒に行けない。俺は先に旅立つよ。ありがとう」

クランが読み終えてから、たっぷり三分は誰も口を開かなかった。

「マルコ……」

やがてシーナがようやく声を発する。その微かな囁《ささや》きは、僅かに空気中で漂って消えていった。

「マルコが殺人者……。だけど、誰のことなんでしょうか」

「シモンさんが殺されたのが一五三年前ですから、シモンさんじゃないですよね。イリヤさんは女だし……あの少年ですか？　顔を潰されていた」

「どうかな」

クランが考え深げに答えた。紙をもう一度眺め、それからそれをシーナに渡す。

「マルコはあの男、と書いていた。これは勝手な想像だが、マルコなら中学生くらいの少年に対して、男、という書き方はしないいんじゃないかと思う。だとすれば、俺たちの知らない人間のことなんじゃないか」

「そうだね」

シーナも受け取った手紙をもう一度読みながら同意した。

「なんとなくだけど、読んだ感じだと多分、あたしたちが知ってる事件のことじゃないと思う」

ふう、とカイがため息をつき、その場にしゃがみ込んだ。

「七人のうち三人です。もう嫌だ」

その悲痛な面持ちを見ていると、クランも急に実感が湧いてきた。

この荒れ果てた土地で、マルコは一人で出ていった。見れば、マルコの荷物は置きっぱなしだ。つまり、これ以上生きていくつもりはなかったのだろう。

いつも端の方で黙り込んで、口を開けば棘のある言葉ばかりが出てきたあの端整な顔の男は、自分の罪の意識に耐えかねて死を選んだ。この場で自殺するという方法を取らなかったのは、他の四人に対する遠慮なのかもしれない。

「どうする。捜すか」

「無理だよ」

シーナが、カイと同様に落ち込んだ声音で返事をした。

「何も目印がないのに、どこを捜すの？　どうしようもないよ」

シーナの言う通りだった。獣と鳥しかいないこの荒れ果てた街で、一人の人間を捜すのは、砂浜に落とした小石を捜すようなものだろう。

結局、四人は言葉少なにビスケットと水だけの朝食を摂り、荷物を纏めて出発することにした。メンバーを二人も失った今、当初の予定の通りに第二シェルターを目指すことには躊躇いもあったが、さりとて他にあてもない。

今のところ、雨はまだぱらつく程度だった。マルコと、それにイリヤの荷物は適当に分けて四人で持つことにする。少しだけ重みの増した荷物を背負いながら、ふとクロエが呟いた。

「マルコさん、紙とペンを持ってきてたんですよね。まるで最初からこうすると決めてたみたい」

クランもそうだな、と頷いた。きっと第二シェルターを捜しに行こう、と決まった時には、こうなることを予感していたのだろう。あの頃からマルコは酷く落ち込んでいるようだった。既に罪の意識に搦《から》め捕《と》られて、どうにもならなくなっていたに違いない。

四人は廃墟を後にして、また山沿いを目印に南へと歩き始めた。空気には雨の匂いが微かに混じる。湿り気を帯びた生ぬるい風が、時折小さな雨粒を運んできた。

あまり遠くには行けないかもしれない。纏まった雨になれば、いくら夏とはいえ体力を削られる。もし降り出したら、近くの廃屋を探して雨宿りせざるを得ないだろう。幸いなことに、これから歩くであろう方角に目をやると、ずっとかつての街が続くようだった。雨をしのぐ程度の廃墟なら比較的簡単に見つかるだろう。

歩きながら、クランはいなくなったメンバーに改めて思いを馳せていた。

特徴のある顔つきのシモンは、千年の眠りから覚めることなく、シェルターに侵入した何者かに刺し殺された。

目を見張るような美人だったイリヤは、ヒーローとして大衆に迎え入れられるという目的を果たすことなく、やはりナイフで殺され、コンクリートで覆われていた。

そして自らが殺人者だったマルコが、己の罪を清算するために、一人どこかへと旅立ってしまった。

異様な事態だ、と思う。僅か七人という少人数の被験者のうち、三人も死んでしまった。普通に生きていれば、殺人事件になど巻き込まれることはほとんどあり得ないというのに、あまりにも確率が高すぎる。それもコールドスリープの失敗ではない。人為的に死んだのだ。そしてそのうち二人は明らかに他殺であって、その犯人は未だにどんな人物なのかもわからないままだ。

相変わらず前を行くシーナは、もはや昆虫にも植物にも興味を惹かれていないようだった。ぼうっとした様子で、ただ両足を交互に前に出しているだけだ。時折クロエが遅れがちになるため、その度にクランはシーナを呼び止めなければならなかった。

ただただ、長い一日だった。

距離にすればこれまでの二日間に比べて半分も進んでいないだろう。それは立て続けに訪れた悲劇に四人がショックを受けていた、ということもあるが、昼頃から本格的に降り始めた雨の影響が大きかった。

四人は手近な廃墟に避難し、そこで雨が小降りになるまで、ぼんやりしたまま過ごした。

雨が止み、雲が切れ始めた頃、一行はまた歩き出した。山裾の風景は、相変わらず廃墟が建ち並ぶかつての街だ。しかしクランは、心なしかこれまでより街の中が片付いているように感じ始めていた。

「シーナ、この辺り、どうも人の手が入っているような気がしないか」

クランがシーナの背中に声をかけると、シーナも少し立ち止まり、ずっと俯いていた視線を上げて辺りを見回した。

「……ああ、そうだね。確かに少し整備されてるみたいに見える。なんだろう」

周辺のコンクリート製の廃墟には、屋根の上に積もった土が少ないようでほとんど草が生えていない。また、道路だった部分はアスファルトが粉々になってはいるものの、細かな砂利がそれを覆って、これまでと比べて随分歩きやすくなっている。

不意に不安感に襲われ、クランは周辺に視線を走らせた。

もし、他の人間がこの辺りにいるとしたら、そいつらは味方だろうか。クランの中で、不安が少しずつ増幅していく。

シモンやイリヤを殺害した犯人の可能性があるのだ。そしてそいつらは、もしかすると一人じゃないかもしれない。

どこかに人間の痕跡はないだろうか。遠くへと視線を移したクランの視界に、不意にきらっと光るものが映った。

「なんだ、あれ？」

手を翳し、ようやく顔を現した午後の光を遮りながら、クランは目を細めてそちらに注目した。

「何か光ったような」

「どっち？」

シーナが同じようにクランの傍に立って遠くに視線を向ける。

距離にして二、三キロほどだろうか。進行方向の山肌に、確かに何か、西に傾きかけた日の光を反射するものがある。しかしクランの視力では、それが何かの判別まではつかなかった。

「どうしましたか？」

「クロエ、あそこに光るものがあるんだけど見える？」

シーナが追いついてきたクロエに聞くと、クロエもまた手を翳しながらそちらをよく見ようと背伸びをした。

「ほんとですね。何か、金属の塊みたいに見えます。何でしょうか」

金属、という言葉に、俄に他の三人の顔に生気が戻ってきた。山肌にある大きな金属、ということなら、あれは第二シェルターかもしれない。

自然と、四人は足早になった。クロエですら、引き摺るようにした足を一生懸命に動かしている。見かねてカイがおぶうことを提案したが、クロエは笑ってそれを断った。

「流石に恥ずかしいですよ。そんなに何度も。それに私のせいで遅れているんですから、こんな時くらい頑張らないと」

それから三〇分くらい歩くと、街中にある廃墟は徐々にまばらになり、代わりに金属の塊が少しずつ大きくなっていった。

もはや疑う余地はなかった。

あれはシェルターの扉だ。

クランは逸《はや》る気持ちを抑えながら、クロエに手を貸して一生懸命に前に進んだ。もうすぐ目標地点にたどり着く。そう思うと自然と気持ちが軽やかになっていくのがわかる。

それと同時にまた別の心配事が顔を出す。

——あの扉は、果たして開けることができるだろうか。

第一シェルターと同じ造りなら、少なくとも千年間は開けられることがないだけの頑強さを誇っている筈だ。だとすると、せっかくたどり着いても何もできないかもしれない。

やがて一行は、目的の場所へと到達した。第一シェルターと同じような見た目の、両開きの大きい扉。異なるのは扉の色くらいだろうか。クランたちのシェルターは薄いグレーのような色合いだったが、この扉はやや黄色みを帯びている。

扉の前に立った四人は、しばしそこで立ち止まった。この中には自分たちと同じように、テグミネに包まれて眠っている被験者たちがいる。

クランはおもむろに一歩踏み出すと、二枚の扉の境目に両手を当てて左右に押し広げようと試みた。しかしほんの僅かだけ持っていた、素直に開くんじゃないかという淡い期待は、その頑強な抵抗にあって脆も崩れ去った。

「やっぱり開かないか」

「まあそうだろうね。イリヤの情報だとあたしたちより何年か後にスリープした人たちでしょ。同じ千年のスリープなら、もう数年は起きないだろうし」

シーナも同じように扉に向かって力を込めてみてから、すぐに諦めて言った。

「唯一、可能性があるとすれば、僕たちのスリープの終わりに合わせてこっちのスリープも行われたってことですが……」

カイが一応、といった様子で希望を口にするが、他の三人は誰も応じなかった。皆心中ではその可能性が低いことを察しているのだろう。

必ずしもここで行われたスリープが千年間だったとは限らないが、もしもっと短いものであったなら、逆にこの施設にはもう誰もいないだろう。クランたちより三年遅れて開始した被験者が、もしこのタイミングでちょうど起きるとすれば、九九七年などという中途半端《ちゅうとはんぱ》な年数をスリープしたことになってしまう。そうまでして、わざわざ先発のクランたちに合わせるとは考えづらい。

結局、しばらく扉と格闘した後に、差し当たり今夜の野営地を先に探すことにした。気付けば日もだいぶ傾いてきている。とりあえず今夜は近くで一晩を明かし、翌日どうするか考えよう、ということになったのである。

幸いなことに、第二シェルターから数分歩いた距離に大きなコンクリート製の廃墟があるのをクロエが発見した。まるで豆腐のような真四角の色気の無い建物で、大きさも数メートル四方と随分小さい。壊れた金属扉から中に入ってみると、そこには床に設置された様々な金属製の機械が、太いパイプと共に床面の半分くらいを占めて設置されていた。元々が狭い上にかなりの範囲を機械が占領しているため、これまでに見つけた廃墟よりは窮屈な印象だが、それでも四人ならなんとか寝るスペースは確保できそうだった。

「どうやらここは上水道の配水所だったみたいですね」

カイが床に据え付けられて土埃に塗れている機械を検めながら言った。

「配水所？」

「そうです。水道って全家庭に水を送り出す必要があるので、標高の高いところに一回水を貯《た》めて、そこからその周辺の家に送り出すんですよ。このポンプはここまで水を揚げてくるのに使ってたものじゃないかな」

説明しながらカイがポンプの土埃を軽く手で払う。確かにそこには、錆びに塗れたプレートが据え付けてあり、「第二送水ポンプ」という文字が刻まれているのが辛うじて読み取れた。どうやら機械に接続されている太いパイプは、水道水を送り出すためのものらしい。

この辺りまで来ると近くに森がないのが少し厄介だった。今夜の薪を確保することができていない。しばらく相談した末に、今日は焚き火をせずに済ませよう、ということになった。全員が疲れていたし、これから再び森のあるところまで戻る気力はない。それに食料はまだシェルターから持ってきたビスケットが充分にあった。味気ないが今夜はこれで乗り切れる。そのうちのいくつかがマルコやイリヤの荷物に入っていたものであることに気付き、クランは少し陰鬱《いんうつ》な気分になった。

じきに日が暮れ、再び世界が夜に包まれた。俺たちが寝ている間にどれだけの夜がこうして訪れたのだろう、とクランは感慨に耽《ふけ》りながらビスケットを囓る。火の無い夜は初めてだ。食事の間だけ懐中電灯を使って灯りを確保したが、それでも建物の中はかなり暗い。

ただ幸いなことに、外は満月に近い月が昇り、人工の灯火がなくても充分に周囲を見渡すことができた。月は千年前と何の変わりもない。記憶にあるのと同じように、太陽からの光を薄ぼんやりと反射し、夜の世界を柔らかく照らしてくれている。

食事を終えると、もうすることはなかった。カイとクロエは早々に毛布を引っ張り出し、ポンプの傍の空いたスペースに広げて横たわっている。ぽつりぽつりと会話を交わしているが、さして重要な話題でもなかった。クランは食後の一服をしようと外に出た。静かな夜だ。壁を背にして座り込み、煙草を一本取り出して口に咥えると、防水マッチを擦る。微かにジッという音がして、一瞬だけ手の周囲が昼になった。

深く煙を吸い込み、ニコチンが身体中に行き渡る感覚を楽しむ。ふと、クランは千年前の歌を思い出し、夜風に吹かれながら口ずさんだ。指に挟んだ煙草の煙が、薄闇に拡散しほんの僅かだけ世界を曇らせる。「私を月に連れていって」と繰り返すフレーズが、この世界を去っていった者たちへの鎮魂のように思えた。

アヤ、シモン、イリヤ、マルコ、そして名も知らぬ少年。彼らの魂は、どこへ行ったのだろうか。

「知ってる。その歌、映画の主題歌になってたよね」

建物から出てきたシーナが、クランの隣に腰を下ろした。

「なんかすっかり懐かしい気分になっちゃった。あたしも千年後の世界に染まってきたのかな」

「感覚的にはついこないだなんだけどな」

「こっちに来てからまだ二ヵ月だもんね」

シーナはポケットから煙草を取り出し、口に咥えた。

「火、ちょうだい」

シーナがそのまま顔をクランの方に近づける。少し躊躇った後、クランも同様に顔を寄せ、八〇〇度で燃えている煙草の先端をシーナのものに近づけた。

咥えたままの煙草同士が触れる。

数秒、時が止まったようだった。

やがてシーナの煙草にも火が移り、二人で同時に煙を細く長く吐き出した。

「本当に、いつまで煙草が保つのかな。シェルターに帰ればまだストックはあったけど。この世界では煙草が生産されなくなっててもおかしくないよね」

シーナが目を細めた。その視線の先には煌々《こうこう》と照らす月がある。

「静かな夜だな」

クランが返事の代わりに呟くと、シーナは頷き、それから二人は無言のまましばらく紫煙をくゆらせた。

「さあ、あたしは寝るよ」

煙草の火を地面でもみ消してシーナが告げた。

「ああ、おやすみ」

クランはそう言って建物の中に消えていくシーナを見送り、そのまましばらく座り込んで景色を眺めた。

ふと、第二シェルターのことを考える。中に入るとすればどのような方法があるか。強引にこじ開けられるとも思えない。しかしシモンを殺害した犯人は、どうやってか中に侵入を果たしている。勿論シモン自身が招き入れたという可能性もあるが、そうでなければ入る方法があるということになる。

そして、もし入る方法が見つからない場合、我々はどうするべきか。一旦第一シェルターに戻るべきだろうか。

クランの胸中に苦い思いが染み出した。

我々はここまでの僅か三日で、二人のメンバーを失ってしまった。ここまで来るのに払った代償はあまりにも大きい。その上でようやくたどり着いた目的地である。このままおめおめと引き下がりたくはなかった。

目の前に広がるのは廃墟が建ち並ぶかつての街だった。第二シェルターがある山肌は反対側だ。

クランはさしたる意味もなく、立ち上がってポンプ室の反対へと回り込んだ。なんとなくシェルターの扉をもう一度見てみようと思ったのだ。期待薄ではあるが、見れば何かアイデアが浮かぶかもしれない。

逆側に回り込み、薄闇に目を凝らす。

数百メートル先にある山肌をじっと見つめ、やがてクランは雷に撃たれたような衝撃を受けた。

シェルターの扉が開いている。

間違いなかった。昼間クランたちの前に頑として立ちはだかった、あの金属の板が、今はぽっかりと黒い空洞となってそこにあった。

二度、三度と瞬きをする。確かに今、シェルターは開いていた。

「おい！　扉が！」

クランは慌ててポンプ室へと駆け込んだ。

「シェルターの扉が開いてる！」

「クランさん？　今度はなんですか」

クロエがくるまっていた毛布ごと起き上がる。カイも何事か、と言いたげにこちらを見ていた。どうやら既に寝るところだったらしい。隣ではシーナが早くも寝息を立てていた。考えてみれば今朝方に続いてクランが騒いでメンバーを起こすのは二度目だ。だがクランには遠慮している余裕はなかった。この機会を逃すわけにはいかない。

「クロエ、シーナを起こしてくれ。カイ、行こう。シェルターに入れるぞ」

半信半疑、という様子でカイが立ち上がる。クロエに、シーナが起きたら後から来るように伝えると、カイと二人でポンプ室を飛び出す。凹凸のある地面に躓《つまず》きながらも走り出したところで、カイが、「待ってくださいよ」と歩調を緩めた。

「何が開いてるですって？」

「何って、シェルターの扉が……」

言いかけてクランも立ち止まった。視線の先にはその扉がある。

それは閉まっていた。

僅かな月明かりの中で、扉は金属光沢を放ってそこにあった。クランは思わず口をぽかんと開けて立ち尽くす。後ろからカイが苦笑しながら、クランの肩をぽんと叩いた。

「クランさん、見間違えたんですよ。この暗さだし無理もないとは思いますけど」

「いや、俺は確かに――」

クランは言いかけて口籠《くちご》もった。見間違えではない、と強く主張できない。俺が見たのは本当に開いた状態だったのだろうか、と自問する。

すぐにクロエとシーナが飛び出してきて、立ち尽くしている二人を見つけて駆け寄った。

「どうしたんですか？」

「シェルターがどうしたの？　扉は――閉まってるみたいだけど」

女二人もカイと同じようにシェルターを見て、クランを見つめる。クランは次第にいたたまれない気分になった。

「いや、確かに開いていたと思うんだが……」

「うーん、見間違えたんじゃないかなあ」

シーナもカイと同様に苦笑を浮かべる。

「どうする？　それでも気になるなら寝る前にもう一回だけ見に行ってみようか」

「いや、いい。すまん、忘れてくれ」

クランは折れて、素直に謝罪することにした。開いていたという証拠などどこにもない。それに少なくとも、今現在は間違いなく閉まっているのだ。今から行ったところで何も得るものはないだろう。

四人は連れだってポンプ室へと戻り、今度こそ横になった。

「明日は今後のことを考えないといけませんね」

カイが欠伸と共に言った。

「そうだな。俺も寝ながら考えてみるよ」

クランも釣られて欠伸をしながら、自分の毛布にくるまる。目を閉じると、徐々に先ほど見た光景が幻であったかのように思えてくる。

きっと月明かりが見せた幻覚だったのだろう。

クランは大きく深呼吸をすると目を閉じた。今度は誰も騒ぐことなく、ポンプ室に静かな時が訪れた。

「今日一日、あの扉を見張ってみないか」

翌朝、クランの提案に、ビスケットを齧っていた三人は眉を顰めた。どうやら歓迎というわけではないらしい。

朝から気温はぐんぐんと上がり、まだ七時にもならないというのに既に汗ばむ陽気になっている。考えてみれば風呂にも入れないまま既に四日目だ。一旦戻りたい、というのが他の三人の本音のようだった。

そもそも食料にしても、そろそろ残りが少なくなってきている。採集と釣りで補おう、という考えは、イリヤとマルコがいなくなってからというもの全く出されなくなった。故に一行にとって、シェルターから持ってきたビスケットが唯一の食料だ。イリヤとマルコの分を山分けしたが、それでも残りは二日分程度しかなかった。

「しかし、今日ここに留まると食料が足りなくなりませんか」

カイが反論する。クロエもそれに同調して頷いた。

「それより一旦場所が確認できたんですし、食料がまだあるうちに戻った方がいいですよ」

「そりゃそうなんだが……なんとか、一日だけ。頼む」

「クランはゆうべ見たものが忘れられないわけね」

シーナが揶揄うように言った。確かにあれを見たのはクランだけだ。他の三人にとっては、強引に開ける方法が見つからない以上、ここで過ごすこと自体がリスクになると判断してもおかしくないだろう。

「まあそこまで言うなら。あたしはそれでもいいよ。帰り道の食料はまあなんとかなるでしょ。最悪一日くらい食べなくても死なないし」

シーナが賛成に回ったことで、他の二人も少し態度を軟化させたようだった。

「それじゃあ一日だけですよ」

カイがまるで子どものわがままを宥めるように言った。

朝食を済ませた四人は、ポンプ室を出て再び第二シェルターへと舞い戻った。改めて頑強に立《た》ち塞《ふさ》がっている扉を観察していると、昨夜の出来事が夢だったかのように思えてくる。クランは何度か扉を叩いたり揺すったりしてみたが、びくともしないのを確かめただけに終わった。

「どこか、ここに近くて日陰になりそうなところを探そう」

クランが提案すると、すぐに頷いたシーナとカイが辺りを見回し始める。そんな中で一人足を引き摺りながら扉の周辺を尚も見ていたクロエが、あの、と声を上げた。

「ここ。見てください。なんか足跡ついてませんか」

クロエが指さしたのは、シェルターの扉から僅かに離れた地面だった。剝き出しの土が若干窪《くぼ》んでいる。おそらくは昨日の雨でぬかるんでいた間に付いたのだろう。今は乾いたその地面に、いくつかの足跡らしき痕跡が見て取れた。

クランはしゃがんでそれを確認すると、自分の靴の裏と見比べてみた。靴は四人全員が同じものを履いている。当然裏のデザインも同じだ。

その地面についていたのは、クランの靴とは明らかに異なるものだった。サイズからすると人間の足跡のように思える。

「……誰かが通ったってことか」

クランは呟き、立ち上がった。もし昨夜ここを通った人間がいるなら、そいつはやはり自分が見た開いた扉と関係があるとしか思えない。

やはり誰かいるのだ。

確信に近い感覚を得たクランは、クロエを伴ってシーナとカイの後を追った。

日中を過ごすのにちょうど良い場所は比較的簡単に見つかった。この辺りはコンクリート製の廃墟が多い。中には大型の施設のものもあるし、一軒家だったらしいものもある。そのうちのひとつ、ポンプ室より一回りほど大きな建物が、距離や角度からしても最適そうだった。屋根に大きな穴が空き、随分植物に覆われてはいるものの、日差しは充分に遮れる。そして何より、開口部がぴったりシェルターの方を向いており、内部で座り込んでいても充分に様子を窺えるのがありがたかった。

四人は廃墟の中にごろごろと転がっているコンクリートの瓦礫にそれぞれ腰掛け、思い思いの格好で夏の長い一日を過ごす体勢を取った。

昨日の雨宿りの最中に、雨水をボトルに充分に蓄《たくわ》えていたため、今日一日くらいなら水を汲みに行かなくても乗り切れる。クランもちょうど椅子くらいの大きさのコンクリートの塊に座り、すっかり伸びてしまった髪の毛を弄りながらじっと暑さに耐えていた。

思えば、全員がスリープの頃から比べると髪が伸びている。シェルターの倉庫にはハサミもあったので、適宜切ってはいたものの、どうしても素人がやる散髪には限界がある。それで皆、散髪の頻度が低下しがちになったのだ。クロエは多少こまめに切っているようだが、シーナなどは顎くらいまでだったショートボブが今や肩まで届くようになっていた。

「暇ですね」

カイが誰ともなしに呟く。

「じゃあ殺人事件の謎でも考えるか」

クランが提案すると、カイは苦笑しながら首を振った。

「どうしようもないですよ。ヒントが少なすぎる」

「わかってる事実を整理するだけでもいいさ。まず第一の殺人、と言っていいかはわからんが、シモンだ。彼は俺たちが目覚めた時、テグミネの中で殺されてミイラ化した状態で発見された。明らかに他殺のようだが、俺たちと一緒に千年前にスリープしたのは確かだ。そしてシモンのテグミネは、一五三年前で止まっていて、シモン自身もスリープに必要なチューブを装着していなかった」

「それはつまり、高い可能性で、シモンがスリープ中に目覚めた、っていうことだよね。そして自然に考えれば、その時に殺された。一五三年前に何があったのか」

シーナも話題に交じり、腕組みをしたまま鼻の頭を掻いた。化粧をしていない切れ長の大きな目が細められる。天井の大穴から射し込む日差しがその顔に時折当たって、長い睫毛を際立たせた。

「ひとつ確実なのは、被験者の誰かが同じように起きたんだとすれば、自分自身で再度スリープができなくなる、っていうことですよね。つまり、もしそうだとしてもそうじゃなかったとしても、誰かしら第三者、外部の人間が必要ってことになる」

「それはそうだな。カイの言う通りだろう。だから結局、誰かがシェルターに侵入したんだ。それは誰か。そしてどうやって。なぜ」

「あたしが思いつくなかでは、その解決はひとつなんだよね。目覚めたシモンが、意図してかどうかはともかく、誰かを招き入れた。そしてそいつがシモンを殺した」

「そうなると、シモンさんが意図して誰かを中に入れるということがあり得るかどうか。僕はあり得ないと思います。何しろ自分が知っている人間が全くいない世界ですから。ましてや隔絶《かくぜつ》されたシェルターで外の人間と意思疎通できるとは思えない。そうすると、シモンさんは意図せずに誰かを中に入れてしまった。少し整理されてきましたね」

「そうするとこういうことですか？」

それまで黙って議論を聞いていたクロエが、おずおずと意見を述べた。

「シモンさんは外の様子を見ようとしたか何かで、扉を開いた。その時にたまたまそれを発見した犯人が、シェルターに押し入った。シモンさんは抵抗虚しく殺されてしまい、犯人はシモンさんをテグミネに入れてまた出ていった。確かに辻褄《つじつま》は合いますね」

「そうだ。起こったこととして辻褄は合う。だがそこにうまく嵌まらないピースもあるな。冷凍庫で発見された顔のない少年がそれだ。あの子どもは一体何者なんだ？」

「素直に考えれば、押し入ってきた犯人が子どもともう一人の二人連れだった、ってことじゃないですかね」

「そうか。もしそうだとすると、一五三年前に起きたのはこういうことになる」

クランは目を閉じて、思考を整理しながら口に出した。

「シモンが目覚めて、扉を開いたところに、二人組が侵入した。シモンは抵抗し、二人組の子どもの方を返り討ちにする。しかしあえなくもう一人に刺され、死んでしまった。生き残った犯人は、子どもを冷凍庫へと隠し、自分は外へ出ていった」

「それはどうかな」

シーナがクランに異を唱える。眉間に皺を寄せ、深く考え込んでいる様子だった。

「もしそうだとすると、誰が子どもの顔を潰したんだろう。犯人？　それともシモン？　もし犯人だとすれば、顔をわざわざ潰す必要があるほど特徴的な部分が子どもにあるなら、何も冷凍庫にしまう必要がない。外に担いでいって、どこかの山にでも放り出せばいいんだ。それにシモンだとすれば、犯人がまだシェルター内にいるのに悠長にそんな作業をしていたことになる。どっちも理屈に合わないと思う」

クランは少し肩を落とした。シーナの指摘ももっともである。クランの説では全てを説明しきれていない。やはり何かまだピースが足りないのかもしれない。

「それじゃ、イリヤさんはどうなるんでしょう。誰が、どうしてあんなことを？」

クロエが少し震える声で話題を変えた。おそらくまだイリヤの死に顔が脳裏から離れないのだろう。イリヤの名前を自分で出した瞬間、クロエのその小動物によく似た中性的な顔が微かに歪むのがクランにも見て取れた。

「イリヤの事件については、まず、考えたくないけどあたしたちの中に犯人がいるという説。あの重たいコンクリートの塊は、少なくとも二人がかりじゃないと動かなかったから、二人で行動していた人がイコール容疑者ってことになるけど」

シーナがカイをちらりと見る。それはそうだろう。あの時シーナは少なくともクランと一緒にいた。そして自身が犯人だと告白するのでない限りは、シーナにとって容疑者たり得るのはカイとマルコのペアだけだ。

「……だけど、それもちょっとおかしくないですか」

カイがシーナの意図を汲み取り、反論した。

「もし僕とマルコ君が犯人なら、イリヤさんを殺すために一旦森へ行き、それからまた戻って街中で廃墟探しをしていたことになります。だけどあの森にはイリヤさんの近くにクランさんもシーナさんもいました。わざわざそんな目撃リスクの高いタイミングで、僕なら決行しないですよ」

「そうなんだよね。カイやマルコなら、わざわざあんなタイミングで狙わなくても、寝ている時でもなんでもやりようがあった。そうなるとやっぱりイリヤ殺害犯も外部の人間ってことになるのかな。だけどそうだとして、その人たちがイリヤをああやってコンクリートの下に隠す意図がわからない。そのまま放っておいても問題ないように思えるのに」

「……ここの距離を考えると、もしこのシェルターに出入りしてる人間がいるなら、そいつらがイリヤを殺した可能性も充分にあるってことだ。だとすれば、俺たちが今捜している相手は、実はとんでもなく危険な人物なのかもしれん」

「でも、あたしたち全員を狙っているなら――」

言いかけたシーナが、突然腰を浮かせる。

そしてジェスチュアを交えながら、全員の視線をシェルターの扉に向けた。

「開き始めた……！」

クランたちの視線の先で、シェルターの扉が徐々にふたつに割れ始めていた。微かな金属が擦《こす》れる音が静かな世界に響く。クランたちのシェルターとほとんど同じくらいの速度で、二枚の扉がゆっくり左右に分かれると、その間にある暗がりが大きくなっていく。

内部に光が届くようになったところで、四人はそこから出てくる一人の人間を見た。

外見からすると男だろう。身長がクランたちより少し高いように見える。一八〇センチくらいはあるだろうか。痩せていて、どちらかというとひょろりと長い印象だ。頭にはタオルを巻き付けたように何か布をかぶっている。

奇妙なのはその服装だった。明らかに立体縫製ではない、断ち切った布を適当に組み合わせ、身体に巻き付けたように見える。衣服を自給自足しているということを示しているように見えた。

そいつは周囲をさっと眺め回すと、シェルターの中に向かって何事か話しかけ、それから素早い身のこなしでクランたちが隠れているのとは別の方向へと走り出した。手には何か籠《かご》のようなものを持っている。

男が走り去った直後、シェルターはゆっくりと閉まり始める。クランたちは、痺れたように固まったまま、その光景を見守ることしかできなかった。

初めて見た、千年後の人間。

その衝撃が、四人をその場に縫い付けていた。誰も身動きがとれずにいる。一分ほど経ってから、カイがようやく口を開いた。

「本当に、いましたね……」

「ああ。やっぱり見間違いじゃなかったんだ」

「疑ってごめんなさい」

殊勝《しゅしょう》に謝るクロエに、クランは苦笑しながらいいよ、と返した。

「俺自身、夢だったんじゃないかって疑い始めてたところだ。そりゃ信じがたいだろうさ」

「それにしても……。なんか不思議な格好でしたね。ああいうのが今の流行なんでしょうか」

「いや、多分あの人たちはアウトローだからだろうね」

シーナが腕組みしながらごつごつとした地面に座り直した。

「少なくとも社会の枠組みで生活してるんじゃない。こうやって強制移住に逆らってこの辺で生きてるわけでしょ。きっと衣食住だって全部自給自足なんだと思う」

「コールドスリープしてた、千年前の人間ってことは考えられないか？」

クランが疑問を呈すると、シーナは少し考え込みながら答えた。

「あたしは違うと思うな。まず第一に、スリープから無事目覚めたなら、あたしたちと同じように倉庫の品で生活してる筈。それがないってことは、とっくの昔にシェルターに侵入して倉庫の品なんて使い果たしちゃったんだろう、っていう推測。それから第二に、このシェルターは後発だから、もしあたしたちと同じタイミングで目覚める設定だったとしたら、あたしたちのシェルターの情報がわかりやすい形でどこかにあると思う。だからスリープの被験者なら、あたしたちを先に捜しに来てると思うんだ」

「確かに……だとするとやっぱりあれは千年後の人間ってことなんですかね。それも第二シェルターに侵入して、我が物顔で乗っ取っている」

「だとすると、あながちさっきの話も妄想じゃなくなってきたかもしれんな。あいつらは少なくともまっとうに社会に馴染《なじ》んでいるわけじゃない。何をされるかわからないってことだ」

クランの一言で全員が警戒を強めたのが雰囲気で感じ取れた。互いに顔を見合わせ、次にどうすべきかを思案する。

「少なくとも、シェルターの中には誰かまだいる様子だった。この後まだ待っていればもう一回開く可能性はあるよね。その時を狙って接触するか。それともその人が外に出た時に、全員で後をつけて拉致《らち》でもするか。どうしようか」

シーナが少々物騒《ぶっそう》な提案をした。

「いきなり喧嘩腰《けんかごし》っていうのもどうでしょうね。警戒する必要はあるでしょうけど、まずは敵意がないってことを示さないと。正直何人いるかもわからないのに、対立するのは無謀ですよ」

「それもそうか。じゃあともかく、次に開いた時に声をかけよう。それでなんとか友好的に対話を試みる。そんなとこかな？　クランもクロエもそれでいい？」

「わかった。そうしよう」

「私もそれでいいです」

二人が賛成し、差し当たっての方針が決まった。それから四人は再び日陰に陣取り、シェルターの扉をもう一度見張る作業を再開する。日は既に高くなっており、廃墟の中の影も小さくなってきていた。少なくなった日陰を求めて自然と全員の距離が近くなる。シーナがクランのすぐ傍に座り、膝を抱えてふう、とため息をついた。

「あんまり近くに寄ると臭うからやめときな」

クランが冗談めかして言うと、シーナが笑った。

「それを言ったらお互い様でしょ。あたしも相当臭いよ。自分でわかるもん」

昼食を口にする気も起きず、じっと暑さに耐える。今朝方は涼しい風の中で、毛布にくるまっていた筈である。気温差に身体がついていかないな、とクランは内心辟易しながらひと口水を口に入れた。千年前の世界とは、夏の気温が少し違っているような気がする。日中の暑さという意味では今の方が幾分過ごしやすいが、代わりに一日の中での気温差が大きくなっているようだった。

温暖化の影響とは少し違うのだろうな、とぼんやりと考える。クランの知っている範囲では、千年前の時点では地球温暖化はかなり深刻なことになっていた筈だ。世界中が大騒ぎしていたのは覚えていた。

その時は、予想していたよりすぐに訪れた。

先ほど扉が開いてから一時間ほど経った頃、再び二枚の金属板はふたつに分かれ、その間に暗がりが広がり始めた。

「行こう」

クランが立ち上がる。続けて他の三人も腰を上げ、シェルターへと向かって駆け出す。距離にして一〇〇メートルほど。二〇秒もあればたどり着ける。

あらかじめ、クロエは無理せずに後から追ってくるように打ち合わせてあった。今回ばかりは、足を引き摺るクロエを待っているわけにはいかない。先に三人がたどり着いて話をすることができれば、その間に充分追いつくだろう。

外に飛び出した四人を真上から太陽が照らし出す。足下にできた濃い影が、走るのに合わせて小さく跳ねた。

シェルターから二人の人間の姿が現れた。先ほどと同じような格好をしており、やはり同様に背が高い。それでも片方はもう一人に比べると一回り小柄であり、その体型からおそらく女であろうと推測できた。

出てきた男女の二人組は、最初クランたちが近づくのとは逆方向を見ていた。何事か話しながらそちらに向かって一歩歩き出す。その時、後ろに気配を感じたのだろう、二人が揃って振り返った。

クランたち三人がそれを合図にしたように歩調を緩める。

二〇メートルほどの距離で互いに相対した二組が、それぞれに驚愕の表情を浮かべた。シェルターから出てきた男女の驚きは、突然現れた見知らぬ人間に対するものだっただろう。だがクランたち三人の驚きは、不可解なものを目にした時のそれだった。

そこには、二人のシモンがいた。

男と女、という違いはあるが、二人とも共通して目が大きく、眉が濃い。広い額に薄い唇。クランたちの記憶にあるシモンとそっくりだ。

「シモン？」

立ち止まったクランが発する。

二人の男女は戸惑った様子で、突然現れた一団に向かって腰に下げていたナイフを構えた。

「なんだ、お前ら！」

男の方が威嚇するようにクランたちに正対する。その後ろに隠れるようにして、女シモンがファイティングポーズをとっていた。

どうやら言葉は問題なさそうだ。クランは少し安心し、それから両手を挙げた。敵意がないことを示すジェスチュアはおそらく今の世界でも共通だろう。両手を挙げ、何も持っていないことを相手に見せる。横目で見ると、シーナもカイも同様に両手を挙げているのがわかった。

「待ってくれ。俺たちは敵じゃない。話を聞きたいんだ」

「どこから来た？」

男が再び鋭い声を発する。僅かにイントネーションがクランたちと違う。千年で言葉も多少変化しているのだろう。それでも意思疎通ができたことは大きな収穫だった。もし言語が異なっていれば相当に面倒だった。

「俺たちは……」

千年前から来た、と言いそうになってクランは一瞬躊躇った。それを言って通じるとは限らない。千年も昔に行われたコールドスリープ実験のことを知っている人間が果たしてどれだけいるだろうか。

「……向こうの方から長いこと旅してきたの。久しぶりに人間に会ったから、色々教えて欲しくて」

言葉に詰まったクランの後をシーナが引き継ぐ。クロエが後ろから追いついてきて、三人と同じように目を見開いて驚きながら、やはり同様に両手を挙げた。

「そこで待て。動くなよ。イプシ、アルじいさんを呼んでこい」

男のシモンが、後ろの女のシモンに指示を出す。黙って頷いた女がシェルターに駆け込んでいった。

「すごい武器持ってますね」

カイがそっとクランに呟いた。クランも頷く。男が持っているのは、刃渡り三〇センチを超えるだろうナイフだった。いや、ナイフというよりどちらかと言えば短刀と言った方がしっくりくる。これも手作りなのだろう、持ち手の部分や腰にくくりつけている鞘《さや》は、どこか不整形でごつごつとした印象だった。

「シモンにそっくりだね」

シーナもクランに顔を近づけて囁いた。その動きを警戒したように、男がナイフを突き出すような仕草《しぐさ》をする。シーナは慌てて姿勢を正し、まるで先生に叱られている生徒のようにまっすぐに両手を天に突き上げた。

にらみ合ったまま数分が過ぎる。やがてシェルターの中から足音が聞こえ、何人かの人間が出てきた。先頭には年老いた男がいる。背中がやや曲がり、頭にはほとんど髪が残っていない。

出てきた人物たちを見たクランは、恐怖を飛び越えて思わず吹き出しそうになった。

何の夢だ。悪い冗談じゃないのか。

そこに居並んだ者たちの顔は、一様にシモンにそっくりだったのだ。

同じような大きい目と太い眉が、興味津々といった様子でこちらを見つめている。子どもも、女も、年寄りも、全てがシモンだった。

「中に入りなさい。メガ、奥の部屋へ。一旦そこにいて貰う」

老人が口を開いた。メガ、と呼ばれた最初の男が、クランたちの後ろへと回り込む。そして長い得物で一番後方にいたクロエの背中をつついた。

「進め。お前らを捕まえる」

断章——遥花《はるか》

大学を卒業し、生物系の研究所に研究員として就職してからも、遺伝子を残すことへの渇望と、自分がそこから酷く離れたところにいるという絶望のギャップは、僕を苦しめていた。

東京という、世界にも類を見ない、人間がひしめきあった街で、満員の通勤電車に乗って朝の一時間を使う。その度に、これだけの数の集団の中で、僕の遺伝子の適応度を上げるにはどうすればいいのか、と夢想した。

就職してから数年が経った頃、僕の元に地元の市役所から連絡が入った。

それは、母親が亡くなった、という知らせだった。どうやら精神を病み、最後は病院に措置入院という形で入れられた末に、当時世間的に流行していた感染症であっさり死んだのだという。僕はその頃には完全に母と縁を切っていたから、僕の元に知らせが届いたのも市で火葬にされた後だった。

僕はその知らせを受けて、何年かぶりに帰郷することになった。別段何か思いがあったわけではない。ただ単に、市営住宅に残されたままの母親の荷物を片付けるように、と市の住宅課から言われたからである。

もっとも、帰郷といっても東京から電車で一時間もかからない距離だ。なんなら今の自宅よりも職場に近いくらいである。それでも僕の中で、少年時代を過ごしたその家は、遥《はる》か遠い異郷の地のように思えた。思い入れなど微塵《みじん》もない。ただ市役所に迷惑がかからないように、自分の義務を果たすためだけの帰郷の筈だった。

一応取っておきたいものだけ拾い集めてから家の片付けを業者に頼む。僕が少年時代に使っていた様々な家具や家電、また僕がいなくなってから買ったらしい見覚えのない母の服などが、廃棄物業者の巨大なコンテナに片《かた》っ端《ぱし》から放り込まれた。家の中はすっかりがらんとし、それでも尚家中《いえじゅう》に染みついた吐き気を催すようなヤニの臭いだけが、母がここに住んでいたことを示す唯一のものになった。

立ち会いに来た市の担当職員が言うには、この団地はもう取り壊す予定になっているらしく、クリーニングや破損した箇所の修繕は不要とのことだったので、ありがたくそのままにしておくことにして、最後の確認のために内部を見て回る。記憶にあるよりずっと狭いその家は、もはや僕の知らない場所になっていた。

そんな時、ふと僕は先生のことを思い出した。まだ元気でいるだろうか。せっかくここまで来たのだから、顔だけでも出していこう。そう思って先生の家を訪ねると、そこはすっかり雑草に覆われた空き部屋になってしまっていた。隣にはまだ住人がいるようだったので、玄関をノックする。中からは、かつての母を思い出させるような、煙草と貧困の臭いを漂わせた中年の男が出てきて、僕をうさんくさそうに眺め回した。

「あの、ここに住んでいた倉石さんという方はどうなりましたか。どこかへお引っ越しを？」

「……なんだ、お前。あの婆《ばあ》さんの知り合いか？」

「ええ、まあ。昔お世話になったので」

「倉石の婆さんなら死んだよ」

男の口からは、あっさりとその事実が告げられた。予想はしていたけど、改めてはっきりと言われると、僕の心は急速に押しつぶされそうになった。

「三年くらい前かな。大変だったぜ。死んでから一週間もして見つかったからよ。臭《くせ》えのなんの。夏だったしな」

「そうですか……。あの、お骨《こつ》はどこに」

「知らねえよ。市役所の連中が親族を探してたらしいけど、見つからなかったって聞いたぜ」

男はそれだけ言うと、面倒くさそうに部屋へと引っ込んでしまった。そうだとすれば、市役所で聞く他ないだろう。ついさきほどまで一緒にいた住宅課の職員に電話を掛ける。最初は個人情報の関係なのか少し渋《しぶ》っていた職員だったが、僕が墓参りをしたいのだ、と説明すると、こっそりと教えてくれた。

先生のお墓は、市営の合葬墓だった。

お骨を引き取る身寄りはなく、無縁仏としてそこに葬られたらしい。僕の母親の遺骨も、ちょうどそこへ埋蔵するつもりだったから、僕はしばらく経って、遺骨を手に合葬墓へと赴いた。

管理人に頼んで母の遺骨を納め、それから墓に向かって手を合わせる。

傍から見れば、母親思いの息子に見えたかもしれない。だけど僕の中には、今納めたばかりの母親への思いなど微塵もなかった。あったのは先生への謝罪と祈りだ。

倉石先生。ずっと来られなくてごめんなさい。どうか安らかに眠ってください。

長い祈りの末に、僕の目から涙が零れた。

先生は結局、この世界に何を残せたんだろう。遺伝子を残せなかった人生は、虚しくなかっただろうか。先生が残したものが、遺伝子ではなく記憶だけなのだとしたら、それは僕が受け継ごう。

その時、僕の中で、自分の人生の解像度が一段上がった気がした。

そうだ。僕は遺伝子を残すんだ。それこそ、どんな手段を使ってでも、僕の遺伝子の適応度を上げてやる。

どこかで先生の声が、「裕哉くん、頑張れ」と言った気がした。


合葬墓からの帰りの時間は、ちょうど帰宅ラッシュと重なってしまっていた。その日は市役所の都合に合わせて僕も有休を取っていたから、平日なのをすっかり忘れていたのだ。寿司詰め状態でホームに滑り込んできた電車を見て後悔した僕は、少し乗り込むのを躊躇ったが、結局諦めてその中に身を投じることにした。

ラッシュが過ぎ去るのを待っていては随分遅くなる。

早く帰ってシャワーを浴び、身体に染みついた母の残滓《ざんし》を洗い流したかった。

電車がカーブに差し掛かり、車体が大きく揺れる。

その直後、突然僕の右手が誰かに摑まれた。

「痴漢です！」

一瞬、僕は何が起きているのか理解できなかった。見れば派手な化粧の、のっぺりとした顔の女が、鬼のような形相で僕の手を摑んでいる。

痴漢？　一体誰のことだ？　次に、僕の頭の中には、恐怖が一気に押し寄せてきた。

僕が痴漢？　冗談じゃない。生まれてこの方、まともに女性の身体に触ったことすらない。いや、そんなことよりも、この状況は非常にまずいのではないか。僕は一切触っていないが、この女は完全に僕が犯人だと決めてかかっている。確か、痴漢の有罪率はものすごく高いんじゃなかったか。仮に無罪が認められても、訴えられた時点で社会的には死んだも同然だ。そうなったらどうなる？　遺伝子を残すどころか、一生誰からも見向きもされずに——。

気が付けば、僕はホームにいて、向こうから駅員が駆けてくるところだった。

女が駅員に、理解できない言葉をまくし立てる。駅員はそれを頷きながら聞いている。反論をしなければ、と思っても言葉が出なかった。

なんとかしなければ。

僕はやってない——。

「あの、この人じゃないですよ」

その時、不意に後ろから声がした。駅員も、女も、僕も、一斉にそちらを振り返る。そこには一人の女が立っていた。

一目惚《ひとめぼ》れ、とはこのことを言うのだろう。

僕はその瞬間、間違いなく彼女に恋をしていたと思う。

見たことがないほど美人な女だった。例えるなら胡蝶蘭《こちょうらん》だろうか。それともダイヤモンドだろうか。芸能人のように整った顔と、服の上からもわかる抜群のプロポーション。そこにだけ突然、スポットライトが当たったかのようだった。

「この人、乗ってる時に両手でつり革を摑んでました。電車が揺れた時に、一瞬右手がつり革から離れたみたいで、ちょうどその時にその方が右手を摑んだんです」

僕の耳には彼女の言葉は全く入ってこなかった。

ただ、この目の前に現れた女神に見蕩《みと》れるばかりだった。

結局、しばらくの押し問答の末に、被害者の女は諦めたらしい。僕に大した謝罪もすることなく、怒りを露《あら》わにしたまま去っていった。

僕ははっと我に返り、この救いの神に礼を述べた。

「あの、すみません。ありがとうございました」

「いいえ。たまたま見てただけです。大変でしたね」

「え、その。もし。もしよければ、お、お礼を……」

「ああ、そんなのいいですいいです」

彼女はにこやかに笑って両手を振った。笑うと益々魅力的になる。

「でも……、本当に助かったんです。じゃあせめてお名前だけでも――」

「お気持ちだけ貰っておくわ。じゃあ、私もう行きますから」

その時、向こうから彼女の連れらしい別の女が、「遥花、もういい？　行こうよ！」と呼びかけるのが聞こえた。彼女はそれに応じると、僕に一礼をして踵を返した。

そうか、遥花、というのか。

僕は気が付くと、遥花の後を追って歩き出していた。

運命、という言葉を使いたくはないが、それでもこれは運命以外に表す言葉がない。

放っておくこともできただろうに、わざわざ助けてくれたのだ。

他の女どもとは違う。僕に嫌悪の表情を向けなかった。

僕は遥花とその連れの後ろを歩きながら、どうするべきかを考えていた。

なんとかしてもう一度声をかけなければ。遥花も僕に対して悪い感情はもっていない筈だ。とにかく仲良くならなければその先に進めない。そのためには遥花の情報を知らないとどうしようもない。

何度も呼び止めようとしては、口が言葉を発することを拒否する。

どうしても声が出なかった。

遥花は駅を出て、やがて友人と別れ、繁華街を抜け、一人住宅の建ち並ぶ路地を進んでいく。

そして一軒の小洒落《こじゃれ》たアパートへと入っていった。どうやらそこが彼女の自宅らしい。

すぐに部屋を確認しようとするが、エントランスはオートロックになっていて中を確認できない。仕方なく少し離れ、六階建てのアパート全体が見渡せるところで少し待った。

夕暮れ時のアパートには、灯りが点いている部屋と暗いままの部屋がまばらに並んでいる。じっと見ていると、やがて五階の一室で部屋の灯りが点いた。

あそこだ。

五階の右から三番目。

あれが彼女の部屋に違いない。

僕は満足して帰路についた。場所さえわかれば、次の手が打てる。

まずは遥花と仲良くなることだ。それが僕の人生を成功に導く、第一歩となる。

遥花のアパートの向かいは、都合のいいことに空き部屋の多いマンションだった。

どうやら築年数がかなり経っており、新たな入居者が少ないらしい。

僕は早速自宅を引き払い、向かいのマンションに引っ越すことにした。古くて安くなっているとはいえ、購入には纏まった金が必要だったが、僕は元々給料の多くを貯金していたから、それを取り崩すことで一括で購入することができた。

痛い出費だが必要経費だ。遥花を手に入れることができれば全ては報《むく》われる。

六階の空き部屋を契約し、早速そこに引っ越した僕は、その日から毎日遥花の部屋を覗いて過ごすようになった。望遠鏡を買い、カーテンの隙間から彼女の部屋のベランダに向ける。遥花は無防備にも、カーテンが半開きの状態でいることが頻繁にあったから、その美しい姿を余すところなく拝むことができた。

時々出かける彼女の後を追ううちに、どうやら遥花は、東京郊外にある財団法人の施設に勤めているらしい、ということもわかってきた。

僕は確信していた。

遥花こそ、僕の相手として遺伝子を残す女性だ。

これほど相応しい人はいない。

しかし、なかなか彼女に話しかける機会は巡ってこなかった。僕の出勤時間や帰宅時間が、彼女のそれとかなり違っていることも大きかっただろう。

そしてそうこうしているうちに、やがて僕を絶望に突き落とす出来事が起きた。

ある夏の日のことだった。

うだるような暑さの中で、僕は仕事から帰ると、いつものように望遠鏡で遥花の部屋を見ていた。しかしその日はいつもと様子が違っていた。

珍しく夜遅くなって帰ってきた彼女は、いつもより数段めかし込んだ様子だった。そして帰ってくるなりレースのカーテンを引いた。

そのすぐ後ろから、別の人影が窓辺に現れた。

男だった。

それも僕が最も嫌いなタイプの、いかにも女好きそうな、浮ついていて頭の悪そうな男。

遥花とその男は、仲睦《むつ》まじそうに抱き合い、そして一枚ずつ、着ていた服を互いに脱がせ合い始めた。

途中で僕は吐き気を催し、トイレに駆け込んだ。それでも最後まで見ることをやめられなかった。

二人は、レースのカーテンの向こうで、生まれたままの姿で抱き合い、キスをし、身体を重ねていた。

初めて見る彼女の淫《みだ》らな姿に、僕は激しい怒りを覚えた。

どうしてそんな男と。

君は僕のものなのに。

僕の前で見せたことのない姿で男と抱き合う遥花は、淫靡《いんび》な笑みを浮かべていた。

僕の遥花が穢《けが》された。

どうして。

どうして。

その日の夜、僕は一睡もできないまま、朝を迎えた。

気が付けば望遠鏡は床に叩きつけられ壊れていた。そして僕の心は、望遠鏡以上にズタズタに引き裂かれていた。

こんな世界など、壊れてしまえばいい。

その日から、世界は灰色になった。

9 第二シェルター

第二シェルターの中は、クランたちが目覚めたシェルターとほとんど同じ構造だった。ホールにはテグミネが一〇基並んでおり、どれも蓋が閉められていた。談話室、倉庫、個室。どれも見覚えがある。全体的に広くなっているのは、一〇人用ということだろう。

唯一大きく違うのは、中がだいぶ使い込まれていることだ。何度も外気に触れているせいか、あちこちが劣化しているのが見て取れる。掃除もされてはいるようだが、流石に素材の劣化は隠しきれない。それに各フロアには、家具のようなものが据え付けられ、居住空間として整えられていた。

倉庫の一番奥にある、懲罰房のようなところに押し込められた四人は、それぞれに床に座り込んでいた。どうやら固定されている棚を利用して通路の奥に設《しつら》えたものらしい。この住人たちが果たして何人いるのかは知らないが、メンバーの中で不逞《ふてい》の輩が出た時に使うものなのだろう。前面は太い木が何本も格子として設置されていた。

「どうなってるんだ」

クランが口にすると、他の三人も口々に同意した。

「全員、シモンさんにそっくりでしたよ」

「まさかシモンの家族？　じゃないよね」

「それとも未来人はみんなああいう風貌《ふうぼう》になるんでしょうか」

幸い、見える範囲に見張りは置いていない。それにクランたちに対しても、牢《ろう》に閉じ込めたことを除いては手荒な様子はない。おそらくは何者かわからないため、処遇について話し合っているところなのだろう。

「少なくともシモンと何か関係があるんだろう、とは思うけど。何があったらこういうことになるんだろう」

シーナが壁にもたれて膝を抱えながらため息をついた。

「一五三年前、シモンさんが殺されたことと、何かしら関係があるんでしょうね、きっと」

カイも同意する。クランもその通りだと思った。テグミネの中で、何者かに殺されたシモン。それとそっくりの人間が現在これだけ存在する。シモンが殺されたことと、この住人たちの間に関係がない方がおかしい。

しかしその関係とはなんなのか。

「普通に考えたらシモンの子孫ってことになるかな」

「そうだろうな。しかしそうすると、シモンは一五三年前に目覚めた時、侵入者との間に子どもをもうけたってことになる。一体何があったらそういうことになるんだ？」

「想像するしかできないけど……例えばシモンが無理矢理に行為に及んだ、とか？」

シーナの発言に、一瞬全員が固まった。

「……そうか。侵入者が女で、シモンはどういうわけかそいつに暴行をはたらいた。その後で、女に復讐された。そういうストーリーなら一応の筋は通るな」

「だけど、それでできた子どもを普通に産んで育てますかね？　いやまあ、こういう僻地《へきち》なので堕胎技術なんかが無かったとすればわかりますけど。それに、そうやって生まれたのは一人なわけで、それがどうして全員に容姿として受け継がれてるのか……」

「なんにしても、彼らに聞いてみるしかないだろうな。それにイリヤの件もある。ともかく情報が必要だよ」

クランは木の格子ににじり寄って、向こうを眺めた。倉庫の薄暗い灯りに照らされた広大なスペースの向こうに、微かに出入り口の扉が見えていた。両側に置かれている棚には、クランたちのシェルターとは異なり、住人たちが作り出したらしい原始的な道具の類いが並んでいる。

もし、この倉庫にあった筈の一〇人分の資材を全て使い果たしているのだとしたら、彼らは相当前からここにいたことになる。だとすれば、一五三年前にシモンの殺害に関与したという仮説とも一致するだろう。

結局その日は、夕暮れ時と思われる頃に食事と水が差し入れられただけで、他には誰も来なかった。食事は何やらわからない肉と、これもよくわからない薬物の野菜が入ったスープ、それに発酵させていないらしい硬いパンのようなものだった。粗末なメニューではあったが、それでもビスケットばかりだったクランたちにとってはご馳走《ちそう》にも感じられる。実際のところ、味もなかなかのものだった。

差し入れにやってきたシモンそっくりの男は、クランたちが話しかけても何も返そうとはしなかった。あまりにも全員が似ているので、それがクランたちに刃《やいば》を向けていたあの男なのかどうかすらわからない。

四人はさしてやることもなく、ただ固い床に寝そべって過ごす他なかった。トイレも牢の隅に置かれたおまるのようなものにするしかない。シーナなどは大して恥ずかしがる素振りもなく、向こうを向いてて、と頼んだだけで手早く済ませていたので、クランやカイの方が困ったくらいである。一方でクロエの時は大騒ぎだった。仕方なくそれぞれが上着を脱いで、それを頭に被せ、更にその上から耳を塞いでいる、という厳重な態勢の下《もと》で用を済ませたものである。

寝苦しい夜だった。

固い床に加えて、風が通らないことによる蒸《む》し暑《あつ》さや、今後に対する不安がないまぜになってクランたちを眠りから遠ざけた。更にそれぞれが発する体臭と片隅に置かれた便器からの汚物の臭いが混ざり合って鼻を刺激する。

そのためか、翌日の早朝に数人の男たちが入ってきた時には、全員がすぐに目覚め、身体を起こした。

「出ていいことになった。こっちだ」

一人の男がそう告げて、牢を開いた。声の調子からすると、少なくともメガ、と呼ばれていた昨日のナイフの男とは別人のようだ。

三人の男に囲まれるようにして牢を出たクランたちは、談話室へと連れていかれ、そこで円形のテーブルの片側に並んで座るように促された。

「さて、お前たちが何者なのか、改めて聞こうと思う」

正面に座った、昨日アルと呼ばれていた老人が口を開く。周りには五、六人の、中年と思われる年頃の男女が立っていた。一方でクランたちの傍には、比較的体格のよい男たちが取り囲むようにして立ち、逃亡を防いでいるらしかった。

「俺たちは、ここと同じようなシェルターから来たんだ。向こうへ三日ほど歩いたところにある。そこから歩いて、他の人間を探しに来た」

クランがアルの目を見ながら答えると、年老いたシモンの口がへの字に曲がった。

「その場所なら知っている。しかしあそこは決して開かない扉だ。絶対に中に入れない。マクノアーの間にはそう伝わっているから、誰も近づかない。その中に、どうやって入ったんだ」

アルの台詞に、クランたちは思わず顔を見合わせた。ほんの一言なのに疑問点が多すぎる。アイコンタクトの末に、今度はシーナが返答した。

「あたしたちは、あの中に入ったんじゃない。中から出てきた。元から中にいたの。それよりマクノアーっていうのは何？　それに、知ってるってことは誰かが近くまで行ったことがあるってこと？」

「マクノアーというのは我々みんなの名前だ。ここに生きる人間全員のことだ」

アルが顎に僅かに生えている鬚《ひげ》を撫でながら、少し誇らしそうに言う。つまりは、部族の名というべきだろうか。あるいは一族の姓と呼んでも良いかもしれない。

「マクノアーに伝わってる話がある。あの扉はずっと昔から絶対に開かないのだ。もし開く時が来たら、それは神が現れる時だ。だから私たちの中に近寄る者はいない。お前たちは神か？　それとも人間か？中にいたということは、どこかから入ったということではないのか」

アルがたたみかけるように質問を繰り出してくる。再びシーナがそれに答えた。

「あたしたちは、ずっとコールドスリープしていたの。ほら、ここのホールにもあるでしょ。あの一〇個並んだ機械。あの中で千年間、ずっと寝ていた。それで目が覚めたのがつい二ヵ月前。だけどシェルターの周辺に誰もいないから、他の人を探してここまで来た」

シーナの説明を受けて、アルと傍にいた男が小声で何かを相談し始めた。それを見てシーナもクランの方へ口を寄せる。

「なんか様子が変だね」

「変っていうと？」

「なんていうか……千年後の人間とは思えない。社会からずっと隔絶してるせいなのかな」

「ああ、そういうことか。確かに。文明レベルが相当後退してる印象はあるな」

クランも納得して、改めて周囲にいるシモンたちの様子を眺める。誰も皆、巻き付けるようにした布で身体を覆っている。それだけでも、文明としてのレベルが格段に後退していることは明白だった。

「人間社会と断絶して、自給自足して生きてるんでしょうかね」

カイが逆側から呟く。おそらくそうなのだろう。電子機器の類いも全く見当たらない。

やがて相談を終えたらしいアルが、再びおもむろに発言した。ただし今度は幾分丁寧な態度になっている。

「あなたたちが言うことが本当なら、あなたたちも神の一族です。だけどコールドスリープというのがわからない。一体どういうことなのか。それは神だけが使えるものなのか」

「えっと……まず僕たちは人間ですよ。神様じゃない」

今度はカイが少し遠慮気味に答えた。

「コールドスリープというのは、人間を長い長い間、眠らせたままにする技術です。千年前に僕たちはそのコールドスリープを受け、そして千年間、あのシェルターで眠っていました。ここのシェルターにも、ほら、そっちの部屋にあったでしょう。あの装置がそれです」

カイの説明で、ようやくアルたちは少しだけ理解したらしい。驚いた様子で目を見開く。ただでさえ大きいシモンの目が、更に大きくなり、今にも目玉が転がり落ちそうだった。

「ではつまり、あなたたちは千年前から来た人間だと。そしてそこにいる神も、いずれは目覚めるのだと。そういうことですか」

「あー、まあ……そういうことになる、かな」

マクノアーたちはどうやらクランたちの言うことを信じたようだった。周囲を囲んでいた男たちが下がり、ようやく圧迫感が無くなる。アルが立ち上がると、少し声を張り上げた。

「それでは、マクノアーはあなたたちを受け入れます。手荒なマネをしてすまなかったです。食事と寝床を用意させましょう」

それはどうやらクランたちのみならず、周囲に控えていた者にも向けた言葉だったらしい。アルの脇を固めていたマクノアーたちが、それを合図にそれぞれ散っていき、やがて呆気《あっけ》にとられているクランたちの前に、食事が運ばれてきた。

今度は昨晩より少し豪華である。焼いた魚と米、果物や新鮮な野菜。朝食にしては少々ヴォリュームがあるが、空腹だった一行には大層ありがたかった。

食事の間、マクノアーたちは特に何かを聞いてくることもなく、遠巻きに眺めているだけだった。おそらくアルが邪魔をするなとでも釘を刺したのだろう。

やがて満腹になると、クランは一番近くにいた女を手招きして呼び寄せた。

「すまんが、風呂に入れないか。もうずっと入っていないんだ」

食事と風呂を済ませ、ようやく人心地ついた四人は、改めてアルと向かい合い円卓についていた。

聞けばこのシェルターは、マクノアーの長老であるアルや、他の階級の高い者のための施設として主に使われているという。それ以外の者たちは、シェルターのすぐ隣に掘られた洞窟《どうくつ》を住居としているとのことだった。

「ここには全部で何人くらいいるんですか」

クロエが尋ねると、アルの隣に座っていた初老の女が、五〇人くらいです、と答えた。女はベタという名前で、アルの妻に当たる。他にも中年の男が二人と女が一人、アルとベタの両側に座っている。それぞれ、ガマ、ルタ、ファイと名乗った。ただし全員がシモンの顔をしているため、女であるファイはともかくとして、ガマとルタは区別が付かない。今この場で脇見をしているうちに入れ替わられても、何の違和感もないだろう。

「それじゃ、ずっとこの地で暮らしてるんですか。他の人間の社会には接触していない？」

「他の人間の社会、というのは何でしょう。よくわからない。我々マクノアーは、先祖代々この地で暮らしています」

シーナの質問に、ガマという男が答えた。

「代々っていうのは、何年くらい？」

「わかりません。でもずっと。何百年もです」

「それじゃ、そんな長い間他の人間とは交流してないの？」

「昔はわかりませんが、きっと。マクノアー以外の人間は、お話に出てくるだけです。本物を見たことはありません」

「なあ、とりあえず、隣のテグミネ、つまりコールドスリープの装置を見せて貰えないだろうか。あの中にはまだ一〇人の人間が眠ってるんだろう」

「あれは我々の神です。そうそう見せられるものでは……」

言いかけたファイを、アルが横から制した。

「いや、この方たちの言葉が本当なら、この方たちも同じようにして眠りについていた神だ。神が求めるなら応じるしかあるまい。ただ、神というのはひとつです。他は神を守る人形ですよ」

アルの言葉を聞いて、クランの背筋に悪寒が走った。今、なんと言った？

――他は神を守る人形ですよ。

クランはその台詞を頭の中で反芻する。人形、つまり生きていないということか？

クランたちはアルに先導され、ホールへと足を踏み入れた。昨日も通った場所である。昨日は気にする余裕もなかったが、よく見れば、ひとつのテグミネだけが周囲を飾り立てられ、その前には供物らしき食べ物が置かれている。それに対して他のテグミネは、明らかに質素な飾りが施されているに留まっていた。

「これが神の眠る箱です。この中に。普段は開けることを禁じられていますが、今は特別です」

アルは飾り立てられたテグミネの前に立つと、後ろに控えているガマとルタに合図をした。二人が蓋に手を掛け、力を込める。どうやらパネルの操作については知らないが力尽くで開くことは知っているらしい。ゆっくりと蓋が両側に開いていく。その中から現れた人物を見て、再びクランは驚き声を上げそうになった。

子どもだ。

中に横たわっていたのは、チューブを身体中に接続されたまま長い眠りについている、女の子だった。まだ五、六歳くらいだろうか。髪の毛は肩より少し長く、艶やかな黒を保っている。子どもらしく額は広いが、流石にシモンやマクノアーのそれほどではない。彼女は可愛らしい顔つきのまま、じっと目を閉じて横たわっていた。

「子ども……」

シーナもそれを見て絶句している。それはそうだろう。

クランたち、第一シェルターの被験者の募集には条件があった。二〇代から四〇代までの、健康な者であること。つまり、こんな小さな子どもは端《はな》からコールドスリープの対象外だったのだ。

どうしてこんな年端《としは》もいかぬ子がここで眠っているのか。クランは混乱した。第二シェルターの時には年齢制限が撤廃されたのだろうか？　だがそれにしても、このくらいの歳の子なら当然親の同意が必要だ。親が子どものスリープを許可したというのか？

「どういうことでしょうか。確か子どもはスリープの対象外ですよね。特別な理由があったんでしょうか？」

カイがクランに囁く。クランも頷いた。

「病気だったから仕方なく、とか？　いやでもそうすると今度は健康な、っていう条件まで満たさなくなるな」

ひそひそと会話している四人を、アルたちはしばらく眺めていたが、やがておずおずと「このくらいでよろしいですか」と申し出た。

「あ、ええ、いいです。ありがとう」

シーナが頷くと、アルが再び合図をし、ガマとルタが蓋を閉める。それから一行は隣のテグミネへと移った。そちらも中を確認しておく必要がある。

再び男たちがテグミネの蓋を開いた。今度のものには、生きた人間は入っていなかった。

「ミイラ！　シモンとおんなじ……」

クロエが悲鳴にも似た声を上げてカイの腕を摑む。その中に横たわっていたのは、紛れもなく人間のミイラだった。クロエの言う通り、シモンと同じだ。ただし一点だけ、シモンと大きく違うのは、ミイラにもまたチューブが接続されているということだ。

クランたちはアルに頼んでテグミネを一通り全て見せて貰った。そうしてわかったのは、アルの言う通り、中身は最初の少女のものを除いて、全てミイラが入っているということだ。しかしその内容は比較的バラエティに富んでいた。最初の少女ほどではないにせよ、比較的若く見える者もいれば、明らかに総白髪の高齢者もいる。やはり年齢制限が取り払われたのかもしれない。

しかし、そのことはクランたちにとっては二の次だった。重要なのは、ここに九人のスリープ失敗者の遺体と、一人の成功者がいる、ということだ。同じ境遇を分かち合えると思っていた人間が、たった一人、しかも幼《おさな》い少女しか残っていない。クランの胸中には絶望にも似た苦い気分が広がっていた。

テグミネの確認を終えると、クランたちは改めてアルに向き合った。

「……このミイラたちはどうしてこんなことに？」

「ミイラ、というのはこの人形たちのことですか？」

アルがよくわからない、という顔で尋ね返す。そこでシーナが、ミイラとはどういったものなのかを一から説明する必要があった。

「なるほど。つまりあなたたちの知識によれば、この人形たちもまた元は人間であったと。だとすればわかりません。マクノアーに伝わる話では、ここはマクノアーが見つけた時からずっとこの状態だったといいます。一人の神と、九つの人形。それは変わりません」

「どうやらスリープのかなり早い段階で亡くなったようですね。しかしそれにしてはテグミネはストップしていない。スリープ中に何か不具合でもあったんでしょうか」

カイが呟く。

「アルさん、聞きたいことがまだたくさんある。一度さっきの部屋に戻りませんか」

クランが提案すると、アルは頷いて再び談話室へと向かった。クランたちもその後を付いていく。更にその後ろから、ベタやガマ、ルタ、ファイといった面々が付き従う。

談話室に再度腰を落ち着けると、クランが切り出した。

「まず、一番疑問なのは、どうしてマクノアーの顔が皆似ているのかということだ。その顔は、俺たちの死んだ仲間にそっくりなんだ。シモンという男なんだが、それについて何か知らないか」

するとアルは困った顔になり、ベタとガマと顔を突き合わせ、何事か確認する素振りを見せた。その様子をクランたちは固唾を呑んで見守る。やがてアルが向き直ると、重々しく口を開いた。

「顔が似ている、と言われても我々にはわかりません。それにシモンという名にも聞き覚えがない。我々は昔からこうです。我々から見れば、あなたたち神の方が、不思議な顔をしている」

「一五〇年以上前に、誰か一族の人が俺たちのシェルターに入ったことがあるんじゃないか。いや、ある筈なんだ。何か記録でも、伝説でもいい。そういった話は伝わってないのか」

クランが尚も食い下がる。しかしアルは益々困った顔をして首を傾げた。

「あの扉は、遥か昔、私の何代も前の頃から、誰も立ち入ってはいない筈です。立ち入った者がいればすぐにわかる。我々は常にお互いがどこにいるかを知っていますから」

「だけど、こっそり入った者がいれば……」

「そんな者はいません。神の居場所を侵すようなことをすれば、天罰が下る。そんなことくらいマクノアーはみんな知ってます」

埒《らち》が明かない。クランはひとつため息をついた。そもそも一五〇年も前にこっそり行われた出来事なら、今現在知る者がいなくても不思議はない。アルの態度からは、何かを隠している様子は見受けられなかった。

「わかった。質問を変えよう。マクノアーはどうやってこのシェルターに入り込んだんだ？　それにこっちのシェルターだって神の居場所じゃないのか。どうしてこっちは入ることになったんだろう」

「それはわかりません。ずっと昔のこと。だけどこの家については、少なくともずっと昔からあるトンネルがあります。ここの扉は内側からしか開きませんが、トンネルを通れば出入りは自由にできます」

「トンネル？」

「そう、トンネル。向こうの、暗い広間の奥にあります」

クランはシーナと顔を見合わせた。

どうやら、最初にこのシェルターを見つけた人物は、トンネルを掘ってここへ到達したらしい。そしてここに住み着いた。おそらくだが、その時はまだシェルターを神の居場所とする認識はなかったのだろう。

しかしシェルター内で、眠り続ける少女とそれを守るように配置された九体のミイラを見つけ、それを神格化するようになった。故にクランたちのシェルターが発見された時には、入ることができないそこを神の居場所だとする意識が生まれた。そんなところだろう、とクランは見当をつけた。

「そのトンネルは後で見せて欲しい。それから次に、マクノアーはどうしてこんな隔絶したところで暮らしているんだ。首都圏に行こうとは思わないのか？　他の人間のいる社会には馴染めないのか」

「首都圏とはなんですか？　他の人間とは？　我々はマクノアーで、世界にあるただひとつの選ばれた者たちです。他の動物は皆喋れません」

つまり、他の人間の存在をそもそも知らないということか。クランは納得した。他の人間の存在を知らず、交流もないからこういう暮らしをしている。与えられた千年前の技術は神からの賜り物であり、それを自ら生み出す文明はない。

「それじゃ最後に、俺たちを襲い、仲間を一人殺したのはあなたたちか？」

クランはずっと胸につかえていた疑問を吐き出した。この返答次第では、マクノアーたちは敵になる。

しかし拍子抜けすることに、アルは三度困った顔で首を傾げた。

「それもわかりません。あなたたちの仲間を襲った？　我々は人間を殺しません。殺すのは食べるものだけ」

「確かか？　俺たちの仲間の女が一人、四日前の夕方に殺されたんだ。カラスに襲われて逃げ惑っている間に、いつの間にか。彼女は地面に掘られた穴に入れられて、上からコンクリートの塊を被せられていた。まるで隠すように」

　クランが一息に喋る。しかしまるでアルには響かないようだった。相変わらず困った顔を浮かべているのみである。少しして、隣に控えていたガマが口を開いた。

「アル、あの時のことですよ。四日前に、北の空でカラスどもがやたら騒いでいた時があったでしょう。ちょうどタウが死んだ日の前の日。あのことじゃないですか」

「ああ、そんなこともあったな。あの時北へ出ていたのは誰だ？」

「あの日は……メガとイプシです」

　聞き覚えのある名が聞こえた。確かメガとイプシというのは、昨日クランたちが捕まった時にナイフを構えていた男女の二人組だろう。

「メガとイプシは何か見ていないか」

「聞いてきます」

　アルの指示で、ガマが談話室を出ていった。どうやらシェルターの外に出て、その二人に話を聞きに行くらしい。

　結局クランが矢継ぎ早に繰り出した質問は、ほとんどが手応《てごた》えなく終わることになった。知りたかったことの大半は相変わらず謎のままだ。わかったことと言えば、この不思議な一族が何百年も昔からここに居着き、本当に他の人間社会から隔絶された生活を送っているということだけだ。

　聞けば、彼らの活動範囲はこの周辺数十キロ程度に収まっているらしかった。その範囲で充分に食べ物を得ることができる。もう少し南に行けば、田や畑もあるという。更にその向こう、南へもっと行くと海に出る。海は食料や資源の宝庫である。そして西に聳《そび》える山の中に行けば、燃料や鳥獣が手に入る。唯一水だけは、主にシェルターの水道を利用しているようだ。これらがマクノアーの活動範囲の全てだった。

アルは最後に、倉庫の奥にあるというトンネルを見せてくれた。

それはどうやら、換気口を拡張したもののようだった。倉庫に繋がる換気口は、スリープ中は閉じてある設定なのだろうが、穴自体は外まで繋がっている。その穴の壁面はシェルターと同様に金属製だが、シェルター本体に比べて随分薄くできていたらしい。

マクノアーに伝わる話が正しければ、最初にたどり着いた者がその金属の穴を拡張するようにして地面を掘り崩し、やがてシェルターに到達したのだという。

「もしそれが侵入経路だったなら、少なくとも俺たちのシェルターでは無理だな。そんな穴は全くなかった」

「そうですね、それは間違いないと思います」

掘り抜かれ、外へと続いているトンネルを見ながらクランとカイが感想を漏らす。トンネルは大人一人が充分に屈んで進める程度には広く、外から時折風が吹き込んできていた。

いくら金属が薄かったとはいえ、千年保つという筈の金属板を破壊し広げるのはかなりの苦労だっただろう。何年も、あるいは何十年もかかったかもしれない。最初に到達したという人物は、それだけこの中に魅力を感じていたということだろうか。クランはその当時に思いを馳せてみたが、結局ピンとこないままだった。

クランたちにあてがわれた寝床は、シェルターの中の個室だった。ただし一人一部屋ではなく、四人一緒の部屋である。個室の中はすっかり改造されており、そこに四人分のベッドが並んでいた。

流石に男女で別の部屋にならないか、と聞いてみたところ、ガマはきょとんとした顔で、「なぜだ」と聞き返してきた。どうやらマクノアーの文化では、男女が別々の部屋を使うものだ、という常識は通じないらしい。彼らの感覚では、いつも一緒にいる四人なのだから同じ部屋で当然いいだろう、ということのようだった。

「まあ、トイレも風呂も別にあるんだから、今まで外で雑魚寝してたのとさして変わらないでしょ」

シーナがからからと笑って言ったので、結局この話は着替えの時だけ後ろを向いていればよい、ということで決着した。それに全員が一緒の部屋にいるのはメリットもある。少なくとも必要な相談をするのにはこれ以上の態勢はない。

「さて、これからどうしようか」

昼食を終えて部屋に落ち着いたクランたちは、改めてそれぞれのベッドに腰掛けて顔を突き合わせた。

「一応、第二シェルターの様子を確認するという目的は達した。マクノアーたちは友好的だし、特段問題はなさそうだ。となると、俺たちは一度前のシェルターに戻るべきかな？」

クランが提案すると、シーナが賛成した。

「少なくとも向こうにはまだ大量に資材が残ってる。それをそのままにしておくのも勿体《もったい》ないし、もしあたしたちに必要がなくてもマクノアーの人たちに分けてあげればいいと思うんだ」

「そうですね。それは良い案だと思います。ただ、クロエが……」

カイがちらりとクロエを見る。ここ数日で歩き通してきたクロエの不自由な足は、かなり疲労が溜《た》まっているようだった。

「最終的に首都圏を目指すとしたら、クロエの足の様子にもよるけどすぐに出発ってわけにはいかないだろうな。痛みはどうだ？」

「えっと……大丈夫、です」

クロエは少し口籠もった。その大丈夫、はつまり、あまり大丈夫ではないやつだな、とクランは了解する。彼女は随分無理をしている。足手まといにならないように精一杯なのだろう。

「どっちにしてもこの調子なら、もっとしっかり準備をしないとな。また何ヵ月か、ここなり前のシェルターで装備を調えてから出直しがいいだろう」

クランが努めて明るく言った。クロエに責任を感じさせるのは得策ではない。足のことはクロエのせいではないし、責任を背負い込んでしまって残り少ない仲間を失うのもごめんだった。

「そうだ、カイ。さっきのテグミネの中にいた女の子。あの子、あと何年スリープが残ってた？　覚えてないか？」

クランが話題を変える。カイがえっと、と少し宙を睨み、それからすぐに答えた。

「あと二年一〇ヵ月くらいでした」

「そっか、やっぱり計算もぴったりだね。このシェルターのスリープはあたしたちから三年後に始まって、あたしたちと同じようにきっかり千年のプログラムだったんだ」

「そういうことになるな」

クランは頷き、頭の中でどうするべきかを思案した。このままだとあの子が起きるのが三年近く後になる。それまでここに留まるべきだろうか。彼女がどういう理由で子どものうちにスリープすることになったのかは知らないが、他の九人が皆死んでしまっている以上、起きた時にマクノアーだけが周りにいるという状況は望ましくない気がする。ましてや彼らは、あの子を神として崇《あが》めているのだ。そんな状況で目覚めてしまえば、彼女の不安は途方もない筈だ。

「強制的に起こすわけにはいかないか」

クランが口に出すと、カイもそうですね、と同意した。

「僕もそれを考えてました。他の大人が一緒に目覚めるならともかく、彼女を一人にするのは可哀想です。ただ、強制的に起こすというのにマクノアーの連中が納得するかどうか……」

「交渉だけしてみてもいいとは思うけど。どういう反応するかわからないね」

「最悪の場合、俺たちが敵視されることになるかもしれない。ならいっそ、三年待つのも手かもしれないな」

「一度首都圏まで行ってみて、それから戻ってきてもいいんじゃない。三年あればいくらなんでも足りるだろうし。それにあたしたちがいなくても、少なくともマクノアーの人たちも無茶なことはしないっぽいし」

シーナは自分のベッドにごろりと横になった。素材が綿ではなく木の繊維でできているらしく、あまり肌触りはよくない。それでもここのところ固い床でばかり寝ていたクランたちにとっては、充分に贅沢《ぜいたく》な寝床だった。

結局結論は出ないまま、とりあえずアルというあの長老らしき人物に、少女のスリープの強制終了を提案し、受け入れられなければ一旦素直に引く、ということで四人は合意した。その後は向こうの出方次第だ。最悪の場合、ここで三年近くの年月を過ごすことになるかもしれない。それでも、あの幼い少女を一人残して旅立つのはどうしても気が引けた。

ひと休みした後、クランたちはこのマクノアーの居住地を一回りしてみることにした。個室を出たところにちょうど通りかかったルタに、近辺を見たいと申し出ると、ルタは少し迷った末に案内を買って出てくれた。

　もっともこの場合は、案内というよりは監視といった方が正しいのかもしれない。アルはクランたちを神の一族として丁重に扱ってくれてはいるが、その実まだマクノアーの中には不信感が残っているのも事実だろう。四人はルタに案内される道中で、彼らを興味深げに見つめる住人たちの視線に、不安の色が見え隠れするのに気付いた。

　シェルターの扉はクランたちのものと同様、内側にあるスイッチで開閉する仕組みだった。外から帰ってきた者は、扉を四回叩くのが合図となっているらしい。そうすると中にいる者が扉を開ける。もしも誰もいなければ、山肌を登って回り込み、倉庫へと繋がるトンネルを通って入る必要があった。

「こっちが普通の家です」

　ルタはシェルターを出ると、山肌が切れ込んでいる先へと四人を案内した。

「こんなところに……道理で気付かないわけだ」

　一般の住人たちの居住区の入り口は、その切れ目の奥に、大きな岩陰《いわかげ》に隠れるようにしてぽっかりと口を開けていた。外から見ただけでは全くわからない。ただ、聞くところによれば、どうやら敢えてこの場所を選んだというより、元々ここに小さな洞窟があったらしい。そこを拡張して今の居住区にしたのだ、というのがマクノアーの伝承になっているようだった。

「マクノアーには紙による記録やなんかはないの？」

　シーナが居住区の中を見て回りながら尋ねる。そこにはシモンそっくりの大人から子どもまで、三〇人以上がそれぞれの生活を営んでいた。元々岩盤が固いところにシェルターが造られているため、この辺りもかなり岩盤は頑丈なのだろう。至る所にアリの巣のように拡張された小部屋が入り組み、まるでファンタジーのドワーフの住処《すみか》のようだった。

「紙は貴重品です。一枚を作るのにとても手間がかかる。だから滅多に作りません。重要なことはみんな聞いて覚えるのです」

「コンピュータは使わないのか。テグミネの近くにあっただろう？」

「コンピュータ……あの壁にある装置のことですか？　あれは誰も弄れる者がいませんので、使いません。神に賜ったものですから、壊したら大変です」

「なるほどね」

ということは、過去の記録も口頭伝承によるものしか期待できないということだ。そうなると一五三年前に何かがあったのだとしても、結局確認は難しい。

一通り居住区の中を見て回ると、次は外に案内をされる。ルタは山肌をすたすたと登り始めた。たちまちクロエが遅れ始める。クランがルタにゆっくり登るように頼むと、ルタは少し眉を上げてから歩調を緩めた。

「この先には何が？」

「墓です。死んだ者が眠る場所。あなたたちが来る前にも、タウという男が死に、墓に入れました」

「ああ、なるほど」

クランは納得し頷いた。四人がシェルターについたその日のことなのだろう。あの時シェルターの周辺に人気《ひとけ》がなかったのは、葬儀をしていたのだ。

一〇分ほど山肌を登った先は、傾斜が緩やかになり広々とした空き地になっていた。木が広範囲に切り倒され、午後の陽光が降り注いでいる。クランは額の汗を拭いながらそこを見回した。

確かにそれは墓だった。何十、いや何百もの平たい石が、等間隔に一面に並べられている。中には自然石もあるが、大半は廃墟から持ってきたらしいコンクリート塊だ。

「これ……」

隣でシーナが息を呑んだ。そうだ。この光景は見覚えがある。

「イリヤの時と同じだ」

後ろからクロエを支えるようにして登ってきたカイも、呆然とその場に立ち尽くした。

「この石の下に、死者が眠っている」

ルタは手近な平石を指さし、それから両手を合わせる仏式の祈りに似た仕草をした。それが彼らの祈りの形なのだろう。しかしクランたちはそれどころではなかった。

「それじゃあもしかして……」

シーナが言いかけた時、後ろから何人かの足音が登ってきた。振り返ると、そこには二人の男女を従えたガマが立っていた。

「メガとイプシを連れてきました。二人から皆さんに話があります」

ガマが横に避ける。するとメガとイプシが前に進み出た。改めて見てみると、ガマやルタと比べてかなり若い。二〇代くらいだろうか。若干青ざめた顔をしているのは気のせいではないだろう。

「この者たちが、あなたたちの仲間の女を手に掛けたと認めました」

クランたち四人の間に、諦めや納得にも似た空気が流れた。

やはりそうだ。当然、マクノアーたちの中に犯人がいる筈なのだ。

あれはイリヤの墓なのだから。

「説明してくれるか」

クランが促すと、メガがおずおずと口を開いた。

「あの日、俺たちは森の中で燃料を集めていました。だけどあの日は妙にカラスが騒がしかったので、身を潜めて様子を見ていたんです。そしたらあの女の人が……俺たちと目が合いました。そしたら突然、女の人がナイフを手にして襲いかかってきたんです」

「本当です！　だから殺されたくなくて、メガと女の人が戦いました。それで気付いたら女の人が倒れてて。そのままにできないから、二人でお墓を掘って……」

メガの言葉を途中からイプシが引き継ぐ。しかし今度は、その台詞をカイが遮った。

「待ってください。そんなの信じられない。イリヤさんが君たちを襲った？　そんなことをする理由がない。何か行き違いがあったんじゃないですか」

「本当なんです！　あの人はナイフを持って、摑みかかってきたんです。それで仕方がなくて」

メガはわなわなと震える唇で必死に弁解をした。おそらく、ここへ来る前にガマなりアルなりから相当きつく言われたのだろう。事と次第によっては彼らにマクノアーとしての処分が下されるのかもしれない。

クランは若い二人への同情と、憤りがないまぜになった感情をどう扱えばいいかわからず、黙って二人を見つめていた。クランとしてもカイと同様、イリヤがこのマクノアーたちに突然襲いかかるとは信じられなかった。そんな暴力的な人物ではなかった筈だ。しかし一方で、イリヤが攻撃をしたのでなければ、この二人がイリヤを襲う動機もなさそうである。ましてや殺害した後に、墓までわざわざ造って丁寧に葬っているのだ。

「もし、皆さんがこの二人を罰するべきだというのであれば、マクノアーは二人に罰を与えます。今回一番被害を受けたのはあなたたちなので、あなたたちに決める権利がある。どうしますか」

ガマが重々しく宣言した。

墓地に沈黙が降りた。クランたちもどうすべきかわからず、互いに顔を見合わせる。たっぷり二〇秒ほどの間があり、それからシーナが答えた。

「イリヤが殺されたのはあたしたちにとっても非常に大きな損失です。だけどそれが不可抗力だったなら、それはあまり二人を責められない。それに、二人を罰したところでイリヤが帰ってくるわけじゃない。だから……」

シーナが他の三人に目線をやる。クランはそれを受けて頷いた。確かにショックではあったが、今更この二人を罰してもどうしようもない。

「いいです。罰はいりません。その代わり、ふたつ、こちらの頼みを聞いて貰えませんか」

「頼みとは？　なんですか？」

ガマが首を少し傾げる。この異邦人たちがそのような選択をすることに驚いている、という表情だった。シモンそっくりの大きな目が、更に見開かれている。

「ひとつ目に、ここにいる間のあたしたちの安全を保障してください。これ以上あたしたちも怯えたくはない。もっとも、これはマクノアーの皆さんが全員であたしたちに敵対する気になれば無駄な頼みですが」

「いや、それはない。アルがあなたたちを客と認めています。わかりました。あなたたちに護衛をつけましょう。マクノアーの中にあなたたちに害を為《な》す者が他にいるとも思えませんが、それで安心するのなら」

「わかりました。それからふたつ目。こちらの方が重要なんですが」

シーナは言葉を切って少し息を吸い込む。

「あなたたちが神と呼んでいるあの少女を起こしたいんです。あの子はあたしたちと同じ、千年前に眠っただけの人間です。だからあたしたちが保護したい」

シーナの発した頼みを聞いて、今度はガマも明確に困った表情を浮かべた。

「それは……しかし、あれは我々の神ですから……」

「だけど、あたしたちの存在が、彼女が単なる一人の人間であるという証拠になりませんか」

尚も食い下がるシーナに気圧《けお》されたのか、ガマはしばらく唸った後に、「わかりました」と答えた。

「ともかくアルに話してみます。少しお待ちください」


その日の夜、クランたち四人は、少々手狭な個室に並べられた四つのベッドにそれぞれ横たわっていた。

夕食はそれなりに豪華なものだった。なんとかクランたちの気持ちを宥めようということなのか、それとも未だにクランたちを神だと信じているのか、明らかにマクノアーの日常生活からすればご馳走だと言えるだろう料理が並べられた。

アルやガマたちと一緒にそれを囲みながら食べていると、アルからイリヤの件についての謝罪があった。

「改めてすまないことをしました。マクノアーの掟《おきて》では、人を殺すことはとても重い罪。それが神であればなおさらです。しかしあなたたちは、彼らを裁かなくていいと言う。なんと言っていいかわかりません」

クランたちはアルの言葉に、曖昧に頷く他なかった。イリヤを失ったショックはまだ四人の胸の内に深く巣食っている。だが、メガもイプシも、必死にイリヤに襲われたのだ、と主張していた。果たしてそれは保身のための嘘だったのだろうか。

それは違う、とクランは考えていた。状況証拠だが、不可抗力だったと考える方が筋が通る。もしイリヤを明確な殺意をもって襲ったのなら、その遺体をわざわざ苦労して埋葬する意味がない。それに何より、イリヤに刺さっていたのはイリヤ自身が持っていたナイフだ。マクノアーたちが使っている刃物とはまるっきり異なる。それはつまり、イリヤが少なくともナイフを取り出したということを示している。

「しかし、我らの神を起こすということは、すぐに受け入れられるものではありません。我々はこれまで何百年もの間、彼女を奉ってきました。それが普通の人間だから、と言われても、マクノアーたちの感情がそれを許さないでしょう」

結局、その件はしばらく考えさせて欲しい、ということで保留となった。致し方あるまい、とクランたちは一旦引き下がることにした。ひとつのコミュニティの、信仰に関わる重大事だ。そう簡単に事が運ぶとも思えない。

「やっぱり三年くらいは待つことになるかもね」

シーナがベッドでうつ伏せになり、クランの方に顔を向けた。

「その間、どうしようか。ここにいるか、シェルターに帰るか、それとも人間のいる街を目指すか」

「俺は一旦シェルターに帰りたい。どっちにしてもこの中は居心地が悪いよ、彼らには悪いけど」

「そうですね」

カイも自らの腕を枕に寝転がって同意した。

「シモンさんの顔ばかり見てて、眩暈がしてきました。僕もシェルターに帰った方がいいように思います。どうせ三年待てば女の子も起きるんだし、その頃にまた来ればいい。ただ、もう一度交渉だけはしてみましょう。今起こせるならその方が良いですしね」

「私も、賛成」

唯一ベッドに正座し、居住まいを正しているクロエが同意する。

「都会を目指してもいいですけど、私の足だとまだ足手まといだと思いますし……」

「それにしても、結局わからないことがまた増えちゃったね。マクノアーとシモンの関係はなんなのか。イリヤはどうしてマクノアーの二人を襲ったのか。スリープしてた筈の九人はどうして死んだのか。そしてあの少女は何者なのか」

「シモンさんについては、やはりマクノアーがシモンさんの遺伝子を受け継いでいるとしか思えないですね」

カイが欠伸を嚙み殺しながら言う。気付けば時刻は夜の一〇時をまわっていた。

「だとすれば、やっぱりシモンがシェルターに侵入してきた女の人を暴行して、女の人がその子どもを身ごもったってことになるけど。だけどその後シモンは殺されてる。それにあの冷凍された子どもの遺体。あれがその女と一緒に侵入した人物なら、シモンに暴行を受けている間黙って見てるとも思えないし」

「だけど他に説明は付かないと思う。だって他にシモンの遺伝子が残るストーリーがあるか？」

「そう言われると……思いつかないけど。でも、少なくともマクノアーの人にとっては、シモンも神だったわけでしょ。それが殺すまでするかなあ。神の子を授かった、とか言ってむしろ喜びそうな気もする。あとは前も言ったけど、たとえ一人だけシモンの子がいたとしても、その遺伝子が一族中に広がるなんてこと、一五〇〇年ぽっちじゃあり得ないと思うんだよね」

シーナがため息をついた。

「そもそも、マクノアー以外にももしかしたらこの辺りに人が住んでるかもしれないですよね」

クロエがふと思いついたように首を傾げた。

「今はわかりませんけど、少なくとも一五三年前にはそういう人がいたかもしれません」

「なんかどの説もぴったり嵌まらないんだよね。全部のことが説明できるストーリーが思いつかない。こっちのシェルターの被験者が死んでたのは、シモンのことと関係あるのかな」

「俺としては関係ない方がおかしいと思うけどな。何者かが侵入して殺害し、ミイラ化したシモン。それにシモンそっくりの奴らが侵入して支配しているシェルターと、その中でミイラ化した被験者。偶然の一致にしちゃ要素が共通しすぎてるんだよ」

「イリヤさんがマクノアーの二人に襲いかかったのは、シモンさんの復讐だった、っていうのはどうですか」

不意にカイが思いついたように言った。

「どういうわけかわかりませんが、イリヤさんはシモンさん殺害の犯人がマクノアーだと知っていた。そしてあのタイミングでマクノアーを見つけ、復讐を遂げるために襲いかかった。だけど返り討ちにあった。どうでしょうか」

「イリヤってそんなにシモンと親しそうだった？」

「少なくとも、閉鎖環境試験の時には割とよく一緒に喋ってたと思います。まあどっちかというとシモンさんから積極的に話しかけてたみたいでしたけど」

クロエが記憶を手繰《たぐ》るように視線を彷徨《さまよ》わせる。クランも同じようにスリープの前の閉鎖環境でのことを思い出していた。あまり明確な記憶がないが、確かによく一緒に話していたような気がする。

「もしかすると、マクノアーだと知っていたのかどうかはともかく、そう信じていたってことかもしれないな。それで知らない人間を見かけて、犯人に違いないと思い込んだ。ナイフを取り出して口を割らせようとして……」

カイが、とうとう考えるのを諦めたように完全に寝転んだ。あらゆる要素が複雑に絡み合い、解ける気配がない。膨大な時間の中で証拠は霧散し、クランたちが真相にたどり着くのを拒《こば》んでいる。

「寝ようか」

シーナの言葉を合図に、全員がベッドに潜り込んだ。ざらりとした植物の繊維の感触が肌を微かに刺激する。

「明日、こっちのシェルターのコンピュータを見てみませんか」

カイが提案する。

そうだ、そういえばそれがあった。クランたちのシェルターのコンピュータは、情報が一二〇年ほど、ぽっかりと抜けていた。しかしこちらのシェルターには、そこの情報が残っているかもしれない。シモンの事件が一五三年前だとすれば、ちょうどそれが起きた直後のことだ。もしかするとヒントになることが書いてあるかもしれなかった。

誰かが、同意の返事をしたようだったが、すぐに寝息が聞こえてきた。シーナのものだろう。この寝付きの早さは実に羨ましいことだ。クランは音のする方に視線をやり、ひとしきり緩やかに上下するベッドの膨らみを眺めた後、自らも目を閉じた。

10　絶望と少女

翌朝目を覚ましたクランが個室の外を確認すると、そこでは一晩中そこに控えていたらしいマクノアーの若者が、眠そうな目で座っていた。

ガマが言っていた護衛ということらしい。どの程度効果があったかはわからないが、少なくとも昨晩は、何も危害を加えられていない。

朝食の席は、昨日までに比べると幾分質素なメニューになっていた。そう何日も歓待はしていられないということだろう。それでも焼き魚や果物といった、新鮮なメニューが並ぶだけでもありがたい。今のところ、クランたちの確保している食料はビスケットと第一シェルターにある冷凍食品だけだ。

「我々の神を起こしたい、というあなたたちの願いは、残念だが聞き入れるわけにはいかない」

アルが食事を口に運びながら、クランたちに重々しく告げた。それを聞いたクランは、やはりそうなるか、と内心でため息をついた。これを覆すのは難しそうだ。

「やはり彼女はマクノアーの心の拠《よ》り所《どころ》だ。それがたとえ千年前の人間だと言われても、マクノアーの中には納得できない者もいる」

「しかし、彼女は放っておいてもじきに目覚めますよ」

カイが食い下がった。

「僕らと同じように、スリープが終了すれば自動的に目覚めます。それなら今目覚めても同じでは」

「自然に目覚めるのならそれは定めです。今目覚めても同じだというなら、自然に目覚めるのを待っても同じ。彼女はいつ目覚める予定なのか？　それまで待つわけにはいかないのでしょうか」

「いつって……三ね――」

その瞬間、クランはふと思いついてカイの肘《ひじ》をつついて黙らせた。そして被せるように口を開く。

「俺たちにもわからない。だが近いうちに目覚めるのは確実だ。まああなたたちがそう言うなら、目覚めさせたいという希望は取り下げましょう。おとなしく自然に目覚めるのを待つことにするよ」

カイが眉を顰めてクランを睨む。そして小声でクランに耳打ちした。

「なんですか。交渉だけでも――」

「いいから。俺に考えがある」

クランも声をひそめて返すと、再びアルたちに向き合った。

「その代わりと言っちゃなんだが、ここのシェルターのコンピュータを触らせてくれないか。ここのマクノアーの人たちでは操作がわからないから放置していたんだろ、確か」

「それなら構わない。我々もあの装置には興味がある。あなたたちが解き明かしてくれるなら、それは喜ばしいことだ」

朝食を終えて一旦個室に引き返し、部屋の扉を閉めた途端に、カイがクランに食ってかかった。

「どういうことです。ダメ元でも交渉はしてみるって話じゃ」

「あの感じを見ただろ。何を言っても無駄だよ。それより、カイ、テグミネの強制終了の操作にはどのくらいかかる？」

「どのくらいって……操作だけなら一分もあれば終わりますけど」

困惑した表情を浮かべるカイの横で、シーナがくすくすと笑い始めた。

「そういうことか。クラン、こっそり強制終了しちゃえってことね」

「そういうことだ。夜中にでも操作して強制終了しちまおう。そうすればきっと彼らには、自然に起きたように思えるだろう。それなら文句も出ない筈だ」

それを聞いて、カイも釣られたように笑い出した。

「ああ、そういうことか。そうですね、それがいい気がしてきました」

「今晩、マクノアーの連中が寝静まった頃に決行だ。カイ、うまいことやってくれ。俺たちで護衛は引きつけとくから」

「僕ですか。大丈夫かな……」

カイは若干不安げな表情を浮かべたが、拒否する様子はなかった。テグミネの操作に最も慣れているのが自分だということは重々承知しているのだろう。

四人は方針を確認すると、テグミネの並んだホールへと向かった。コンピュータの据え付けられている場所の目の前には、雑多な物が並んだ棚が置かれていて、操作するスペースすらない。クランたちは早速、近くにいたマクノアーに手伝わせてその棚を横にどける作業に移った。

苦労して重たい棚をどかすと、奥からは、布が被せられたまだ綺麗なままのコンピュータが姿を現した。何百年も外気に曝されていたにしてはまだ充分動きそうである。おそらく棚が前に置かれていたことや、布を被せてあったことが奏功したのだろう。

カイがディスプレイの電源を入れる。クランたちのシェルターで見た覚えのある画面が映った。大丈夫そうだ。このコンピュータは生きている。

「どんだけ頑丈なんだよ」

クランが呟くと、シーナがほんとだね、と同意した。かつてはコンピュータなど数年でダメになるのが当たり前だった時代もあるのだ。いくらその頃から数十年のうちに技術が飛躍的に進歩したとはいえ、千年前のものがまだ動き続けているというのは信じがたい話だ。ましてや密閉されていたクランたちのシェルターと異なり、ここは開放されてしまっているのである。

「ええと、イリヤさんはどこを開いてましたっけ」

カイがいくつか適当なファイルを弄りながら尋ねる。ＡＩの自動収集データを開くところは、イリヤが一人でやっていた。クランたちも覚えていなかった。

しばらく操作しているうちに、ようやくそれらしきものが見つかった。開いてみると、確かに二〇四一年、クランたちがスリープに入った三年後からの、世の中の動きが一覧で表示された。

ふと気が付くと、クランたちの後ろにマクノアーたちの人垣ができていた。どうやら皆、この機械が珍しくて仕方ないらしい。何十と並んだシモンの顔が、口々にあれはなんだ、とか、文字がたくさんある、などとざわめいている。

「カイ、それじゃ一五〇年くらい前まで飛ばそう。そこまでは一度読んだし、同じだろう」

「そうですね。おそらく同じようなＡＩを使っているんでしょうし……」

画面をスクロールしたカイの手が、次の瞬間ぴたりと止まった。

画面には、「情報なし」の文字が表示されている。

「……なんだ？　こっちも空白か？」

クランが眉を顰める。

「と、言うか、なんなら向こうで情報があった年も空白です」

カイも困惑した様子で、データの示す年代をどんどん遡り始めた。

「二八〇〇年……二七〇〇年……二六〇〇年、ダメです。ずっと情報なしです」

「こっちはもしかしたら壊れちゃってたのかな」

シーナが少しがっかりした様子で呟く。もしかするとマクノアーたちがここに侵入した直後に、色々弄ったせいかもしれない。それが影響してデータ収集が止まってしまったのだとすれば、残念だがどうしようもない。

「二四〇〇、二三〇〇、ここもずっとないですね」

「データのあるのはどこまで？」

「えっと……あれ？　二年間だけだ」

「二年？」

「ほら、見てください。二〇四一年と二〇四二年しかフォルダがない。他は全部データなしです」

まさか、マクノアーたちの侵入がそんなに早かったというのだろうか。しかしその頃は、そもそもまだ強制移住政策が行われていない筈だ。この辺りにも大勢の人間が住んでいた頃である。

やはり機械の単純な故障か。

クランはため息と共に、腕を組んでカイの操作を見守った。カイが二〇四一年のファイルを開く。

そこに表示された文章を見て、四人の時が止まった。

画面には、およそ信じがたい文字列が並んでいた。

――二〇四一年七月、ＨＥＸウィルスの感染拡大止まらず。世界中で死者四〇億人を突破。ＷＨＯ、ＨＥＸウィルスが人為的に作られたものであると結論。アメリカが事実上の無政府状態に。中国で人口の八割が死亡したとの推計。

――八月、日本のハスタ研究所が、ＨＥＸウィルスを作成したことを認め、このパンデミックが研究所の元研究員によるバイオテロであることが判明。イギリスの製薬会社Ｒ＆Ｂが治療薬の治験を実施するも、量産体制をとることが困難と発表。

――九月、アメリカ最後の航空会社が操業を停止。大陸間の渡航が事実上不可能に。ＷＨＯ、アフリカ大陸の人口の九割以上が死亡したと見られると発表。世界各地で暴動が頻発、警察組織は既に機能停止。

「どういうことだ……？」

クランは呆然として呟いた。

何度読んでも、脳がその文章の意味するところを理解しようとしない。

これは、俺の知っている歴史ではない。

ＨＥＸウィルスとはなんだ？　世界の人口の半分が死んだ？

思わず何か問いかけようと横を見ると、隣では、シーナが目をきつく瞑っていた。口を開いても言葉がそれ以上出てこない。同じように茫然自失《ぼうぜんじしつ》のカイが、それでもスクロールを続けると、そこには尚も信じがたい情報が続いていた。

ここの記録の中の人類は、かつてないウィルスによるパンデミックに見舞われ、その数を急速に減らしていた。

だがそれでは、クランたちの見た歴史はなんだったのだ？　さして変わることのない、俺たちが飛び越えてきた人類の繁栄の軌跡は、どこへ消えたのだ？

混乱の中で、カイのスクロールは記録に残る最後の年にたどり着いた。

そこにあったのは、人類の断末魔だった。

――二〇四二年二月、世界人口の九九・九パーセント以上が死亡したとの報道を最後として、イギリスBNN社が業務の停止を発表。

クランは思わず床に座り込んだ。

そんな筈はない。

そんなことがあるわけがない。

この記録は何かの間違いだ。クランたちのシェルターの記録と全く異なっている。

頭の中で理解を拒否する声が響く。

それとは対照的に、現実のホールは静まりかえっていた。

マクノアーたちは、四人の異変を感じ取ったのだろう、ひそひそと互いに言葉を交わしながら成り行きを見守っている。

カイはスクロールしていた手をだらりと垂らし、椅子にもたれかかったまま身動きをしなかった。

クランと同じように床に座り込み、嗚咽《おえつ》を漏らしているのはクロエだろう。

ただ唯一、シーナだけが、じっと画面を見つめながら、口の中で何事か呟いていた。

「何の冗談だよ」

クランが乾いた口でようやく言葉を発した。ここが外の灯りの下なら、顔が青ざめているのが見て取れたことだろう。それほどに、自分の顔の血の気が引いているのが自覚できる。

「多分、こっちが正しい」

シーナが、苦悶《くもん》の声を絞り出すようにして答えた。

「正直、可能性はあると思ってた。だけど言えば、みんなショックを受けるだろうと思って」

「人類が？　本当にいなくなったってのか？　あんなに、世界中にいたのに？　だって俺たちのシェルターじゃ……」

「そう。だからまだわからない。わからないけど……、あたしたちのシェルターの情報は、今思えばどこか不自然だった。千年も経ってるのに、書いてある内容が、あたしでも想像できる歴史ばっかりだったから。だから、どういう理由かは知らないけど、ＡＩが嘘の歴史を書いたのかもしれない、って思ってはいたの」

「まさか……」

「ここを捜してる最中に、小さなシェルターみたいなのがあったでしょ。あれは今にして思えば、ウィルスのパンデミックから逃れようとしたお金持ちのものだったんだと思う。やってきた奴らっていうのは、自分たちもシェルターに入れて欲しくて来た街の人たちのこと。そう考えれば、他の違和感も全部説明が付く。あたしたちが起きたのに職員が誰も応答しないこと。文明レベルの極端に衰退したマクノアーの人たち。あたしたちの記憶にある、千年前の街並みがそのまま滅びたような廃墟。それに……街の中に転がったままのたくさんの白骨。廃棄物の埋め立て地にあった大量の薬品のアンプルや注射器。全部、この記録が正しいって示してると思う。残酷だけど、高い確率で」

ホールに再び、低いざわめきだけが響いた。

「じゃあ、強制移住政策もクソもないのか。この国にいる人間が、このマクノアーと俺たちだけっていうことも――」

「あり得るね」

クランは絶望の唸りを発して黙り込んだ。

頭の中は痺れたように働こうとしないのに、心臓だけがやたらと速く強く鼓動を刻んでいる。

突然、隣でクロエが床に倒れ伏した。呼吸が浅く、速い。

慌てて駆け寄ったシーナが、彼女の様子を手早く観察した。

「多分過呼吸だ。クロエ、大丈夫。ゆっくり落ち着いて」

シーナの手がクロエの背中を擦る。クランも何か手伝わなければという気持ちはあったが、全く足が言うことを聞かない。カイも同様だった。放心状態のまま、モニターの前の椅子から立ち上がろうともしない。

引き攣ったように嗚咽を漏らすクロエの呼吸が少しずつ安定した頃、アルが他の主要メンバーを引き連れてやってきた。

「……一体、どうしましたか」

「いえ。ちょっと……ショックなことがあって」

尚も呆然としたまま、クランが応えた。

「アルさん。この世界には、マクノアー以外の人間はいないんですか。本当に？」

カイが縋《すが》り付《つ》くように尋ねると、アルは肩を竦めた。

「そう思いますよ。他の人間に会ったのはあなたたちが初めてです。以前にも言った通り、マクノアーの伝承にも、他の人間のことは出てきません」

今や、その言葉の重みは、四人にとっては死刑宣告と同等だった。

この世界にいるのは、少女を含めて時を超えてきた五人。そしてシモンそっくりの顔をしたマクノアーの数十人。それだけなのだ。

やがて少しだけ落ち着きを取り戻し、ぐったりとなったクロエを抱えるようにして、クランたちは再び個室へと戻った。アルたちが「一体何事だ」と尋ねてきたが、説明する気力すら湧かなかった。いずれ話すから、とだけ言い捨てて、扉を閉める。誰とも会う気がしなかった。まだ午前中だというのに、このまままもう一度コールドスリープに入りたいくらい精神が疲弊している。

「だけど、どうして俺たちのシェルターはあんな歴史が記録されていたんだろうな」

クランが呟いた。答えを期待したものではなかったが、ベッドの隅で膝を抱えて座り込んでいるシーナが、わからない、と答えた。

「何かAIの挙動がおかしかったんだとは思う。何かの拍子に、変な命令を出されたのか……イリヤがいればもう少し詳しくわかるんだろうけど。あたしはやっぱりコンピュータはあんまり得意じゃないから」

結局、その日は四人とも、ほとんど食事も摂ることなく、個室に籠もって過ごした。何度か心配したマクノアーの者が訪ねてきたが、その度に適当にあしらって追い返した。

もはや四人には、明確な目標が無くなっていた。人間社会が構築されている首都圏を目指す意味はない。元のシェルターに戻っても孤独が増すだけだろう。残された道は、この集落で、マクノアーたちと一緒に生涯を終えることだけだった。

「イリヤさんとマルコ君は、良い時にいなくなったのかもしれませんね。それにシモンさんも」

カイがぽつりと零した。シーナが、バカなことを、と小声で窘めたが、それ以上誰も何も言わない。頭の中では皆同じことを考えていただろう。

——自分もいなくなりたかった。

いっそ、あと千年、コールドスリープに入ろうか、という考えさえ頭をよぎる。もしかすると更に千年後には、マクノアーたちの子孫が繁栄し、再び人間社会が構築されているかもしれない。しかしそれが分の悪い賭けであることはクランも承知していた。マクノアーは千年の間、数十人の集落を維持するので精一杯だったのだ。千年後には途絶えてしまっている可能性の方が高いだろう。

さして感じない空腹を、鞄の底に残っていたビスケットで適当に紛らわせる。クランにとって、この無為な時間そのものが己の人生なのだ、と強く感じられ、何もかもがもはや虚しく思えた。

「あの子、やっぱり今夜起こしましょう」

ぼうっとしたまま過ごしていた夕方に、唐突にカイが提案した。

「他に僕らには救いがない。彼女を起こせば、一人だけでも僕らの仲間が増えます。たとえ小さな子でも、いないよりよっぽどいい。僕は三年も待てません」

その言葉に、他の三人も黙って頷いた。そうだ。彼女が唯一の、そしてごく小さな希望の光だ。マクノアーにとってそうであったように、今やクランたちにとってもまた彼女は女神なのだ。

ようやく目の前にやるべきことが持ち上がり、少しだけクランの中に活力が湧いてきた。俺たちのすべきことは、あの少女を守ることだ。彼女がこの何も無い世界で生きていけるように、支えてやらなければならない。

吹けば飛ぶような、張りぼての使命感だったが、それでもクランたちは夜を待った。

夕食の時間が過ぎ、やがてシェルターの中に響いていたマクノアーたちの声がひとつ、またひとつと消えていく。時計が一二時をまわる頃には、すっかり静かになっていた。

「そろそろいいだろう」

クランがそっと個室の扉を開ける。後ろにはカイが控えている。そこには見張りがいる筈だ。まずはそいつをどうにかする必要がある。

「どうしましたか。トイレですか?」

扉の外から声がかけられた。そのまま全開にする。そこに立って、こちらを振り向いた顔に見覚えがあった。

「確か、イプシ……」

クランが記憶をたどって名前を思い出す。誰もが似た顔をしているが、やはり少しずつ異なってはいる。見張りに立っていたのは、イリヤを返り討ちにしたという二人の片割れの少女だった。

改めて見れば、年の頃はまだ一〇代だろう。イリヤのように一目で女性だとわかる体型ではないが、声は明らかに女だった。

「そうです。よく覚えていますね」

イプシが少しはにかんだ。

「どうして君が見張りに?」

それは、イプシの立場への疑問でもあったし、年齢や性別への疑問でもあった。イプシは仮にもクランたちに危害を及ぼした張本人だ。それに護衛としては、これほど頼りない人選もない。しかしクランの困惑をよそに、イプシは平然とした様子で答えた。

「勿論、私が志願したんです。わざとでないとは言っても、あなたたちには取り返しの付かないことをしてしまいました。だから私がせめてあなたたちを守りたい、とアルに言ったんです」

「そういうことか」

クランは振り返って他の三人の顔を見た。イプシが相手なら、あるいは強行突破ということも可能かもしれない。しかし少し間があって、シーナがゆっくりと前に進み出た。

「イプシ、ちょうどいい機会だから、ちょっと話を聞きたいの。中に入ってくれる？」

「私ですか？　でも私はきっと役に立ちません。アルか、そうじゃなきゃルタとかを起こしてきます」

「そうじゃない。あなたに話を聞きたいんだ。少しだけだから。お願い」

シーナが頼み込むと、イプシは大きな目を少し細めて考える様子を見せたが、やがておずおずと個室の中に入ってきた。

考えてみればイプシは隣の居住区で普段暮らしている筈だ。この個室など入ったこともないのかもしれない。彼女は物珍しそうに個室の中をきょろきょろと見回していた。

「あ、じゃあ僕はトイレに少し行ってきます」

「俺もだ」

クランとカイがさりげなく部屋を抜け出す。そちらを気にする素振りを見せたイプシに、すかさずシーナが質問を投げかけた。

「イリヤ――、つまりあなたたちに襲いかかった女の人のことだけど、あの人が二人を見つけた時のことをもう少し詳しく……」

個室の扉が閉まる。その先には、照明が落とされて薄暗くなった廊下が延びていた。

「行こう。時間がない」

クランとカイはすぐに行動を開始した。忍び足で他の個室が並ぶ廊下を歩き、談話室に繋がる扉を薄く開く。その向こうに誰もいないことを確かめると、素早く身体を滑り込ませる。

かつては丸っこい体つきだったカイも、目覚めてからの過酷な日々ですっかりシャープになっていた。クランの通り抜けた隙間を拡張することなく、猫のようにクランの後について談話室へと抜け出てきた。

静まりかえった談話室には、何の気配もない。周囲の壁に置かれた様々な家具や道具にぶつからないようにうに気を付けながら進む。すぐにホールへと続く扉があり、二人はそれを通り抜けて奥の廊下へ向かった。

廊下に微かな足音が響く。やはり夜はマクノアーたちもしっかり休むらしい。昼間に充分な食料確保のための過酷な作業をしているからだろう。そう思えば、今のところタダ飯を貰っている格好のクランたちは若干バツが悪い気もした。

再び扉を通ってホールへと出る。そこでは一台だけ稼働している少女のテグミネが、微かな音を立てているだけだった。午前中に弄っていたコンピュータは、再び布で覆われ、棚の向こうへと隠れている。もし必要があればまた出してはくれそうだが、きっと今後もマクノアーたちがそれを触ることはないのだろう。

「すぐに済みます」

カイがテグミネの操作パネルに屈み込みながら言った。

「強制終了にする時間は操作できるのか」

今通ってきた扉の前に立ち、通路の方を警戒しながら、クランが小声で尋ねる。

「できれば朝に強制終了して欲しいが」

「ちょっと待ってください。多分タイマーか何か……ああ、そうか、それなら強制終了よりもこっちのタイマーを弄って……」

カイが口の中で呟きながら手早くパネルを操作する。

時間にして二、三分だっただろうか。周囲を気にしているクランにはまるで一時間にも感じられる時間だった。

「できました」

カイが僅かに誇らしげに告げる。そして足早にクランの方へと戻ってきた。

「お望み通りです。強制終了するんじゃなくて、残り時間のカウントを弄れました。残り八時間にしてあります。明日の八時過ぎです」

今朝から引き攣りっぱなしだったカイの顔が、ようやく少し綻んだ。クランもにやりと笑みを浮かべる。

操作さえ済めば長居は無用である。二人は再び素早く通路を通り過ぎ、談話室へと戻った。

「明日は、ともかく理由をつけてホールにいるようにしましょう。コンピュータをもう一度見せてくれ、とかなんとか――」

カイが小声でクランに話しかけたところで、突然ガタン、と音がした。

二人はぎょっとして立ち止まり、身体を硬くする。

音はトイレやシャワールームのある筈の方から聞こえてきたようだった。

そちらの扉の向こうで、人の気配がする。

まずい。ここにいることを見咎《みとが》められたら、どんなことになるかわからない。

一瞬、どうすべきかクランは判断に迷った。物陰に隠れるべきか。それとも個室へ続く扉に駆け込むべきか。

人が歩く足音が扉の向こうから聞こえる。やがて扉がゆっくりと開き、向こうから人影が現れる——。

次の瞬間、クランたちは個室に続く廊下にいた。

咄嗟に身体が動いたのだ。カイを引き摺るようにして通路に飛び込み、扉を閉めたのと完全に人影が談話室に入ってきたのがほぼ同時だった。

——バレただろうか？

クランはしばらく、息を殺して談話室の様子を窺った。しばらくの間、談話室が静かになる。しかし十数秒の後、ぱたぱたと歩く音がゆっくりと倉庫の方へと遠ざかっていくのがわかった。

倉庫の一部にも寝床が設えてあるらしい。どうやらその人物は、クランたちには気付かなかったようだ。

まだ高鳴っている心臓を落ち着けるため、ゆっくりと深呼吸をしながら個室に戻る。扉を開けようとしたクランたちの耳に飛び込んできたのは、華やかな女たちの笑い声だった。

「じゃあ、イプシはやっぱりメガのことが好きなんじゃないの？」

シーナの揶揄うような声が聞こえ、一瞬扉を開けるのを躊躇う。

クランがわざとらしく咳払いをした。

それからゆっくりと扉を開けると、顔を真っ赤にしたイプシが立ち上がるところだった。

「ごめんなさい。すっかり長居をしちゃいました。私は見張りに戻ります」

クランとカイと入れ違いに、イプシが部屋を出ていく。

「一体何の話をしていたんだよ」

クランが聞くと、シーナがにやりと笑った。

「何にも。男どもには聞かせられない、ガールズトークだよ」


翌日、朝食を終えたクランたちは、再びコンピュータを見せて欲しい、と理由をつけ、ホールに居座っていた。

狩りや釣り、あるいは採集へと向かうマクノアーたちが、時折ホールに出入りしている。中には昨日に引き続いてコンピュータを弄っているクランたちを不思議そうに眺める者もいたが、大抵は既に慣れてしまったようで、クランたちは空気のような扱いとなっていた。

唯一、今日はルタが四人に同行していた。

「これはどういうものなのだ。ただの機械ではないのか？」

ルタは好奇心も強いようで、カイがコンピュータをいかにも何か探しているという風に操作している後ろで、ひっきりなしにクランに説明を求めていた。クランは適当にその質問に応じながら、緊張してその時を待った。

何度も時計に目をやる。七時半が過ぎ、マクノアーたちが概ね外に出払ってしまう頃になると、益々緊張は高まっていった。八時過ぎになればテグミネがストップする。そうなれば中の少女は目覚め、何かが変わるのだ。

まだ外へ食料調達に行けない子どもたちが遊んでいる声が、微かに扉の向こうから聞こえてくる。一部の大人が残って世話をしているらしい。まさに原始的な人間社会のあり方だった。千年の間、彼らはこうして生きてきたのだろう。考えてみれば、有史以前から、人類は何千年も何万年もこういうスタイルで生きてきたのだ。

やがて時刻は八時ちょうどを示した。クランたちが使っている時計とテグミネの時計が合っていることは既に確認済みである。つまり、あと数分で運命の時刻になるということだ。

敢えて時計を見ないようにして、コンピュータの方に夢中になっている振りを続ける。

その時、突然テグミネからビープ音が鳴り響いた。

「なんだ?」

ルタが驚いたように振り返る。その音の出所が少女のテグミネであることに気付くと、ルタは血相を変えてそちらへ向かった。

「行こう」

シーナが囁く。クラン、カイ、クロエの三人もルタの後に続いてテグミネに近づいた。

音はすぐに鳴り止み、テグミネから白い煙が上がり始めた。どうやら下部に設けられた換気口から冷気を排出しているらしい。

「誰か!　神が!」

ルタが大声で叫ぶ。するとホールに残って何事か作業をしていた女が、こちらに注目するのをやめて、シェルターの奥へと駆け出していった。個室にいる筈のアルを呼びに行ったのだろう。そうしている間にも、テグミネから排出された冷気が霧となってホールの空気を冷やしていた。

カイが満足げに頷く。クランにはこれが正しい動作なのか知る由もないが、カイの表情を見れば、うまく事が運んでいるのは容易に察することができた。

先ほど出ていった女に連れられるようにして、アルがホールへと入ってくる。ちょうどその時、テグミネの中で物音がした。中の少女が動き出したのだろう。

「おお、なんということだ」

アルがその光景を見て理解が追いついていない様子で立ち尽くした。クランたちが説明した筈だが、現実に少女が目覚めるということに想像が至っていなかったようだった。

「神が……まさか目覚めるのか。今」

アルの言葉がホールに響く。低く微かな唸りをずっと発し続けていたテグミネは、今や静かになり、羽化の時を迎えていた。誰もが呆然としたまま、成り行きを見守っている。

再び中で音がする。

クランはふと重要なことに思い至った。そうだ。あの少女には身体中にチューブが繋がっている。誰かが外してやらねば、あの年齢では自分で対処するのは難しいだろう。とりわけ気管に入れられた酸素チューブは、目が覚めた今となっては苦しいに違いあるまい。

「彼女が目覚めたなら、我々に任せてくれませんか」

シーナがクランの意を汲んだようにアルに提案した。

「このままじゃ苦しいと思います。チューブを抜いてあげないと」

しばらくの逡巡《しゅんじゅん》があって、アルが頷いた。

「神の身体に何かあってはいけない。もしどうすればよいか知っているのなら、どうか手を貸してくださらんか」

アルのお墨付きを得たクランたちは、早速行動を開始した。カイがテグミネのパネルを何事か操作する。するとテグミネの蓋がふたつに分かれ、左右に開き始めた。

ホールの柔らかい光が隙間から中へと射し込む。その中で、少女はもがくようにして身を捩《よじ》っていた。

再びビープ音が響く。パネルには、「スリープを終了しました。チューブを抜いてください」というメッセージが表示されていた。

なるほど、こうなっていたのか、とクランは勝手に納得した。クランたちはめいめいに自分のチューブを外していたが、本来ならこういうメッセージが出て、外部にいる職員が対応する手筈だったわけだ。

シーナとクロエが二人がかりで、少女の身体に繋がったチューブを丁寧に外していく。まだ意識が朦朧としているらしく、少女は時折身じろぎする他は目を閉じてぐったりとしたままだった。

やがて全てのチューブが外れ、シーナが少女を抱きかかえるようにしてテグミネの外へ運び出す。ぐったりしたままの彼女は床に横たえられ、周囲をマクノアーとクランたちが取り囲む格好になった。

「そうか。神は目覚めたのか」

アルが呟く。

「誰でもいいから、お湯を持ってきてくれませんか。シャワールームのものを汲んできてください。それから大きめの布も」

クロエが少女の手を握りながら言った。クランたちにも覚えがある。目が覚めた直後は身体がまだ冷え切ったままで、体温を取り戻すのに時間がかかった。確かに湯があればだいぶ違うだろう。

先ほどアルを呼びに行った女が再び駆け出していく。クロエが一生懸命に少女の手を擦っているうちに、バケツにお湯を汲んだ女が戻ってきた。

「ありがとう」

シーナがそれを受け取り、少女の足下に置く。それから足湯の要領で、仰向けで膝を立てている少女の足をその中にそっと入れた。

クランもクロエとは反対の手を取り、そっと擦る。氷のように冷え切った手が、クランの手の中でほんの少しずつ体温を取り戻し始めた。

「ママ……？」

無言で見守る大人たちの中に、不意に小さな、鈴の音のような声が響いた。

「目が覚めた？」

クロエが少女に尋ねる。今や少女は、うっすらと目を開き、クロエの方をじっと見ていた。

「ママ、どこ？」

今度はもう少しはっきりした口調で少女が言う。クロエは、彼女の頭をゆったりと撫でながら、大丈夫だからね、と何度も繰り返した。

それからしばらくはホール内がざわめきに包まれた。クランたちが少女の体温を取り戻すべく奮闘しているのを見ながら、マクノアーたちはてんでに自分たちの神が目を覚ましたことについて興奮した様子で言葉を交わしていた。どうやらこれを凶兆と捉える者は多くないようだ。むしろ、ついに運命の時が来た、とか、きっと我々を見守ってくださる、などという前向きな言葉が耳に入ってくる。

しばらくの間、されるがままになっていた少女は、やがてゆっくりと身を起こした。どうやら着ているのは大人用の服らしい。スリープするのに、専用の服に子どもサイズがなかったのだろう。彼女が起き上がると、肩が大きくはだけ、華奢な身体が露わになった。

「わ、と」

シーナが慌てて用意された大きな布で少女の肩を包む。それから、床に座り込んだ彼女の目を見ながら、優しい声色で話しかけた。

「お名前、言える?」

「……アイナ」

「そっか、アイナちゃんね。今ね、ママはちょっと遠くへ行っているの。その代わり、おばさんたちが守ってあげるからね」

噛んで含めるように、一言一言を区切りながらシーナが語りかける。不安の色を浮かべたままのアイナは、しかしその目を見ながらそっと頷いた。

「アイナは何歳?」

「わかんない」

「そっか、わかった。身体は大丈夫? どこか痛いところとか、気持ち悪いこととか、ない?」

「ちょっと寒い……」

それを聞いて、クランは自分が着ていた上衣を脱ぎ、アイナに被せてやった。自分でも清潔だとは言えないが、この集落では決して布類は豊富ではない。それにまさかシーナやクロエに脱がせるわけにもいかないだろう。

「……あったかい」

アイナが少しだけ微笑んだ。

母親がいないことを不安がっていても、シーナの話をよく理解し、不要に騒ぎ立てることをしない。きっと賢い子なのだろう。クランはアイナを見ながら、心中で強く決意を固めた。

この子は俺たちで守ろう。

今や両親を失い、たった一人で時を超えてきた少女だ。その辛い運命を少しでも和らげてやらなければならない。

しばらくそうしていた後、少しずつ立ち上がれるようになったアイナは、クロエに連れられてクランたちの個室へと向かった。アルやルタは不満そうであったが、シーナが「今の状態では無理はさせられない、何かあれば彼女は死んでしまうかもしれない」と半ば脅すように説得したのである。

結局アルたちは折れ、当面の彼女の世話をクランたちに任せることにしたようだった。

クロエをアイナに付き添わせ、クランたちは再び談話室の円卓に座る。向かいにはアルが難しい顔で着席した。このような円卓会議を持つのはもう何度目だろうか。きっと一族の長《おさ》であるアルとしても、難しい舵取り《かじとり》を迫られているのだろう。四人の新たな人間が外部からやってきたと思えば、今度は自分たちの崇めていた神が目を覚ましたのだ。

「まさか、本当に目を覚ますとは思いませんでした」

向かい合ったアルが、シーナ、クラン、カイの三人を順番に見つめながらため息をついた。

「これから、我々の信仰は形を変えることになるでしょう。神は目覚め、そして一人の少女として今生きている。他のマクノアーになんと説明すればいいのか……」

「アル。これではっきりしたでしょう。彼女は、アイナはれっきとした人間です。あたしたちと同じように千年前からやってきた、人間。それを神だと言うのはあなたたちの自由ですが、アイナにも自由がある。ましてやまだ年端もいかない少女です」

「それは……わかっているつもりです。何も彼女をどこかに閉じ込めておこうとか、そういうことではない。だが、もしあなたたちが彼女を連れてどこかへ行くというのなら、それはきっとマクノアーが許さないと思います」

アルの目に強い意志の光が宿っていた。きっとこの部分だけは何があっても譲らないだろう。

「彼女にはここに留まって貰います。ここにいる限り、生きる神として皆は彼女に尽くすでしょう。あなたたちも同様です。今後もここにいてくれるなら、我々は最大限の敬意をあなたたちに払います」

少々妙なことになってきたな、とクランは内心で苦笑した。どうやら自分たちは、アイナと共に現人神《あらひとがみ》になりつつあるらしい。まるで神に付き従う四天王のようだ。

「わかりました。とにかく、当面はここに留まります。あたしたちは本当は行くべきところがあったのだけど、コンピュータの中の情報から、その場所が既に無くなっていることを知りました。こうなればどこに行くあてもない。ここで生活していいなら、あたしたちも同じように仕事はします」

「それならもうこれ以上何も言いますまい」

アルは再び嘆息し、シーナに同意した。

「きっと彼女も世話をするのがあなたたちである方が落ち着くでしょう。千年前から来た同士ですから」

「そうだ、アル。ひとつだけ頼みがある」

クランはふと思いついて軽く手を挙げた。

「ずっとここにいるのは良いが、アイナが元気になってきたら、一度自分たちのシェルターに戻りたいんだ」

「それはどういうことです？」

「勿論、俺たちだけじゃなくていい」

クランは不穏な表情を浮かべたアルやルタを手で制し、続けた。

「マクノアーにも、むしろ大勢付いてきて貰った方が良い。向こうのシェルターには、食料や色々なものが大量に残っているんだ。それを使わないのは勿体ないだろう。みんなの生活の役にもたつと思う」

「そういうことですか。それなら、わかりました。いずれ準備が整ったら、ある程度の人数で向かいましょう」

クランたちは話し合いを切り上げ、個室に戻ることにした。今はとにかくアイナを落ち着かせ、話を聞くことが肝要だ。

個室に入ると、静かにしゃくり上げているアイナを、クロエが慰めているところだった。

「アイナちゃん、五歳なんですって。やっぱりお母さんが恋しいみたいです。それはそうですよね」

見れば、クロエの目にも涙が溜まっている。アイナの運命にシンパシーを感じたのかもしれない。クランとカイは少し離れて座ることにした。男女の役割というものについて、千年前にはジェンダー論やフェミニズムが幅を利かせていたが、こういった原始的なシチュエーションではどうしても性差が無視できない。すなわち、少女に寄り添うには、同性の方が向いている筈だ。

しばらく泣いていたアイナは、やがて少し落ち着いたのか、お腹が空いた、と言い出した。早速カイがシェルターの外へ行き、近くにいたマクノアーから果物をいくつか貰ってきた。

「美味しい」

アイナはカイの持ってきた小型のリンゴにかぶりつきながら、ようやく顔を綻ばせた。マクノアーの育てている果樹は、やはりかつての農業技術が失われているせいか、甘みや大きさの点で千年前に大きく劣る。それでも果物の甘みは、砂糖を量産できないらしいマクノアーの暮らしにおいては非常にありがたいものだった。

「アイナ、おばさんたちのこと怖くない？」

シーナが少し冗談めかして言う。その横からカイが訂正を入れた。

「シーナさん、おばさんはやめましょう。まだお姉さんでいいですよ。僕もまだおじさんには早いつもりでいますから」

「そうだな。シーナもクロエも、まだ三〇かそこらだろう。お姉さんで通じるよ」

「まさか。ご冗談。あたしもう一〇三〇歳を超えてますから」

シーナの冗談に、四人が笑った。久しぶりに声を上げて笑った気がする。そんな四人の様子を、アイナは不思議そうに見つめていた。

11 帰還、そして推理

「それじゃあ、アイナはお母さんと一緒にシェルターに連れてこられたんだね」

シーナが難しい顔で考え込みながら、石に腰掛けて足をぱたぱたと動かしているアイナを見つめていた。

アイナが目覚めてからの一〇日間、彼女はクランたちと同じ個室で、クロエとシーナの間に挟まるようにして毎日を過ごしていた。最初は毎晩のように泣きながら夜中に目覚めていたが、子どもの適応力というのは大したもので、次第に母親が不在のこの状況にも慣れてきたらしい。今ではとりわけシーナを母親のように慕《した》うようになっていた。

アイナの隣には、クロエとカイが座り、時々アイナが言葉に詰まるのを助けている。

クランは少し離れたところで成り行きを見守りながら、紫煙をくゆらせていた。

「お母さんはどんなお仕事をしてたか、わかる?」

「うーんと、なんかね、難しいお仕事だって言ってた。アイナにはわかんないって。でも研究のお仕事だって」

「研究職、か」

クランは聞こえてくる会話に耳をそばだてながら、独り言ちた。研究職だとすると、シーナやイリヤの同業者ということになる。シモンもそうだったか。名前によっては、もしかすると知っている人物の可能性もあるのではないだろうか。

「お母さんのお名前は？」

「リコ」

「リコ、ですか。シーナさん、知ってたりは……？」

カイが尋ねると、シーナは少し考える様子を見せたが、すぐに諦めて首を振った。

「いや、わからないな。そもそも研究分野もわからないと、どうにもならないよ」

「アイナちゃん、お母さんと一緒にシェルターに来た時、他にも大人の人がいたでしょ？　どんな人だった？」

今度はクロエが聞く。アイナは少し考えながら、再び両足をぱたぱたと動かした。

「えっと、ママのお仕事のお友達だって言ってた。それで、みんなであの箱に入ったの。それで、なんかいっぱいへんなの付けられて、アイナ、ちょっと泣いちゃった」

「そっか。怖かったよね」

シーナがアイナの頭をそっと撫でる。アイナは少し照れくさそうに、笑みを浮かべて俯いた。

周囲では、相変わらず忙しそうにその日の食料の調達や生活用品の製作に勤しむマクノアーたちが、活気のある会話を交わしている。

クランは吸い終わった煙草をもみ消し、シーナと目線を交わした。シーナも軽く頷き、再びアイナと目線を合わせる。

「アイナ、もし覚えてたら教えて欲しいんだけどね。アイナがシェルターに連れてこられた時、大人たちはみんな、病気のことを心配してなかった？　世界中で病気が流行って大変だって」

それは昨晩、クランたち四人がアイナの就寝後に話し合って到達した結論だった。

第二シェルターはクランたちのスリープ開始から三年遅れてスタートしている。そしてこちらの記録を信じるならば、それはＨＥＸウィルスとやらが世界中で猛威を振るっている、まさにそのさなかということになる。

アイナはその可愛らしい顔を少し傾げて考えていたが、やがて元気よく頷いてみせた。

「うん、言ってた。なんかね、ウィルスがいっぱい広がって、大変なんだって。アイナのおじいちゃんもおばあちゃんも、そのウィルスで死んじゃったんだって。それで、パパはウィルスと戦うから、それでね、戦うのがお仕事なの、だからね」

アイナの幼い口が一生懸命に言葉を紡ぐ。シーナとクロエが両側でうんうん、と頷きながら彼女の語る内容に聞き入っていた。

「パパはどうしても行かなくちゃいけないって言って、それでアイナとママは、シェルターに来たの。ママ、泣いてた。だからアイナも悲しくなったの」

その拙《つたな》い話から汲み取れたのは、なんとも残酷な事実だった。アイナの父親は、医療か、あるいは防疫関係か何かの仕事に就いていたのだろう。そうしてパンデミックの最前線へと赴き、そこでおそらくは帰らぬ人となった。一方でアイナと母親は、どういう理由でかこのシェルターでのコールドスリープの対象者となった。

だとすれば——。

「きっとこのシェルターはパンデミックから逃れるために、選ばれた人間がスリープすることに使われたんだろうね」

シーナがため息と共に呟いた。

「千年に設定したのは、あたしたちという先行者がいたからそれに合わせたのかな。多分、あたしたちが先に目覚めて、生活基盤を確立してから目覚めるくらいのつもりだったんじゃない？ 選考基準はきっとＨＥＸウィルスに感染していないこと——の筈だった」

「筈、というのは？」

「推測だけど、そうじゃなきゃ本来の原則を無視してアイナみたいな子どもが選ばれる理由がない。だけど、他の九人の大人は、発症していないだけで実際は感染していたんじゃないかな。それでスリープ後、ＨＥＸウィルスにより眠ったまま死に至った。正直、スリープとウィルス、両方のメカニズムが全くわからないから確実なことは言えないけど、おおよそそんなストーリーだと思う」

「しかしそんな切羽詰《せっぱつ》まった状況の被験者に選ばれるっていうことになると、アイナや母親は相当な権力者だったのか」

クランが首を傾げる。するとシーナも少し考え込みながら、多分、と言葉を続けた。

「これも完全に推測だけど。もしかしたらアイナの母親はこのコールドスリープを扱っていた研究所の職員だったんじゃないかな。つまり、イリヤの同僚。正直、人類が滅亡するかもしれないっていう状況なら、もう権力があろうがなかろうが関係ない。身内が優先だよ」

「内輪、ですか。確かに。自分たちの中で、まだ感染してないであろう人から順に選んだならわかります。それでアイナちゃんはその中に入った」

「選ばれた人たちは、ともかくそうやってパンデミックを飛び越えて、あたしたちと千年後の世界で合流してまた人類の礎になる予定だった。だけど結局その目論見《もくろみ》はほとんど失敗し、唯一アイナだけが残ったんだと思う」

その時、大人たちの難しい会話をきょとんとして聞いていたアイナが、ぽつりと呟いた。

「ママ、死んじゃったんだ」

クランはぎくりとして思わず目を伏せる。他の三人も同様だった。誰がその残酷な真実を語るのか。お互いに責任をなすりつけ合うその無様《ぶざま》な沈黙は、アイナによって再び破られた。

「アイナ、知ってるよ。他の箱にママは入ってたんでしょ。それで死んじゃったからもう出てこれないんでしょ」

「――アイナちゃん、あのね……」

クロエが意を決したように口を開く。しかしその後は再び沈黙だった。どう伝えればいいかわからない。この可憐《かれん》な少女に、その重荷をどうやって背負わせることができるのか。

今度はクランが覚悟を決めて口を開いた。俺は嫌われてもいい。アイナは確か自分で五歳だと言っていた。いつまでもは誤魔化せない年齢だ。

「アイナ、君の言う通りだ。とても悲しいけど、君のお母さんは箱の中で、病気で死んでしまったんだ」

ゆっくりと、優しく、そしてはっきりと、そう意識して伝えたクランの前で、アイナは少しの間顔を伏せた。しかし、泣くのだろう、というクランたちの予想に反し、彼女は弱々しく笑みを浮かべたまま顔を上げた。

「知ってるよ。だけどママが言ってた。アイナがおばあちゃんになって、それで死んだら、またママにもパパにも会えるって。だからアイナは泣かないの」

その健気《けなげ》な笑顔に、思わず目頭が熱くなる。やがて、目を真っ赤に腫《は》らしたシーナがアイナを横から抱きしめた。

「アイナ、大丈夫。ここには新しいお父さんもお母さんも、二人ずついるからね。本当のお母さんじゃないけど、今日からあたしたちがアイナと一緒にいる。アイナが大人になるまで、ずっとね」

クランは再び一〇メートルほど離れ、新しい煙草に火をつけた。愛する者との死別の辛さは、誰よりもわかるつもりだった。しかし彼女は自分よりよほど強い。何年も抜け殻のようにして生きてきたクランとは比較にならない。

マクノアーたちの方から、子どもの笑い声が上がった。幸いここには遊び相手ならたくさんいる。ざっと見る限り、アイナと同年齢くらいの子も二、三人はいるだろう。

これ以上考えていると本当に涙が溢れそうだった。クランは大きく煙を吸い込むと、無理矢理に思考を別のことに切り替える。

アイナのもたらした情報は、今やクランたちに別の絶望を与えていた。

そうだ。この世界は、人類のほとんどが滅びた後の世界なのだ。マクノアーのようにどういうわけか辛うじて生き延びた人間が僅かにいるだけで、どこにも文明社会など残ってはいない。つまり、クランたちはこのコミュニティの中で一生を終える他ないのだ。

気付くと横にシーナが立っていた。真っ赤になった目を擦りながら、煙草を取り出す。クランがマッチを擦ってやると、そこに咥えた煙草を近づけ、大きく吸い込んでから吐き出した。

横目に見ると、カイとクロエがアイナの手遊びに付き合っている。

「煙草、もう終わりそう。一回、最初のシェルターに帰らない？　ついでに物資も色々運べばいいと思う」

シーナが敢えて選んだその何気ない話題に、クランは少しだけ救われた思いがして大きく頷いた。

「アイナも連れていこう。疲れたら俺が担ぐよ」

「担ぐならクランより適任がいるでしょ。クロエの王子様に頼みなよ」

シーナがにやりと笑って、煙草を挟んだ指でカイを指した。そちらではちょうど、手遊びに失敗したカイがおどけてみせ、アイナの笑いを誘っているところだった。

最初のシェルターへ一度戻りたい、という話を改めてすると、アルは当初の話の通り、何人かのマクノアーを同行させるという条件を付けた上で、あっさりと同意した。

「向こうには、たくさんの食料や生活用品があるそうですな。もしそれを我々も使ってよいのなら、これほど助かることはありません」

「全員で向こうへ移る考えはないですか？　物資を運ぶのもかなり重労働だと思いますが」

カイが提案したが、隣に控えていたルタがあっさりと首を振った。

「向こうはここより更に狭い建物なのでしょう。全員はとても収まりません。新たに住居を造り直すのもまた大変です。それに、この場所の方があらゆることで勝手がわかる」

「わかりました」

結局、クランたち五人と、マクノアーから特に体力のある者が五人、計一〇人での旅路となることが決定した。アイナの同行には、アルもはじめ難色を示していたが、アイナがすっかりクランたちに懐いて離れようとしないのを見て考えを変えたようだった。

去り際に、神にはご機嫌でいて貰わねばならない、とガマが呟いたのをクランは聞き逃さなかった。だいぶ歪んでいるようにも思うが、ともかくアイナはマクノアー全員にとっての、希望の星なのだ。アイナ本人の希望だといえば大概のことは聞き入れて貰えそうだった。

このところ、朝晩は暑さが少しずつ和らいでおり、すっかり人類亡き後の世界で我が物顔に繁殖している大自然からは、微かに秋の気配が漂い始めていた。木々に実る果実は種類も量も増え、見かける昆虫の種類も変化している。

もし気候が千年前とさして変わらないなら、もうしばらくすれば台風や長雨が心配なシーズンになる。マクノアーたちの天候予測に関する知識は意外なほどに豊富だったが、それでもかつての高精度な天気予報には及ぶべくもない。ましてや、時折襲ってくる夕方の雷雨などはいかんともしがたい。

結局、ほとんど神頼みのような状態で、天候が安定しそうな日を選んで出発することにした。もっとも道中にある廃墟が雨宿りに利用できることは、クランたちも身をもって体験済みである。一度この道中を経験しているというだけでも、だいぶ気楽さが違った。

「カラスどもには特に気を付けてください。この季節、奴らは繁殖期で気が立ってます」

ルタのその言葉に見送られ、ある晴れた朝に、クランたちを含めた一〇人の集団は第二シェルターを出発した。

マクノアーから選ばれたのは、男が四人と女が一人だった。半月あまりをここの集落で過ごし、クランにもようやく彼らの見分けがつくようになってきていた。一人の女というのはイプシだった。いつもメガの後ろに隠れるようにしていたので、そんなイメージはなかったが、聞くところによれば彼女は男顔負けの運動能力の持ち主らしい。引っ込み思案な性格だが、男たちに交じって狩りや釣りをすることも多いという。

道理で、イリヤ一人じゃ歯が立たないわけだ、とクランは妙に納得した。武器を持っていようが、戦いに慣れていない文明社会に染まったイリヤでは、とても太刀打ちできる相手ではなかったのだ。

しかしそうなると、どうしてイリヤがマクノアーに襲いかかるようなマネをしたのか、益々わからなくなってくる。以前にカイが言っていたように、もしイリヤがマクノアーをシモンの仇《かたき》だと知っていた、あるいはそう思い込んでいたとしても、これだけ屈強そうな者たち、それも二人を相手に、たった一人で戦いを挑むのは無謀すぎる。そういう判断が付かなくなるくらいに冷静じゃなかったとしか思えない。だとすれば、一体何がイリヤの思考を鈍らせたのか。カラスの襲撃だろうか。それとも何か毒性のある野草でも口にしていたのか。

クランは考えながら、廃墟の間に延びる荒れ果てた道路を歩いていた。すぐ後ろで、シーナがアイナと無邪気なお喋りを繰り広げている。どうやらアイナは生き物が好きらしい。昆虫も平気で触ることができる。シーナはそれが嬉しいようで、先ほどから様々な虫を捕まえてはアイナにそれを見せて説明していた。

「ほら、これ、綺麗でしょ。透明な翅《はね》をしてる。これ、ゴキブリの仲間なんだよ」

「えー、ゴキブリはアイナあんまり好きじゃないー。いつもママもすごいうるさかったんだよ、ゴキブリがいると」

「不思議でしょ。家の中にいるゴキブリは気持ち悪いけど、森にはこんな綺麗なゴキブリもいるんだよ」

「シーナはゴキブリ、好きなの？」

「えっ。好きかと言われると……うーん、どうだろう」

アイナの無邪気な問いに思わず詰まったシーナを見て、更にその後ろを歩いていたカイとクロエが笑い声を上げる。

誰もが無理矢理に、絶望感を押し込めているかのようだった。クランもそうだ。決して外に出せないこのどす黒い不安を、漏れ出さないように必死に抑え込みながら暮らしている。だから、こういう非日常的で、刺激の多いイベントは歓迎だった。少なくとも最初のシェルターを目指すという明確な目的があり、それに向かっている間は、絶望と格闘しなくて済む。

同行しているマクノアーたちは、時折何かを見つけてはルートを外れてそちらへと向かい、戻ってくる時には手に何やら獲物を携えていることが多かった。それは大抵は食べられる木の実や野草、キノコの類いだったが、時にはどうやって捕らえたのか、ウサギや小鳥を持ち帰ることもあった。クランたちが元々持っていた保存食料などとうの昔に無くなっていたので、この旅路はどうしても食料調達が必須になってくる。

保存のきく木の実やパンなども荷物にはあったが、それだけでは三日から四日という行程には足りない。そういう意味では彼らのこうした活躍ぶりは非常にありがたいことだった。クランたちだけではろくな食事も摂れないまま、空腹での強行軍を強いられていたことだろう。

一日目が終わる頃には、クランたちはだいぶくたびれていた。クロエの足は少しずつ回復しており、第二シェルターに向かった時よりはかなりまともに歩けるようになっていたが、それでもまだ他のメンバーに比べるとゆっくりである。それに加えてアイナという幼い子までいるのだから、当然ペースは上がらない。それでも久しぶりに長距離を歩いたものだから、適当な廃墟に野営地が決まると、クランはぐったりとそこに座り込んだ。

「なんだか異様に疲れたな」

肩で息をしながら、煙草に火をつける。持ってきたもののうち最後のひと箱がじきに終わる。これで元のシェルターにたどり着けなければ、この先一生禁煙だ。

「アイナ、足痛い」

アイナが顔を顰めて小さな足を撫でている。その頭をクロエが撫でながら、よく頑張ったね、と褒めていた。

「しかしマクノアーは本当に食料調達には長《た》けてるんですね。歩いてる間にこれだけ集められるなんて」

カイが感心したように、目の前に積まれた食材の山を眺めながら呟いた。そこには一〇人分とはいかないまでも、手持ちの食料を節約するには充分すぎるほどの量の収穫が積まれている。

一方でシーナはまだ元気があるようで、イプシが火をおこそうとするのを手伝っていた。食料だけでなく薪もしっかり集めていたらしい。来る時には散々苦労したものだったが、彼らに任せておけばかなり快適な復路になりそうだった。

やがて夜が訪れ、焚き火を囲んでの夕食が始まった。

ずっとシェルターの中で食事をしていたので知らなかったが、マクノアーのうち外の居住地に寝起きしている者たちは、大抵夜は皆で歌ったり踊ったりして騒ぐのが楽しみなのだという。

娯楽の少ない世界だ。それもまた当然なのだろう。

マクノアーの男が二人、暴力的な仕草を取り入れた不思議な踊りを踊る。焚き火に照らされた影が大きく伸び縮みし、それに合わせるようにイプシの歌声が廃墟に響いた。抑揚《よくよう》の少ない、メロディというよりは唸りのような歌。しかしそれは、ある種官能的に、クランたちの心の隙間を埋めるようにして染み込んできた。

クランはこの原始的な感情の発露を目の当たりにして、改めて人類のしぶとさを思い知らされた気分だった。八〇億を超える人間が死滅して尚、千年の間細々と紡がれてきた生命がここにはある。

ふと、この光の森の中に埋葬したイリヤのことが思い出された。彼女は今まさに、自然の一部になろうとしている。その身体を構成していた元素は、やがて遠い未来で、新たな生命となるだろう。

第二シェルターから持ってきた薄焼きのパンに、塩で味付けしたウサギの肉と良い香りのする野草を挟んで齧り付く。横を見れば、アイナがシーナの膝を枕にして、まどろんでいるところだった。どうやらこの音楽は、睡眠欲という原始的な欲求に働きかける効果もあるらしい。確かに聞いていると、どことなくぼんやりとする気分になる。

「相当疲れたんだろうな」

「そうだね。丸一日歩き続けるなんてこと、きっと今までなかっただろうし。よく頑張ったよ」

シーナが鞄から毛布を取り出し、アイナに掛けてやった。

一行が目的地へとたどり着くまでには、結局五日間を費やすことになった。途中で丸一日激しい雨に見舞われたことや、アイナがくたびれてしまい代わる代わるおぶってやる必要があったのが大きい理由だった。

更にそれに加えて、シェルターの正確な位置を誰もが忘れていたということもある。風景としては大体覚えていたが、なにしろどこを向いても似たような森の中だ。そのため四日目は実に午後いっぱいをシェルター捜しに費やす羽目になってしまった。その日は諦めて森の中で野宿をし、翌朝再度捜したところ、ようやくカイが最初の探索の時に付けた目印のテープを見つけたのである。

それをたどってシェルターまで行き着いたのが、五日目の昼のことだった。

「ああ、やっと着いた。なんだか懐かしいな」

「本当ですね。あ、この倒木はクロエの仇ですよ、ほら」

カイが指さしたところには、クロエの足を砕《くだ》いた倒木がまだそのままになっている。

そこから程なくしてシェルターの扉の前に立ち、一行はしばし腰を下ろして休憩した。

今日はマクノアーたちの食料調達も不要だろう。ここの中には大量の食料がある。もし仮に動物が荒らしたとしても、少なくとも冷凍室の中までは入り込めまい。

シェルターの扉は、クランたちが出ていった時のまま、岩に止められて細く隙間を開けていた。当然だが、ここに入り込む人間は誰もいない。マクノアーの何人かが、例の仏式に似た作法でその入り口に向かって祈りを捧《ささ》げた。彼らにとってはここもまた神の地なのだろう。

クランは、祈りが終わるのを待ち、それから中へ入ることにした。今回の旅の目的のひとつは、この入り口をもう少し丁寧に封鎖することにあった。今のように開けっぱなしでは、せっかく千年を超えてきた資材が外気によりダメになってしまうかもしれない。

本来ならば、プログラムを弄るか何かして、扉が閉じてもロックがかからないようにできれば望ましい。ただ、もしそれが難しければ、外から入れるようにストッパーを噛ませた上で、その隙間を何かで埋めるしかない。

クランとカイが扉に近づく。アイナがそのすぐ後ろから付いてきて、興味深そうにその暗い隙間を覗き込んだ。

一瞬、中で影がざわめいた。

思わずクランが手を止める。カイは気付かなかったのか、不思議そうにクランを見た。

「どうしました？」

「気のせいか？　今何か動いたような。カイ、気付かなかったか？」

「いえ、何も……」

カイが首を傾げながら隙間から中をじっと見つめる。しかし特段何も動く気配はない。

「特にわかりませんけどね」

カイが言いながら、扉の片側に手を掛ける。

力を入れると、それに反応して扉が自動的に開き始めた。挟まれてずっと圧力に耐えていた岩が、ゴト、と音を立てて僅かに動いた。

その時だった。

中から突然、けたたましい鳴き声が響いた。

慌てて後ろに飛びすさる。

それと同時に、黒い影がクランとカイを襲った。

鋭い嘴と爪が、人間の急所を狙うようにして空から幾重にも飛びかかってくる。

それはあの巨大化したカラスたちだった。

「アイナ！」

シーナが悲鳴を上げる。

クランはその声に反応して、咄嗟に脇にいたアイナに覆い被さるようにしてその小さな身体を抱え込んだ。

あの時と同じだ。

まだ傷の癒えない背中に再び突き立てられる狂気と凶器の雨を受けながら、イリヤを失った日のことがクランの脳裏をよぎった。あの日はシーナを庇いながら逃走した。そして今は、もっと小さな命を守らねばならない。

背中が裂けてまたしても血が流れる感触がする。腕のかさぶたが引き裂かれ、新たな傷が刻み込まれる。今度の怪我はまた時間がかかるだろう。

ぼんやりとそんなことを考えていると、カラスどもの鳴き声よりも尚大きな雄叫びが辺りに響いた。

目を細めながら、飛び回る黒い鳥たちの向こうに視線を向ける。

それはマクノアーたちだった。

マクノアーが手に手に狩猟のための武器を持ち、カラスたちに打ちかかっている。

それに交じって、シーナがめちゃくちゃに腕を振り回しながらカラスに立ち向かっているのも見えた。

一瞬、自分も反撃に出ようかと思い、クランはすぐに思い留まった。自分がこの体勢を崩せば、アイナに被害が及ぶ。それは避けねばならない。

たっぷり一〇分ほどの間、痛みに耐え続けているうちに、次第に攻撃の勢いは衰えてきた。もう一度顔を上げると、マクノアーたちが逃げ回るカラスを追って尚も追撃を加えている。

獲物である筈の人間による思わぬ反撃に狼狽えたのか、黒い凶鳥たちは、やがて散り散りになりながら森の中へと飛び去っていった。羽ばたきの音が遠くなり、恨めしそうな鳴き声が森に響く。クランはようやく身体の力を抜いて、抱きしめていたアイナを解放した。

「大丈夫だったか」

クランが声をかけるのと、アイナがへたり込んで泣き出すのが同時だった。

クロエが駆け寄って、アイナを抱き上げる。

「怪我、してない？」

「痛いよう、手が痛い」

泣きじゃくるアイナの手を見ると、一筋の切り傷が肘から前腕にかけて付いていた。幸い深い傷ではなさそうだ。出血も酷くはない。それでも、アイナを傷つけてしまったという無念さが、クランの胸中で苦い塊を形作った。

「クラン、背中酷い。中で消毒しよう。カイも。入って」

シーナが先導し、一同がシェルターへと足を踏み入れる。呻き声を上げながら隣を見ると、クランと同じようにカイも全身傷だらけになって顔を顰めながら歩いていた。

「酷くやられたな」

「クランさん、こんなのにやられてたんですね。これは……キツいですね」

苦笑しながらホールへと入る。そこはあちこちにカラスの羽や糞《ふん》がまき散らされ、酷い有り様だった。

「こりゃ掃除しないと」

シーナが腕組みして眉を顰める。

どうやらカラスたちが、都合のいい寝床として活用していたようだった。散らばった羽に混じって、どこから集めてきたのか動物の毛や木の枝などの巣材らしきものも見て取れる。それが集められた塊の中には、卵すらも残されていた。

「このタイミングで帰ってきてよかったですね」

カイが座り込みながら呻く。

「このまま年単位で放置してたら、本当にカラスに乗っ取られてるとこですよ」

「今も乗っ取られたようなもんだけどね」

シーナが苦笑しながら、手近にある巣を摑んで外へ放り出す。卵が割れるぐしゃり、という音が微かに聞こえてきた。

シーナに倣って、マクノアーたちが中に散らばったものを次々と掃除していく。その間にクランとカイ、それにアイナは、傷の手当てをするために奥の倉庫へと向かった。幸い、ドアが閉めてあったためだろう、ホールより奥は手つかずのままだ。少し懐かしさを感じながら談話室に腰を落ち着ける。

倉庫から消毒薬を持ってきたクロエが、アイナから順に消毒をしていく。傷に薬がしみたアイナが再び泣き声を上げたが、クロエに「我慢我慢、病気になるといけないからね」と言われ必死に歯を食いしばった。

傷の手当てが済むと、クランたちも痛む全身に鞭打ってホールの掃除に参加する。幸い、カラスたちはこの場所を諦めたらしい。時折外に出てみても、舞い戻ってくる様子はなかった。

適当な布を持ってきて、こびりついた糞を綺麗に拭う。そうして小一時間も掃除をしていると、ホールはようやく元の姿を取り戻した。

休憩しながら、今後のことを話し合う。マクノアーたちも流石に疲れたようで、夜までの時間を荷造りに当て、今日はここに泊まって明日帰路につく、ということで話は纏まった。

「とりあえず、必要なものを集めてこようか」

シーナの提案で、倉庫を物色しながら当面必要になりそうな物資をかき集めることにする。マクノアーたちは、それを手伝いながらも、こちらのシェルターの中に興味津々といった様子だった。それはそうだろう。彼らが知っているのは、使い古されてすっかり年季の入ったシェルターだ。それに比べればここは新築物件にも等しい。

薬や保存食料、調味料、ナイフ、防水マッチ、それに煙草といった品が談話室の片隅に山を作る。クランはその傍で、しくしくとした背中の痛みに耐えながら、自分の鞄をひっくり返して中身を全て空ける作業に取りかかった。来る時に担いできた鞄だけでは、全員が背負っても持ちきれない量だ。ここの倉庫にはもっと大きな鞄があるだろうか。

その時、一枚の紙が床にひらりと落ちた。

通りかかったクロエがそれに目を留める。

「クランさん、何か落ちましたよ」

「ああ、すまん。これは……」

クランは言いかけて、口を噤んだ。

それはマルコの遺書だった。

あの日から、クランの鞄の底にしまい込まれたままだったのをすっかり忘れていた。

それを目にした瞬間、マルコに関する様々な記憶がフラッシュバックのように脳裏に蘇る。

クロエの怪我を手当てしたこと。

雨の日に塞ぎ込んで座っていた日のこと。

それに遺体の検視をしたこと。

そういえば、ここにはふたつの遺体がまだ眠ったままだ。あれをそのままにしていていいのだろうか。

ぼんやりとしたままマルコの遺書を改めて読み返す。彼は己の罪に耐えかねて、消えてしまうことを選んだ。

マクノアーたちの他に人類が生き残っていればともかく、そうではないことが判明した今となっては、マルコの生存は絶望的だろう。どこで人生を終えたのだろうか。

『罪の意識がずっと消えない。取り返しのつかないことをしてしまった。俺は、人殺しだ。俺は、千年前に一人の男を殺した。それが誰なのかはもう言っても仕方ないだろう。今更何を言ったところでそいつが生き返るわけじゃない。コールドスリープで千年の時を飛び越えれば、きっと忘れられると思った。誰も俺の犯した罪を知らない、そんな世界に行けばきっと大丈夫だと。……』

その時だった。

クランの脳裏に、電流が走るように、ある考えが閃いた。

まさか。

そんなことが。

慌てて打ち消そうとするが、首を振る度にその考えは強固なものになっていく。

そうだ。この仮説なら、疑問のほとんどに説明が付く。

「クランさん、どうかしたんですか」

気が付くと、クロエが心配そうにクランの様子を窺っていた。

「クロエ、悪いがシーナとカイを呼んできてくれないか。話がある」


荷造りをマクノアーたちに任せ、クランたち四人は個室に集まった。かつてクランの部屋として使っていた場所だ。

「アイナは？」

クランが尋ねると、カイが首を竦めた。

「隣の部屋で寝てますよ。疲れたんでしょうね」

「それで？　話っていうのは？」

シーナが促す。クランはひとつ大きく息を吐いた。

「シモンの殺害の真相がわかった、と思う」

一瞬、他の三人がぽかんと口を開いた。そしてすぐに身を乗り出してくる。

「わかったって、どういうこと？　犯人がわかったってこと？」

「僕たちの知ってる人物ってことですか？」

「マクノアーの先祖に当たる人ってことでしょうか」

口々に質問を繰り出す三人を押しとどめながら、クランはもうひとつ深呼吸をした。

「少なくとも、説明が付くストーリーを思いついた」

傍《かたわ》らに置いてあった水を口に含む。クランは自分が少しだけ緊張していることに気が付いた。バカバカしいと笑われるだろうか。あるいは殺人事件の推理を披露する名探偵というのは、皆こういう気分を味わっているものだろうか。

「シモンを殺した人物。それは——」

クランはひとつ息を吸い込むと、その名を口にした。

「マルコ。マルコだったんじゃないかと思う」

個室に刹那の沈黙が降りる。それぞれがクランの言葉の真意を、頭の中で反芻しているようだった。

ややあって、シーナがおずおずと質問した。

「それは……遺書にそう書いてあったから？　でもあれは千年前の、スリープに入る前の話じゃないの？」

「そう。そもそも、そこからして俺たちは認識を間違っていたんだよ。シモンが殺されたのは、ス、リ、ー、プ、の、前だ」

「スリープの前……」

カイがオウム返しに呟く。

「シモンのテグミネが一五三年前で止まっていたことで、なんとなくそれがシモンの死亡推定時刻——この場合は推定年か、ともかく死んだタイミングだと思い込んでいた。だけど考えてみれば、そもそもテグミネの停止とシモンの死亡との間には因果《いんが》関係があるとは限らない」

「それは、確かにそうだね」

「もし、シモンが一五三年前に死んだとすると、誰が犯人になる？　人類はほとんどが滅亡し、おそらくはシェルターに入れたであろう研究所の職員はもういない。マクノアーたちは第二シェルターに入るために、トンネルを掘っていたが、俺たちのシェルターにはそんなものはない。そして、シモン自身がシェルターに外部の人間を招き入れる理由がない。勿論、俺たち被験者の誰かだとすれば、殺した犯人が再度のスリープをすることができない」

クランは言葉を切り、再び水で口を潤《うるお》した。

「だけど、本当の殺害のタイミングが、スリープに入る前だったらどうだ？　あの時、俺たちのスリープの世話をするために、シェルター内には研究所の職員たちがいた。そしてみんなもそうだろうけど、自分自身がスリープに入った時、他の被験者がどういう状態だったかなどわからないだろう。当然だ、自分はテグミネに入ってしまっているんだから」

「じゃあ、その僅かなタイミングでマルコ君がシモンさんを殺害したっていうんですか？　そんなこと、研究所の職員が止めるでしょう」

「普通なら、な。ここからは推測になるが、聞いてくれ。もし、マルコが研究所の職員の一人を共犯者として抱き込んでいたらどうだろう。その職員、仮にXとするが、Xはマルコのスリープを開始する振りをする。そして他のメンバーのスリープが開始したところで、他の職員が外に出た後に一人残るんだ。そうすればまだスリープしていないマルコが、シモンを殺害し、その後で改めてマルコ自身のスリープを手配できる」

「それは逆に言えば、Xが犯人でもおかしくないってことじゃない？」

シーナが考え込みながら指摘した。クランもそれには頷き、同意を示した。

「そう。だからマルコが犯人である、という証拠は、あの遺書だけだ。だけど、逆に言えば、もし今の話が真実だったとするなら、あの遺書もシモン殺害に関する告白だったととれるだろう」

「あの、ひとついいですか」

黙って聞いていたクロエが、そっと挙手をした。

「あの、もしですね、マルコさんが犯人だとして、Xが共犯だったとしますよ。どうしてXはマルコさんのそんな酷い行為に、協力する気になったんでしょうか」

「さあ、そこだ。それこそがこの推理の肝だと思う。どうしてXはマルコに協力することにしたのか。まず、犯罪の共犯になるには、どんな条件が考えられる？」

クランが質問すると、少し考えてシーナが答えた。

「共犯になることで利益が得られるから」

「そういうケースも多いだろうな。被害者が死ぬことで、共犯者が利益を得る。あるいは共犯者も被害者を殺したがっていた。共犯者が犯人に肩入れしていた、というのもあり得るか。恋心を抱いていたとか、尊敬していたとか」

「じゃあ、Xとマルコさんの間にそういう関係があったんですか？」

「俺は違うと思う。もうひとつ、共犯関係が成立する典型的なパターンがある。共犯者が、犯人の命令に従わざるを得ないケースだ」

「例えば？」

「精神的に支配されているとかもあり得るだろうけど、一番考えられるのは、何か弱みを握られていたケースじゃないか」

「ああ、なるほど」

カイとクロエが揃って頷く。クランはこめかみに手をやり、マッサージをするようにそこを強く押さえた。軽い頭痛を感じる。緊張のせいなのか、それとも気圧でも下がっているのだろうか。無性に煙草が吸いたかった。

「じゃあXの弱みとは何だったか。想像するに、マルコは、きっとあることを知ったのだろう。それはX、も、ま、た、殺、人、犯、だ、っ、た、と、い、う、こ、と、だ」

「なんですって?」

カイが驚きの声を上げる。クランはそれに敢えて反応せずに、そのまま話を続けた。

「よく考えてみて欲しい。あの顔の無い少年の死体。あれはいつ、誰があそこに入れたものだと思う?」

「それは……」

「そもそもあの少年はどうして顔を潰されていたのか? もしシモンが一五三年前に目覚めていて、かつあの少年の死体に関係しているのなら、顔を潰す必要などない筈だ。だってもしそうなら、あの少年のことは俺たちの誰も知らないのだから」

「そうか」

シーナがようやく合点がいったように、俯いて考え込んでいた顔を上げた。

「あたしたちのシェルターの情報は、どういうわけか人類の滅亡を伝えてなかった。つまりもし一五三年前にシモンが起きたとするなら、人類がまだ文明を築いていると思う筈だね。そしてそうなると、たとえ死体の顔を潰したところで、高度な文明の下では死体の身元なんてすぐにわかってしまうかもしれない。だからあまり意味がないんだ。かといってあたしたちから少年の身元を隠そうとした、という考えも意味がない。なぜならあたしたちは、そんな時代の人間のことなんて全く知らないから。そう考えると、一五三年前にシモンが目覚め、少年の殺害に関与した、という仮定自体が矛盾するってことね」

「そういうこと。顔を潰したってことは、誰かから少年の身元を隠す必要があったってことだろう。じゃあそれは誰からか？　当然、俺たち被験者から、ということになる。とすれば、少年は俺たちが知っている人間である可能性が高い。俺たちが知っている人間なら、勿論それは千年前の人間だ」

「なるほど。だから少年の殺害は千年前に行われた、っていうんですね。理屈はわかりました」

カイが納得したように頷いた。

「さて、そうすると次に疑問なのは、どうしてXは少年の死体をシェルターに隠したのか、ということだ。シェルターに隠さなければ、俺たちから身元を隠す必要も、場合によってはマルコに犯罪を気取られることもなかっただろう。だけどそれらのリスクを負っても、Xはシェルターに死体を隠すことを選んだ。つまりそのことに、大きなメリットがあったんだ」

「犯罪そのものの隠蔽――」

シーナが全てを理解したとでも言わんばかりの表情で、目を閉じて言葉と共に大きくため息を吐き出した。

「シーナの言う通り」

「えっと、つまり、死体さえ見つからなければ完全犯罪になる、ということですか？」

クロエも理解が及んだらしい。小柄なその肩を自分で抱くようにして、少し震えているようにも見えた。

「改めて整理しようか。まず、Xは、何らかの理由で少年を殺してしまった。そして考える。この罪から逃れるにはどうすればいいか。それには、犯罪が発覚しないのが一番だ。そしてXは、それを実現できる立場にあった。つまり、シェルターに入れてしまうことで、死体は千年の彼方《かなた》に送られる。絶対にその時の人類には見つけることができない、遥か彼方の時空だ。そう思いついたXは、少年の死体をシェルターに隠すことにした。

　ところが、それに気付いた人物がいる。それがマルコだ。マルコは、シモンに元々恨みを抱いていた。そしておそらくは、Xの犯罪とその意図に気付いた時、これは使える、と思ったんだろう。つまり、自分もまたスリープに入る前に殺人を実行することで、その時代の警察からは完全に逃げることができる。当然だな、自身が千年もタイムトラベルするんだから、警察は追いかけようがない。だけど同時に、シェルター内で殺害すれば、シモンの死体もまたタイムトラベルしてしまう。そこでマルコは、シモンのテグミネに細工することを思いつく。テグミネがどこか適当なタイミングで止まったことにすれば、俺たちはそのタイミングでシモンが死んだと思うだろう。一人で再スリープできない以上、被験者が疑われることはない。外部犯の仕業だと思われる筈だ。

　そうしてマルコは、自身の犯罪を実行するために、Xを脅して共犯者に仕立て上げたんだ。Xの役割は、マルコを最後にスリープさせることと、シモンのテグミネに細工をして一五三年前で強制終了されるようにプログラムすること。結局Xはそれを受け入れた。そうしてこの状況ができあがったんだ」

「待ってください。何もそんなことしなくても、シモンさんの死体はシェルターの外に捨てちゃえばよかったんじゃないですか？　どうしてわざわざシェルター内に残したんですか？」

　カイが疑問を挟む。クランは微かに笑みを浮かべた。

「想像してみてくれ。シェルター前には、他の被験者をスリープさせた後の研究所の職員がいるんだぞ？当然Xが最後に出てくるのを待ってた筈だ。それにもし強引にシェルター外に死体を放り出したとしても、研究所の職員なら外から再度中に入る手段を持っている可能性が高い。当然マルコもそう考えただろう。だから結局、シモンの死体は一緒にタイムトラベルして貰うしかなかったんだよ」

全員が黙り込んだ。

クランが話した推理には、何の証拠もない。唯一それを仄《ほの》めかすのは、マルコの残した遺書だけだ。それでも、クランの中には確信があった。この推理は正しい筈だ。これしか説明の付くストーリーはあり得ない。

「だけど、もしクランの言う通りだったとしたら、マクノアーたちは何者なんだろう。シモンが子どもを作ったんじゃないなら、どうしてあんなに似てるのかな」

シーナが呟いた。

「さあ、それぱっかりはなんとも言えない。けど想像ならできる。俺たち、道中で見つけただろ。ミニシェルター」

「ありましたね」

「ああいうのがあったっていうことは、金さえかければ、他にも造れた者がいたかもしれないということじゃないか。そして、シモンの親族に、そういうシェルターを利用した者がいたなら、その試みがうまくいって、彼らだけが生き残った、というのはあり得るんじゃないだろうか」

「ミニシェルター、か……」

シーナが再び考え込む。だがそれ以上は何も言わなかった。

「それからもうひとつ。イリヤがメガとイプシを襲ったことについて。これも推理というよりは想像でしかないが、イリヤはもしかしたら、襲いかかったんじゃないのかもしれない」

「どういうことですか?」

「俺が言いたいのは、イリヤは単にシモンそっくりの人間を見つけて、嬉しくて駆け寄っただけなんじゃないか、と思うんだよ。だけどマクノアーたちは、そもそもそういう行動をとる人間を見たことがなかった。当然だよな、他の人間はこの世にいないんだから。それで、イリヤの行動を襲撃だと勘違いした」

「まさか、そんな」

クロエが息を吞む。

「それじゃあ……イリヤさんは勘違いで殺された、と？」

「そういう可能性もある、ってだけだけどな。これこそ、真相はもうわかりようがないことだ。もしかしたら、前に言ったようにマクノアーをシモン殺害犯だと信じ込んでいて、仇を取ろうとしたのかもしれない」

「証明なんてできないし、したところで何の意味もないよね」

シーナが呟いた。

その通りだ。イリヤのことも、あるいはマルコのことも、結局クランの妄想に過ぎないだろう、と言われれば反論できない。それに、明らかにすることに今更大した意味などないのだろう。

それでも、とクランは思う。

真実が明らかになることで、救われる魂があるかもしれない。

それは死んだシモンや、イリヤのことではない。

救われるのは、俺たちの魂だ。

いつの時代も、残された者たちは心の奥底に言い知れない苦痛を抱えて生きていく。それは時間の経過でしか癒やせない苦痛だ。

だが、真相の究明が、その苦痛を僅かでも軽くすることに繋がるなら、意味のある行為なんじゃないか。

クランは立ち上がると、シェルターから出て煙草に火をつけた。今回は残っているストックをできる限り持っていくつもりだ。きっと鞄の中は大半が煙草で埋まるだろう。

シェルターの壁にもたれかかる。夏の午後の陽光が、木々の隙間を縫って眩しく射し込んでくる。壁に接した背中が痛みの信号を脳に激しく伝えてきて、クランは思わず顔を顰めた。

クランを追いかけるようにして、シーナが出てきた。マクノアーの五人は、揃ってホールで昼食を食べていた。入るにはドアをノックすれば問題なかろう。

「一応、解決、なのかな」

シーナがクランの横に立って、同じように煙草を咥えた。クランがマッチを擦ってやる。二人でただ立ち尽くし、煙を吸い込んでは吐き出す。

「どうする？　禁煙しようか」

不意にシーナが提案した。

「どうして？」

「ひとつ目。煙草のストックはいつか終わりが来ること。ふたつ目。マッチもいずれ終わること。それから三つ目。あたしたちは子育てをしなきゃならないこと」

「子育て、ね。アイナのことか」

「それだけじゃないでしょ。クラン、人類がこの先どうなるかは、あたしたちにかかってるんだよ。滅亡するのか。それとも遠い未来でもう一度栄華を極めるのか」

シーナがおどけた様子で肩を竦める。

それを見て、クランはようやく自分の気持ちを理解した。

クランは煙草を左手に持ち替え、右手でポケットを探ると、指輪を取り出す。あのミニシェルターで見つけた、小さなダイヤモンドの嵌まった指輪だ。それをシーナの左手の薬指に押し込み、無言でその手を握る。

温かくて、少し乾燥した彼女の手が、そっとクランの手を握り返してきた。

断章――啓示

どうして僕は自殺しようとしなかったのか、自分でもわからない。

生きる目的を失い、世界を恨み、人間に絶望した僕が、それでも律儀に職場に通って研究を続けていたのは、惰性だったのだろうか。それとも何か得体の知れない力が僕を導いたのだろうか。

その頃、僕はウィルスによる遺伝子の水平伝播《でんぱ》の研究に没頭していた。もしかすると、倉石先生のことがずっと頭にあったのかもしれない。

倉石先生は遺伝子を残すことはできなかったけど、研究の世界に名前を刻んだ。僕もせめてそうできれば、この肥大した自我の一部だけでも慰めることができるんじゃないか。

もはや僕は、ほとんど家に帰ることが無くなっていた。家に帰れば、嫌でも遥花と、彼女を誑《たぶら》かしたクズ男の気配を感じざるを得ない。かといって、引っ越しをする気力も起こらない。毎日のように研究所に遅くまで詰め、近くのネットカフェやカプセルホテルで夜を明かす。体調は少しずつ悪くなっていったが、もはやそんなことはどうでもよかった。

同僚で、唯一仲のよい暁斗《あきと》という男は、僕をかなり心配してくれた。

「なあ、本当に大丈夫か？　このところ顔色も悪いぞ。少しは気分転換も必要だろ。今夜辺り、飲みに行

「かないか」

「大丈夫。僕は今研究の方が大事なんだ。他の趣味よりもこっちが楽しいからさ」

「裕哉、お前が研究好きなのは知ってるけど、休まないと身体が保たないぜ。せめて家に帰ってちゃんと寝ろよ」

「そうするよ。ありがとう」

暁斗は時折そうやって僕に声をかけてくれた。

彼に僕がだいぶ助けられたのは間違いない。おそらく彼が時折心配してくれなければ、僕はもっと無理を続けていただろうし、そうなれば途中で身体を壊し、あの世紀の大発見まで至ることはなかっただろう。

その発見は、ほんの偶然によるものだった。

ある日の明け方、また例によって徹夜で実験を繰り返していた僕は、眠い目を擦りながら、RNAのシーケンスデータを眺めていた。いくつかのウィルスの変異株を更に人為的に弄ったものだったが、めぼしいアイデアは既にやりつくしてしまっていたので、半ばやけっぱちで昨晩やってみた結果である。

その日は珍しく、暁斗も一緒だった。いや、彼は多分僕を心配してくれていたのだろう。深夜のテンションも手伝ってか、僕と暁斗は色々なことを喋った。

「僕はさ、自分の遺伝子の適応度を上げることが人生の最終目標だったんだけどね。だけどもう諦めたよ。僕はモテない。子どもを作ることすらままならないから」

「そりゃ俺だってモテなかったけどさ」

暁斗は笑いながら言った。

「だけど実はな、ここだけの話だけど、俺、結婚することになったんだ」

「なんだって？」

僕は驚いて、思わず手にしていた結果の紙を取り落とした。しばし呆然とし、それから当惑と怒りと嫉妬が同時に襲ってきた。

暁斗も子どもを残す権利を手にした。

僕と同じようなタイプの人間だと思っていたのに。

「お、おめでとう」

僕はそう口に出すのが精一杯だった。急速に世界が暗くなっていくようだ。なんだか自分の唯一の居場所が失われてしまった気がする。

「ああ、ありがと。もしよかったら、式に来て貰えないかな。多分、半年くらい向こうになるけど――」

彼は僕が落とした紙を拾い上げ、それを眺めた。気恥ずかしさと誇らしさが混じり合ったような、少し複雑そうな表情だ。

しかし、その顔が少しずつ険しく変わっていった。

「これ、どの株だ？」

「これって？　……ああ、それは俺が昨日弄ってたやつだよ。CB45-HXだろ。それがどうした？」

「いや、ちょっと面白い塩基配列な気がして。これ、マウスに感染させてみたか？」

「まだだよ。明日辺りやってみようかと」

「そっか。じゃあ結果が出たら教えてくれよ」

そう言い残して、暁斗は仮眠を取るために家に帰っていった。残された僕は、しばらくの間ぼうっとし

338

て何も手に付かなかった。

これは裏切りだ。

僕の居場所すら奪って、一体どうしようというのか。

退勤する気力すら失い、僕は明日やるつもりだったマウスでの感染試験をそのままやってしまうことにした。他のことを考えたくなかった。この場所にも居場所が無くなったら、僕はもうどうすればいいかわからない。

マウスへのCB45-HX株の接種を終えると、僕はそのまま研究所の休憩室へ行き、そこで泥のように眠った。

それが、僕があの、神の贈り物を手に入れた日の出来事だった。

何日かして、感染試験の結果が出た時、僕は誰にも言わずに一人恐怖した。とんでもないものを作ってしまった。

これは、人類を滅ぼしうる。

CB45-HX株は、他に類を見ない強力な感染性と、健康な大人でも容易に殺せるほどの毒性、そして凄まじく速い変異スピードを持っていた。

僕はそれを密かに葬るつもりだった。

こんなものが存在してはならない。いくら世界に恨みがあろうが、人類が完全に滅亡しては大変なことだ。

それでもその場ですぐに処分できなかったのは、きっと僕の奥底にあった破滅的な欲望のせいだろう。

僕は、人類を消し去る力を手に入れた。

339

最強の武器は、人に力を与えてくれる。

これを闇に葬り去るのは、あまりにも愚かだ。

結局僕は、それを実験室の冷凍庫の奥深くに厳重に密閉して放り込んだ。自分が最強の力を手に入れたという、その事実が、僕を少しだけ前向きに変えた気がした。


三ヵ月ほど経ったある日、衝撃的なニュースが日本中を駆け巡った。

とある財団法人が運営する研究所が、コールドスリープの実施を発表したのだ。

「……つまり、惑星間移住を念頭に置いたコールドスリープ技術の開発は必須だったわけですが、今回それがついに実現に至ったということです。我々は、希望者を全国から募《つの》り、千年後の未来へと旅立つスリープを実施します」

テレビでは、研究所の所長が原稿を読みながら、何度もフラッシュに照らされていた。

どうやら話を総合すると、これまでも短期のコールドスリープは何度も実験を実施しており、全て成功だったらしい。それが今回は、なんと千年もの間のコールドスリープだという。

希望者は申し込みの上、安くない金額を支払う必要がある。その上で抽選に当たった者が、未来への切符を手に入れるのだ。

「被験者に応募するのに条件はあるんでしょうか。また人数は何人になりますか」

「健康な二〇代から四〇代の男女、ということだけです。スリープできるのは全部で七人。ただしそのうち一人は、我々の研究所の職員が入ります。これは有《あ》り体《てい》に言えば、このスリープが安全であることをPRし、また千年後の世界で被験者のサポートをするためでもあります……」

僕はその時、画面に釘付《くぎづ》けになっていた。

そこには、信じられないことに遥花の姿があった。

――そうだ。この研究所は遥花の勤め先だった。どうして忘れていたんだろう。

「具体的にはどなたが？」

「はい、私が被験者となります」

遥花が記者の質問に答えた。

それから後のことはほとんど覚えていない。

僕はただひたすらに、神がもたらしたこの幸運に感謝していた。

遥花がコールドスリープをする。

現世の全てを捨て去り、千年後の世界へ、彼女は旅立つのだ。

その時、僕の中で全ての計画ができあがった。

僕の生きる意味は、ここにある。

僕は人類の歴史上、最も優れた人間となるのだ。


その日から、僕の生活には光が灯った。

計画に失敗は許されない。絶対に成功させなければならない。それが僕を、そして先生の魂を、救うことに繋がるから。

考えられる限りの手を尽くし、金を作った。ほとんど詐欺《さぎ》まがいの手を使って、銀行からも融資を受け、更に消費者金融やヤミ金にまで手を出し、相当な金額を揃えたのだ。

それから僕は、コールドスリープの実施機関の職員に接触し、その金を全て渡した。僕を抽選に選ばせるための、それは賄賂《わいろ》だった。

身の回りのものも全て売り払った。僕にはもう何も残っていない。それでよかった。どうせこの世界には戻ってこないのだ。

それから暁斗に頼んで、例のウィルスを託すことにした。勿論その中身については嘘をついた。人間に感染することはない、安全なウィルスだ、という偽の実験データを添えて、中身を偽装したのだ。彼は喜んで、僕の実験を引き継ぐことを了承してくれた。

無事に僕がスリープの被験者に選ばれた、という連絡が来て、全ての準備が整った。

三日間の閉鎖環境テストを経て、僕は他の被験者たちと一緒に某県の山際にあるシェルターへと連れていかれた。

そこでテグミネという装置に入り、血管や気管に管が繋がれる。そして職員が装置を起動すると、横たわった周囲の温度がどんどん下がっていった。

体内に冷たい液体が入り込んできて、徐々に意識が薄れていく。

僕は心から満足だった。

テグミネの蓋が閉じられ、遠ざかる世界の中で、職員たちが話している声が微かに聞こえた。

「九蘭修次《くらんしゅうじ》、入谷遥花《いりや》、椎名真希《しいなまき》、甲斐一馬《かいかずま》、子門裕哉《しもん》、黒江唯《くろえゆい》、それに丸子大輝《まるこだいき》。七名とも、スリープに入りました」

「よし、じゃあ出るぞ。忘れ物は無いな。一度出たらもう二度と入れんからな」

——意識が途切れた。

次の瞬間、僕の目の前には、全てを懸けて手に入れたかった、遥花の顔があった。

「ねえ、シモン。正直に話して。あなたは一体、何をしたの？」

12　千年のフーダニット

「クラン！　シーナ！　またショウとフーカが喧嘩したって！　ショウが鼻血出しちゃった！」

　アイナが家に飛び込んでくるなり大声を上げたので、クランは思わず飛び上がりそうになった。せっかく息子を寝かしつけたところだ。起こされてはたまらない。

「あのな、アイナ。今やっと寝たところなんだ。頼むから静かにしてくれ。ショウが鼻血だって？　まったく、仕方ないな。俺が子どもの頃はあんなにやんちゃじゃなかったと思うが……」

「あっごめん。えっと、ショウは今カイが診てくれてる。居住区の前のとこ」

「うん。わかった。ありがとな。それよりアイナ、今日は晩飯はどうする？　うちか、それともカイたちのところか」

「今夜は魚だって言ってたんだよね、クロエ。だからクランのとこがいい」

「相変わらず魚は苦手か。でもシーナが今日魚貰ってたぞ。多分うちも魚だな」

クランは苦笑しながら少しだけ眉を顰めているアイナの頭を軽く叩き、それからマクノアーたちの居住区へと向かった。ショウとフーカはどちらも七歳になる。このところ、二人で遊び回ることが増えてきて、それに伴って喧嘩も怪我も格段に多くなった。

喧嘩するほど仲が良い、というのは本当だな、とクランは考えながら、廃墟だった建物が建ち並ぶ通りを歩く。この五年ほどで、マクノアーたちの生活も少しずつ変わりつつあった。クランたちが持ち込んだ技術や概念が急速に広まっている。洞窟暮らしを旨としてきた彼らも、今や少しずつ一軒家を持つ者が増えてきた。この辺りの廃墟のいくつかは、改装されて不格好ながら居心地の良いマクノアーの家となった。居住区に残っている者は年寄りばかりである。

クランたちのシェルターに残されていた医薬品と、医学に関する書籍のお陰で、マクノアーたちの平均寿命も一気に延びた感がある。うまくすれば、この地が人類が立ち直るための第一歩となるかもしれなかった。

ささやかな住宅街を抜け、シェルターと居住区が並ぶ山裾に出る。ここからでも自分の長男の泣き声はよく聞こえた。

「おい、ショウ。大丈夫か」

クランが泣きじゃくる息子に声をかけると、ショウは立ち上がって父親の方へと駆け寄ってきた。鼻には木をほぐして繊維状にしたものを詰めている。カイが処置してくれたのだろう。ショウを抱き留めると、その向こうで苦笑いのカイとむすっとして腕を組んでいるフーカの姿があった。

「クランさん、すみません。フーカと取っ組み合いになったみたいで、頭がぶつかっちゃったみたいです。折れてはいないと思いますが……。ほら、フーカも謝りなさい」

カイが傍らで尚も不満げな娘に、謝罪を促した。しかしフーカは一向に謝ろうとはしなかった。カイとクロエという二人の娘なのに、随分と気の強いことだ。クランは可笑しくなって思わず含み笑いを漏らした。

自分が泣いているのに笑いを堪えている父親が気に入らなかったのだろう。今度はショウの方が不満そうにクランを見上げてくる。

結局、その日はショウもフーカも互いに譲らず、仲直りは翌日に持ち越しとなった。心配はいらないだろう。今までも何度もあったことだ。年齢どころか生まれた日までひと月も違わない二人は、姉弟のように育てられてきた。

クランはショウと手を繋いで家路をたどりながら、この一〇年のことを改めて思い返していた。

気付けば俺もシーナももう四〇歳になる。シーナの身体のことを考えれば、子どもはあと一人作れるかどうかだろう。俺たちも、カイとクロエも、とにかく人類を増やすことを目的に、この一〇年を生きてきた。だがこうして子どもたちが織りなす喧噪の中で生活していると、そんなことはどうでもよくなってくる。

千年前に手に入れられなかった幸せの中を生きているのかもしれない。

それは途方もない巨大な犠牲の上にある、ごく小さな幸福だ。それでも、この小さな右手の持ち主が元気に歩いているのを見ていると、俺はコールドスリープをしてよかった、という感慨が湧いてくる。

これからの時代は、この子たちと、アイナが紡いでいくだろう。俺たちは彼らが一人前になるまで、しっかり育ててやらねばならない。

廃墟を改装した自宅に帰ると、シーナが先ほどの騒ぎで目覚めてしまったらしい三番目の子に乳をやっているところだった。このところ母乳の出があまりよくない、とぼやいていたが、今日のところは問題ないらしい。ベッドにもたれているシーナの傍では、二番目の子であるアキがおとなしくおはじき遊びをしているところだった。

「二人とも、おかえり。アイナは結局、昨日カイのとこだったから今日はうちで食べるってさ。ショウは大丈夫？　鼻血は止まったかな？　そう、ならよかった」

シーナが微笑む。

クランはわかった、と言って赤子を抱くシーナの額にキスをし、それから食事の支度《したく》のために、かまどに火を入れ始めた。

「それでね、ぼくが、それ貸してって言ったんだけど、フーカが貸してくれなかったんだ。だからそれで、ケンカになっちゃった」

ショウが一生懸命に喋るのをうんうん、と頷きながら聞いていたアイナが、ほら、また零してるよ、とショウの袖を拭いてやる。

彼女がいると、普段の食卓が一段と賑やかだった。ショウもアキも、この一五歳になる姉によく懐いている。

「だけど、それって何の紙だったんだろうね。そもそも紙自体、珍しいけど」

シーナが赤ん坊をあやしながら呟いた。時折隙を見ては自分の食事を口に放り込んでいる。本当ならクランが代わってやりたいところだったが、生憎三番目の子はクランが抱くと大泣きすることが多かった。

「明日、カイに聞いてみようか。きっと今頃フーカから見せて貰ってるだろうし」

クランがアキのご飯を口に運んでやりながら答えた。

「そうだね。居住区の中にあったって話が本当なら、マクノアーの記録か何かかな。彼ら、読み書きできない人がほとんどだから、もしかすると古いものかも」

「もし気になるならあたしが借りてきてあげよっか」

アイナが提案する。一時期はお転婆だったアイナもこのところすっかり女性らしくなったが、こういうフットワークの軽さは健在だ。ふたつの家族と一緒に育ってきたからかもしれない。子どもの頃ほど、神として崇められることは無くなっていたが、それでもまだ時折アイナの元には貢ぎ物が届けられることがある。そんな非常識な環境だったのに、まっとうな少女に成長してくれたのはありがたいことだった。

食事を終え、後片付けをすると、あとはほとんどやることはない。ランタンの灯りの中で、ショウとアイナがボードゲームに興じるのを見守りながら、クランはぼんやりと考え事をしていた。今後はマクノアーたち、とりわけ子どもに、読み書きを教える必要があるだろう。先生役なら自分がある程度はやれる筈だ。

思えば、教師をしていた頃には、こんな未来が待っているなんて想像もできなかった。

その時、外で複数人の足音が聞こえたかと思うと、家の扉がノックされた。続いて、こんばんは、というクロエの声がする。

「あれ、どうしたのかな」

シーナが赤子を抱いたまま玄関へと向かう。

そこに立っていたのは、カイとクロエの一家五人だった。正確にはまだ赤ん坊の末っ子はクロエが抱いていたが、ともかく一家全員である。

「クランさん、シーナさん。ちょっとこれ、見て欲しくて」

カイが家に入るなり、手にしていた紙束《かみたば》を渡してくる。

「昼間、フーカとショウくんの間で取り合いになったものです。なんでもマクノアーの居住地の奥から出てきたらしいんですが……」

「ああ、それか。ちょうどさっき、うちでも明日見せて貰おうって話をしてたとこだ。だけどなんでこんな夜に」

「とにかく中身を見てください。ちょっと興味深いことがあって」

クランは渡された紙束をテーブルの上に広げた。

紙は手漉《てす》きの分厚いものだった。おそらくマクノアーたちが手作りしたのだろう。そこに墨か何かで黒々と、字が書かれている。ランタンを近づけると、なんとか読み取ることができた。

「これは随分古いな……何かの記録か？　ノア暦八五五年、今年は食料が不足した。日照りが続く。今年生まれた子は二人だけ、それもすぐに死んでしまった。人口はいよいよ一五人。来年こそは神の恵みがあらんことを。ノア暦八五六年、今年も日照りが多い一年だった。ついに最後の男が死んでしまい、子どもを作れる男がいなくなった。男は老人ばかりだ――どうやら一年ごとに記録を付けてたらしいな」

「待って。もしかして……この年号って、HEXウィルスのパンデミックがあってからの年？　ノア暦ってマクノアーの人たちの年号だよね」

横から覗き込んでいたシーナが不意に声を上げた。

「やっぱりそうですよね。確かアルが、前にノア暦一〇〇五年だとか言っていたのを聞いた覚えがあったんです。あれが五年くらい前だったたから……やっぱりパンデミックからのカウントじゃないですかね」

「だとしたら、これ、もしかして。あたしたちが目覚める百四十数年前の記録ってことだよ。これすごい発見なんじゃないの」

シーナが興奮を隠しきれないように言った。抱いている赤子はすっかり目を覚ましてしまったらしく、母親の顔を見つめながら指をしゃぶっている。

「シモンのテグミネがストップしてから一〇年くらい、ってとこか。俺たちがすっかり眠りこけてる間のことだな」

クランが冗談を口にしたが、誰も笑う者はいなかった。それどころか、シーナは赤ん坊をあやすのも忘れて食い入るように紙を覗き込んでいる。

しばらくして、シーナがあっ、と声を上げた。

「――これ。ノア暦八五八年。神が救世主を送ってくださった。夏の月、森の中で一人の少年を保護した。広い額に大きな目と太い眉を持つ、異形《いぎょう》の少年だ。しかし、これで彼の精を受ければ、再び子どもが生まれるだろう。マクノアーは救われるのだ」

シーナが静かにそれを読み上げるのを聞いて、クランも思わず息を吞んだ。

広い額に大きな目と太い眉?

彼の精を受ければ子どもがまた生まれる?

「シモンのことか……?」

「そうなんですよ。僕らもそれに気付いて、シーナさんたちに見せたくて。でも、シモンさんはこの時既に死んでる筈でしょう。それにこれは少年ってなってます。シモンさん本人なら、少なくとも『少年』じゃないですよね。たまたま似てるだけの別人ってことも考えたんですけど……」

「だけど、今現在のマクノアーがみんなシモンに似ていることといい、シモンに関係してると考えた方が自然だと思う」

シーナの言葉に、クランは腕組みをして考え込んだ。シモンが千年前、スリープに入る直前の段階で殺されていた、というのがクランたちの導き出した結論だ。だとすれば、このシモンに酷似した描写の少年は何者なのか？

気付くと、子どもたちが深刻な様子の大人の周りに集まりだしていた。何事か難しいことが起きている、というのは理解しているらしい。そのうちに、アキがトイレ、と言い出したので、気を利かせたアイナが連れていってくれた。

ふと横を見ると、シーナがぽかんと口を開けて宙に視線を彷徨わせている。腕の中で、赤ん坊が身を捩って不機嫌そうにしているのもお構いなしだった。

「……シーナ？　どうした？」

クランが声をかける。するとシーナは、はっと我に返ったように口を閉じ、それからまた何事か考え込み始めた。

「……だとすれば。テグミネの停止は……それなら全部……でもそうすると、犯人は……」

ぶつぶつと呟く口元から、いくつかの気になる単語が漏れ聞こえてきた。

「なあ、シーナ、何か気付いたのか」

「……クラン、明日、第一シェルターへ行きたい。どうしても確かめたいことがあるの」

シーナは顔を上げ、意を決したようにクランを見つめた。その切れ長の目には、有無を言わさぬ決意が宿っている。

「そりゃ、まあ……構わないが。だけどどうして」

「理由はまだ言えない。だけどもしかしたら、あたしたちはとんでもない思い違いをしていたのかも。第一シェルターの記録、直近の一五年くらいだけちゃんと書かれてたでしょ」

「そうだったな。それが？」

「誰が書いたんだと思う？」

クランは訝しげにシーナを見つめた。何を言いたいのかがわからない。しかしシーナは、首を何度か振っただけで、それ以上は口を開こうとはしなかった。

こうなるとシーナはそれ以上のことは言わないだろう。一〇年の付き合いでも、それくらいのことは心得ている。ため息と共に、わかった、と答えると、カイに纏わり付くようにして暇を持て余していた様子のフーカが、父親の顔を覗き込んだ。

「どこ行くの？　あたしも行く」

「そうだね。クランさんたちが全員で行くなら、僕らもみんなで行こうか。トロッコも連結すれば全員乗れるし」

トロッコ、というのは、この数年で整備されたマクノアーたちの新技術だった。といっても、建設を指導したのはカイである。クランたちが目覚めた第一シェルターと、マクノアーたちのいる第二シェルターの間を繋ぎ、前者に眠る資材を余すところなく使うための画期的な装置だった。

木でできた線路が延々と両者の間に敷かれ、その上を手漕《てこ》ぎ式のトロッコが走るという、ある種原始的なものである。それでもこれができたことで、第一シェルターとの往復は一日で可能になった。片道ならその半分だ。お陰で、溶けてしまうせいで第一シェルターに眠ったままとなっていた冷凍食品類も、なんとか食料として消費できるようになった。

幸い、被験者たちの神性がまだ残っているためか、それとも開発者に敬意を表してか、クランたちが利用したいと申し出れば、マクノアーは他の利用予定をずらしてでも使わせてくれる。すなわち、シーナが第一シェルターに行きたい、と言うのなら、それを拒むものは何もなかった。

翌朝、朝食後に出発、と取り決め、カイの一家は自分たちの家に帰っていった。帰った、といってもほんの数十メートル離れただけの場所だ。この街はそれほどまでにまだ小さい。

子どもたちを寝かしつけたクランは、久しぶりに無性に煙草が吸いたくなった。六年前にとうとう最後のストックが切れて以来、強制的に禁煙させられている。シーナもショウを妊娠した時からずっと吸っていない。まさか人類史上最後の喫煙者が自分になるとは思わなかったな、とクランは大きく深呼吸をし、煙草への欲望をどうにか抑え込んで、シーナと子どもたちの待つベッドへと向かった。


第一シェルターに常駐しているマクノアーの一人が、クランのノックに応じて扉を開けてくれた。

到着した一行を見て、彼はその大きな目を更に見開く。それはそうだろう。かつてこのように赤ん坊まで含めて全員が来るなどなかったことだ。

「驚かせてごめんなさい。ちょっと探し物なの」

シーナがトロッコから降りながら声をかける。マクノアーはまだ驚いた表情を崩さなかったが、それでも中へと彼らを入れてくれた。

クロエとアイナが子どもたちを見ている間に、大人三人で中を探す、ということになった。とはいえ、最も大きな目的はコンピュータである。シーナがその前に座り、早速操作を始めるのを横目に、カイとクランは倉庫内、それに個室を探すことにした。

「一体、どういうことなんでしょうね」

カイが呟く。シーナの行動の意図が読めないのはクランも同じだった。

「まあそのうちわかるさ。それより俺たちも探そう。確か、何かメモや書き置きのようなもの、だったな」

「そんなものあれば、この一〇年の間に誰かしら見つけてると思いますけどね」

苦笑しながら二人は倉庫へと入っていった。棚のほとんどはすっかり空になっている。トロッコが開発されてからの数年で、資材の持ち出しのペースは上がり、既に大半がマクノアーたちの手に渡っていた。棚の間を順繰りに見て回る。しかしどこにも紙切れのようなものは落ちていない。薄暗い倉庫の中を何往復もしているうちに、段々と時間の感覚があやふやになっていく。

「あの少年の死体も、結局誰だったのかな」

クランがふと漏らす。冷凍庫でずっと眠っていた少年の死体は、既にシェルターの外に埋葬されていた。一方で、シモンの遺体は未だにテグミネの中に残されている。マクノアーたちはこれまでの信仰のためか、ミイラに対しては神を守る人形だ、という崇拝の念が残っているらしかった。

「僕らが知っているかもしれない誰かだから顔を潰した、ってことでしたよね。でも少なくとも僕は、あんな年頃の知り合いはいなかったなあ」

「正直言えば俺もだよ。教師だったけど、高校だしな。だがまあ、いなくなっちまったイリヤの知り合いだったかもしれん。今となっちゃどうしようも――」

そう言いかけたところで、倉庫の入り口の方からクランたちを呼ぶ声が響いてきた。

「クラン、カイ！　シーナが呼んでる！」

アイナの声だ。どうやら何か進展があったらしい。

クランとカイは、多少の緊張を胸に抱きながら、そちらへ向かった。アイナについてテグミネの並ぶホールへと戻る。

そこではシーナが、まるで世界を統べる女王か何かのように、コンピュータの前に据えられた椅子に座り脚組みをしていた。

「何かわかったのか」

クランが尋ねる。

「そう。わかった。何もかも」

シーナが、暗い表情で答えた。

「本当は、あの歴史の記録について調べたかったんだけど、色々探してたらそれよりもっとクリティカルなものを見つけたよ。あたしが思った通りだった。シモンのこと。イリヤのこと。それに顔のない少年のこと。全部繋がったよ」

そう言うと、シーナは何事か操作をして、画面上に文書ファイルを映し出した。

「これを読めばわかると思う」

クランとカイがその場で立ったまま目を走らせる。気付けば、クロエとアイナもそれぞれ赤ん坊を抱いてその横にやってきていた。他の子どもたちは、シェルター内をめいっぱいに使った鬼ごっこに夢中である。

その文書ファイルには、「告発」とタイトルがつけられていた。

告発

ここに記すことは、私が知った全ての真実である。西暦二〇四二年に人類が滅びた、その歴史に関する事実だ。

本来、この事実は私が死ぬ直前まで胸に秘めておくつもりだった。しかし、私もこの人類が滅びた不毛の世界で、いつまで生きられるかわからない。なので、万一私が死んだ時に備えて、これを書き残すことにする。

人類の滅亡は、たった一人の手によって引き起こされた。その名は子門裕哉。何万年も続いてきた人間の歴史を終わらせた、史上最悪の犯罪者だ。

子門は、世界に恨みを抱き、また自分の遺伝子を残すことに異様なまでの執着を持っていた。生物学の理論に傾倒して、それを妄信していたらしい。そしてウィルスの研究をしていた子門は、二〇三五年頃のある日、偶然によってとんでもないものを生み出した。それが人類滅亡の直接の原因となった、HEXウィルスである。感染性、変異スピード、致死率、その全てが破滅的なまでに強いそのウィルスは、子門には自らの願望を成就させるための、最適な手段だと映ったらしい。

子門は大金をはたいて研究所員に賄賂を贈り、自らがコールドスリープの被験者として選ばれるように工作をした。そして、自分がスリープに入った後、HEXウィルスがばらまかれるように、研究所の同僚を騙《だま》していたのだ。自分は安全圏に逃げ、そうして人類を滅ぼすことで、自らが新世界におけるアダムになろうというのが子門の狙いだった。

もし、この記録を誰かが読めるなら、その時は人間の社会の灯火がまだ消えていないということだろう。だから、あなたたちの歴史には、この人類滅亡を企てた、最初で最後の悪人の名を、非難と共に刻んで欲しい。

私がコールドスリープした目的は、子門のこの行為によって、完全に破壊された。私は個人として、そして一人の人間として、この男を許すことは絶対にできない。故に、私は子門を殺すことにした。

ここに記した告発は、全て子門本人の口から語られたことである。願わくは、この告発文が遠い未来で誰かの目にとまらんことを。

入谷遥花

しばらくの間、誰も言葉を発することができなかった。目から入ってきた情報が、頭の中ではっきりとした形を結んでくれない。シモンが人類滅亡の犯人？　そしてイリヤがシモンを殺した？　一体何がどうなっているのだろう。

ショウがアキを捕まえたらしい。談話室の方から、アキの楽しそうにはしゃぐ声と、ショウの笑い声が響いてきた。それが呼び水になったかのように、クランとカイが同時に口を開いた。

「あの……」

「一体……」

しばし二人で視線を交わし、それからクランが改めて声に出した。

「どういうことなんだ。イリヤが犯人？　シモンがＨＥＸウィルスの開発者？　全く理解できない」

「理解できなくても、そういうことなんだよ」

　シーナが組んでいた形のよい脚を組み替える。クロエが、説明してくれませんか、と頼むと、シーナは鷹揚《おうよう》に頷いた。

「全ての始まりは、シモンが偶然からとんでもないウィルスを開発してしまったことだった。シモンはそれを使って、人類を滅亡させ、自分を含めた数人だけが生き残るという世界を作り出そうとした。そうして、イリヤの告発文にあった通り、ＨＥＸウィルスが世界を滅ぼした」

「待ってくれ、もうわからん。そもそもシモンはなんでそんなことを？　何も人類を滅ぼさなくても、自分の遺伝子なら残せるだろう」

「そうじゃない。これは生物学の、特に集団遺伝学の問題なの。あたしには、シモンのやろうとしていたことが理解できると思う。誰か、適応度って言葉知らない？」

　シーナが問いかけるが、誰も首を縦に振らない。当然だろう。この中に生物学を学んでいた人間はいない。

「うんと簡単に説明すると、適応度、というのは、ある個体、あるいは遺伝子が集団の中で、どれだけ次世代に自分の子どもを残せたか、という指標。集団中で、その遺伝子が残れば残るほど適応度は高くなる。イリヤの聞き取った話から推測すると、シモンはこの考え方に妄執を抱いてたんだと思う。だから、自分の遺伝子の適応度を極限まで高めるために、とんでもないことを考えた。それが、自分がアダムになる、っていう意味」

「それって、つまり、人類を一度リセットして、自分がリセット後の最初の人間になろうってことですか？　いくらなんでも……」

「そう、考えられない。普通だったら、そんなことそもそも実行できないから。だけど、もしそれが可能だったら？　ＨＥＸウィルスと、コールドスリープというふたつの技術が手元に舞い込んできた時、シモンはそれが可能になったことに気が付いたんだよ。そして自分の遺伝子の適応度を最大にするために、人間という八〇億の集団を一度限りなくゼロにした。そうすれば、そこから改めて生まれてくる人間は、全員がシモンの血を引くことになる。理論上、適応度が最も高い状態と言っていいだろうね」

　シーナは一度言葉を切り、他の四人の顔を見回した。

「これが、あたしがイリヤの告発文を読んだ理解。イリヤは生物系じゃないからところどころ情報が不完全だったけど、まず間違いなくこれで合ってる筈」

「待て。待ってくれ。シモンがとんでもない奴だったのはわかった。だけど、どうしてシモンをイリヤが殺せるんだ？　だって全員、同じタイミングで目覚めたじゃないか」

「それはそうだろうね。だってイリヤは、シモンを殺した後、もう一回スリープし直したんだから」

「そんなバカな」

　カイが声を上げた。クランも同じように叫ぶところだった。

「だって誰かがスリープの操作をしないと、テグミネは動かせないんですよ。もしシモンさんとイリヤさんが途中で目覚めたとして、シモンさんが死んだ後でどうやったらテグミネを動かせるんですか？　まさか、誰かを外から招き入れたとでも？」

「その可能性も考えたけど、はっきり言って現実的じゃないんだよね。だってイリヤは、マクノアーの存在を知らなかったんだから。だけどそれより確実な方法があるじゃない」

「確実な方法？」

「そう。操作する人間が必要なんでしょ。じゃあ、人間を作ればいい」

またしてもホールに沈黙が降りた。クランも、カイも、それにクロエも、何かを喋ろうとして口を開け閉めしているが、何も出てこない。最初に沈黙を破ったのは、クロエだった。

「……人間を作るって、そんな人形じゃないんですから、そんなこと」

「あのさ」

シーナがクロエの言葉を遮った。

「そういうことじゃない。あたしたちはどうやって人間を作ったの？　ショウやフーカはどうやってできたの？　それだけのこと。よく考えてみてよ。シモンとイリヤが目覚めた時、そこには男と女が一人ずついるんだよ。人間を作るための条件は満たしてると思わない？」

「じゃあ、シモンとイリヤは子どもをもうけたのか。それも、テグミネを操作させるためだけに」

シーナが気怠そうに頷く。クランは思わずその場にしゃがみ込んだ。衝撃的な事実が、散弾銃のように頭に撃ち込まれ脳が理解を拒否している。

「あたしたちは肝心なことを見落としてたんだよ。スリープの途中で目覚めたイリヤには、有り余るほどに時間があったんだ。それこそ、人間を作り出し、そしてそれを育てるだけの。だって、他の被験者は千年もの眠りについてるんだからね。

最初から整理しようか。まず、スリープ終了から一五三年前、一台のテグミネが停止した。それは理屈からいけば、イリヤのものだったんだと思う。多分テグミネのプログラムの不具合か何かなんだろうけど、ともかくスリープは中断して、だけどイリヤは無事に目を覚ました。イリヤは途中で覚醒《かくせい》してしまったことに困惑し、きっと研究所とコンタクトをとろうとしただろうね。だけど当然、他の人類は生き残ってないんだから応答はない。そこでイリヤは、コンピュータでこれまでの人類の歴史を確認する。そして人類が滅亡した、という事実を知ったんだ」

「それは変だろ。だってこのコンピュータのＡＩの情報は、偽物の歴史が書き込まれていたじゃないか」

「それはこの後話すよ。ともかく、イリヤは人類滅亡の情報を見た。そして、その情報から、ＨＥＸウィルスを作り出して漏洩《ろうえい》したのが、シモンが勤めていたハスタ研究所だということに気付いた。イリヤはこのスリープを手がけた研究所の職員だったから、他の被験者の個人情報をある程度聞いていたんだろうね。

この辺はだいぶ想像が入るけど、イリヤはショックだっただろうと思う。勿論自分たち以外の人類が滅びたなんていうのは誰でもショックだろうけど、それと併せてイリヤには、『千年後の社会で英雄として称えられたい』という強い目的があった。その目的も完全に潰《つい》えてしまったことになる。だから二重にショックだったんじゃないかな。

それでイリヤは、テグミネを強制終了して一人を起こすことにした。何しろ、自分一人じゃ再スリープもできず、ただ一人孤独に死んでいくだけだ。場合によっては他の被験者を全員起こしてもいいだろう。だけどとにかく、イリヤは最初に起こす相手としてシモンを選んだ。当然だろうね。何しろシモンは、人類滅亡についての情報を握ってるかもしれないんだから。一体シモンが何をしたのか、イリヤとしてはなんとしても確かめたかった。

それで、テグミネを強制終了してシモンを起こし、起きたシモンから話を聞いた。そこでシモンの口から語られたのが、あの告発文の内容だった」

シーナは再び脚を組み替え、脇に置いてあった水のボトルを手にしてひと口飲んだ。日に焼けた喉がごくりと動く。言葉を発しているのは、二人の赤ん坊だけだ。ぐずり始めた二人を、クロエとアイナが揺っているが、機械的な動きだった。二人とも全く別のことに気を取られているのだから当然だろう。

「シモンの狂気的な発想を聞いたイリヤは、その時初めて殺意を抱いたんだろうと思う。自分の人生の目的を台無しにしたこの男を、このまま生かしておくわけにはいかない。かといってシモンを殺せば、再スリープができない自分はまた一人になる。それじゃあ殺した後他の被験者を起こすか？　だけどそうすると、今度は自分だけが目覚めていたことが容易にわかってしまう。そうなればシモン殺害の犯人は自明だ。他のメンバーがその状況で、殺人者であるイリヤを許容するかどうかはわからない。

八方塞《はっぽうふさ》がりに見えるこの状況で、イリヤはとんでもないことを考えついた。それが、シモンとの間に子どもを作り、その子を育ててテグミネを操作させよう、っていうことだったんだよ。きっとシモンはイリヤの殺意には気付いていなかったろうから、子どもを作ることを快諾したんじゃないかな。あれだけの美人だもんね。そうして二人は子どもを作り、その子が生まれてからしばらくして、イリヤは計画通りシモンを殺した。あとは一人、その子を育てて、テグミネの操作ができるようになったら自分をスリープさせたんだよ」

クランの脳裏に、目覚めてからの記憶が一気に溢れ出した。

誰かに食べられたかのようにぽっかりと空いた倉庫の棚。

特にやつれて、歳をとったように見えたイリヤ。

首都圏を目指すのに難色を示していたのも、イリヤだった。

全ての事実がひとつに繋がっていく。

「それじゃあ、マクノアーの人たちの記録にあった、異形の少年っていうのも……」

「そう。まさしく、シモンとイリヤの子だったんだ。きっと子どもは、証拠隠滅のためもあって、テグミネを操作した後に扉から出ていくように教え込まれていたんだと思う。他に頼る者のない孤独な世界で、唯一絶対の母親からそう育てられたら、きっとそうする他なかっただろうね。多分イリヤの計画では、子どもは出ていって、その先孤独に死ぬ筈だった。ところが、イリヤも予期していなかったことに、マクノアーという人類の生き残りがこの周辺にいたんだ。そしてその子はマクノアーに拾われた。しかもその頃、マクノアーは天候不順なんかの影響で、子どもを作れる年齢の男性が集落に不在だった。それこそ人類は完全なる絶滅の危機だったんだよ。だけどそれをイリヤの子が救った。その子が更に成長し、マクノアーの女たちと子を残すことで、マクノアーは集団として存続できることになった。それも、子孫全てに、シモンの遺伝子を伝える形で」

「てことは、イリヤのやったことは結局裏目に出たってことか？　シモンの計画は、シモン亡き後で成就したと？」

「そういうことになるだろうね」

クランは深くため息をついた。

なんという皮肉な結果だろうか。人類の仇敵《きゅうてき》である、狂気に満ちた男を葬るための完璧な計画だった筈が、その男の遺伝子の適応度を逆に上げることになってしまったのだ。勿論、今を生きるマクノアーたちには何の罪もない。しかしクランは、今や彼らの顔をまともに見ることができそうになかった。

「あの、シーナさん。結局このシェルターに残されていた嘘の情報は何だったんですか？」

ふとクロエが尋ねた。シーナはあ、そうだった、とようやく少し笑みを見せた。

「ごめんごめん、その説明をしてなかった。ここや第二シェルターのコンピュータは、自動的に世界中のネットワークからニュースを選別して取り込んでいたんだけど、人類が滅びてしまうともはや新たな情報は入らなくなった。だからずっと情報なし、というデータが並んでたんだ。イリヤはその状態のコンピュータを見て、こう考えたんじゃないかと思う。もし、人類が滅亡したということが他のメンバーに知られれば、当然シモン殺害の犯人は被験者の中にいることがわかってしまう。ハウダニット、つまりどうやって殺したかはわからなくても、フーダニット、誰が殺したかは絞られちゃうってことね。本当はマクノアーという容疑者がいたんだけど、イリヤはそのことを知らないから。だから人類滅亡の情報を隠し、かつ、シェルターの外には人がいない状況を説明する必要があった。それでイリヤは、あの文書ファイルを自分の手で上書きすることにした。ひとつずつ、子育ての合間に膨大な時間をかけて千年分の記録を考え、その中で『強制移住政策』なんてものまででっち上げて、書き込んでいったんだ。なにせさっきも言ったように、時間はたっぷりあるからね。

だけどひとつだけ小さなアクシデントがあった。それは、その日より未来の記事を書き込んでも、AIがそれを上書きしてしまう、ということだった。結局これればかりはどうにもならず、イリヤは強引な手法を取ることにした。とにかく目覚めた時に、この記録上で人類が滅亡していなければいい。だから、目覚めてから直近分だけでも隙を見て記録を改竄《かいざん》しよう、というわけ」

それを聞いて、クランは唸り声を上げた。そうか。だから。

「起床」の翌朝、酷く眠そうだったイリヤの顔がフラッシュバックする。

「それじゃ、あの記録の最後一五年だけが書かれていたのは、イリヤが起きたその日の夜に、みんなが寝た後で改竄したってことか。だから時間的に全部は埋め切れず、空白の百二十数年が生まれた、と」

「そういうことだろうね。ああ、そうだ。あと、シモンがスリープ当初の服のままだった件だけど、あれもイリヤの仕業じゃないかな。倉庫内のストックの服のまま死んでると、しばらく生活していたのがばれるから、殺す前に理由を適当につけて、シモンにあれを着させたんだろうね」

その時、ずっと黙って話を聞いていたアイナが首を傾げながら口を開いた。相変わらずぐずる赤ん坊を、クランの代わりにあやしてくれている。

「あのさ、前にちらっと聞いたんだけど、顔のない子どもの死体っていうのはなんだったの？」

それを聞いて、思わずクランはシーナを見つめた。そうだ、その話が未解決だ。

するとシーナは顔を顰め、少し躊躇った後に再び話し始めた。

「あれは……そうだな。言葉を選ばずに言えば、『予備』だったんだよ」

「予備……？」

一同が顔を見合わせる。誰もその意味がわからない様子だった。

「これは、アイナには聞かせたくなかったんだけど」

「大丈夫だよ。あたしもう一五歳だよ？　平気。話して」

「……わかった。つまりね、子どもが生まれて、しばらくしてシモンを殺す。だけど子どもが成長するには時間がかかる。母と子だけの世界で、子どもにもしトラブルがあったらどうする？　もし子どもが死んでしまったら？　計画は全てパーになっちゃう。だからイリヤは、あらかじめ予備の子どもを用意していいいいいい、たんだよ」

「そんな……」

クロエが目を強く閉じ、我が子を抱きしめた。母親になった今、イリヤの行った行為が信じられないのだろう。

その気持ちはクランにも痛いほどわかった。

狂気というなら、シモンもイリヤも同じだ。どちらも自分の目的のために、大きな犠牲を払いすぎた。

あまりに残酷すぎる。

「案の定というか、子どもの一人は計画の実行前に亡くなったんだろうね。きっと病気だったんだと思う。イリヤはその子を葬るのに、冷凍庫に入れることを選んだ。それはシェルターの外に出るのはリスクが大きいから。何しろシェルターの扉の挙動がわからないでしょ。万一、外に運び出している間に閉まってしまったらと思うと怖すぎる。かといってそこに放置すれば腐敗する。だから冷凍保存しか手がなかった。だけどそうすると、今度はあたしたちが目覚めてから、発見される可能性が高い。そうすればあたしたちは当然気付くだろうね。だってその子も、シモンとそっくりの顔をしていたんだから」

今度はカイが、あっと声を上げた。

「そうか、だから……！　それを知られないために顔を潰したのか！」

「そう考えるのが一番自然だと思う。さあ、これでほとんどは説明したかな。あとは……そうだ、イリヤ自身の最期について。イリヤはずっと、テグミネを操作して外へ出ていった子は、どこかで死んだ筈だと思っていた。だけどあの時、イリヤは二人の人間を森の中で見た。信じられなかっただろうね。だって二人とも、シモンにそっくりなんだもん。それでイリヤは、パニックになったんだと思う。目の前に現れたシモンそっくりの人間に、ほとんど襲いかかるようにして迫った。だけど当然、狩りに慣れてるメガやイプシには敵《かな》わない。結局、皮肉にも自分の子孫に返り討ちにあって、その命を落としたんだよ。

ああ、ちなみに、これも推測だけど、マクノアーの埋葬の仕方があういう感じなのは、テグミネを模してるんじゃないかな。イリヤが殺したシモンをテグミネに放置してる間に、シモンはその中でミイラ化していった。だからイリヤは、子どもに、死んだ人はこうやって葬るものだ、というように、シモンのことを誤魔化したんじゃないかと思う。もしかするとイリヤ自身が将来そこに入ることへの、理由付けの意味もあったかもしれないね。ともかく、それを聞いて育った息子は、マクノアーに助けられた後、その埋葬の仕方を伝えた。テグミネとは死んだ人が入る墓であり、蓋を閉じて埋葬するのだ、と。だからマクノアーたちもそれに倣って墓には蓋をするようになり、第二シェルターのテグミネにいた、『墓に入っているのに生きている少女』を神格化するようになった。きっとこんなところじゃないかな」

全てを説明し終えたシーナは、もう一度大きくため息をつくと、ゆっくりと立ち上がった。

誰も何も言わなかった。

人類は、一人の男の狂気によって滅ぼされ、そしてそれを殺すための一人の女の狂気によって生き長らえている。

人類の仇敵である筈の男の目的は達せられ、仇を取った筈の女は自らの子孫に殺された。とても信じられないストーリーだった。だが信じざるを得ない。

クランは座り込んだまま、膝を抱えて目を閉じた。

胸にひとつの思いが去来する。

もしも、マクノアーが現存している唯一の人類ならば、本当にシモンとイリヤはアダムとイブになってしまう。

「これでいいのか……」

クランが独り言ちる。シモンが全てを滅ぼしてまで手に入れようとしたものは、決して許されることのない禁断の果実だった。しかし、それを手にした罪を、誰が背負えばいいのだろう。

「お父さん、泣いてるの？」

気が付くと、隣に小さなぬくもりの塊が寄り添っていた。

「そうだな。少し……疲れたんだよ」

クランはショウの頭をそっと撫で、それから息子を抱き寄せた。

13　初雪の街

「お疲れ様。少し休憩したら。もうじきご飯だよ」

シーナがそう言って差し出した素焼きの器を受け取り、クランはその中のコーヒーをひと口啜った。

コーヒー、と言っても代替品だ。シェルターにストックされていた本物のコーヒーは既に飲み尽くしてしまった。かといってこの国ではコーヒー豆の栽培など望むべくもない。結局クランたちがたどり着いたのは、タンポポの根を焦がして擬似的なコーヒーの味を楽しむというものだった。

「だいぶできてきたね」

隣にしゃがんだシーナが目を細める。目の前には一抱えもある大きな岩が転がっており、そこにはクランがしばらく前から毎日のように彫り進めている文字が刻まれていた。

それは、人類と、そしてイリヤとマルコのための、石碑だった。

クラン自身、こんなものが何の慰めになるんだろうか、と疑問を持たないでもない。既にこの世を去った数多《あまた》の命は、こんなものを誰も喜ぶことはない。

これはいわば、自己満足のための記念碑だ。

それでもクランにとって、これは意味のあることだった。

石碑を彫ろうと思う、とシーナに告げた時、彼女は特に反対をすることも疑問を呈することもなかった。きっとシーナはクランの思いをなんとなく察していたのだろう。

「結局、俺たちはどうして生きているんだろうな」

タンポポコーヒーをまたひと口啜り、クランが呟いた。

かつてこの国には、秋の日を井戸の釣瓶《つるべ》に例えたことわざがあった。そのことわざの通り、傾きかけた秋の夕日は、加速度的にその高度を下げていく。

「千年前、俺の人生は全くの灰色だった。生きている意味なんてまるで見出せずに、失ったものだけを数えて生きていたんだ。それなのに、今、こんな状況になって初めて、俺は幸せを感じているんだ。理屈に合わないよな」

「そう？　案外、人生なんてそんなものだと思うけど」

「あまりに人が死にすぎたせいじゃないかと思うよ。前の妻の死も、八〇億の死の中のひとつに紛れ込んじまったみたいだ。それにイリヤも、マルコも、身近にいた仲間がいなくなって、すっかり感覚が麻痺しちまった」

自嘲気味の台詞を吐き出しながら、クランは思わず苦笑した。こんなことは自分に酔っている奴の言うことだ。俺は悲劇のヒーローになりたいんだろうか。

「……シモンにも、イリヤにも、勿論マルコにも、それぞれに生きる目的があったんだろうね。だけどシモンのそれは、あまりに異質すぎた。全ての破滅と引き換えに自分だけの目的を追い求めた。そういう意味では、イリヤの激情もわからなくはないよ。あたしでもそうしたかもしれない」

シーナが岩に刻まれた文字を指でなぞりながら呟く。

素人細工の、酷く不格好な文字は、それでもこの地で何が起きたのかを伝えるには充分だった。そこにはシモンという男が犯した罪と、その顚末《てんまつ》が記されている。

かつてこの世界にひしめいていた人間が持っていた、それぞれの人生の意味は、きっとバラエティに富んでいたことだろう。

快楽を求め、欲望を満たしたい。

真実の愛を手に入れたい。

名誉を得て、歴史に名を刻みたい。

ただ静かで安らかな生涯を送りたい。

それらは全て失われた。しかしその頃に見出すことのできなかったクランの生きる意味は、今になってようやく芽吹き始めている。

矛盾だろうか。

クランは自問し、それから答えを見出せないまま、もう一度タガネを手に取った。ハンマーでそれを岩の表面に打ち付け、文字を刻む。岩に刻まれた文字は次の千年を超えるだろう。それはクランも経験として理解していた。

家の中からは、シーナが作った夕餉《ゆうげ》の匂いが煙と共に流れてくる。

穏やかな一日だった。

マクノアーたちの喧噪も、この街外れまでは届かない。遠くの森の中で鳴くあの凶暴なカラスたちの鳴き声でさえ、どこか郷愁を誘うように思えた。

「おとうさん！」

道の方からショウの声が聞こえる。どうやらアイナと一緒に帰ってきたらしい。今日はアイナとショウ、それにフーカの三人で釣りに行くと言っていた。弾んだ声色からすると、それなりに釣果があったのだろう。

ずっと丸めていた背中を伸ばすように立ち上がり、クランは、おお、と返事をした。

「ねえ、見てこれ！　大きいの！　ぼくが釣った！」

ショウが興奮した様子で、手に大きなマスをぶら下げながら庭へと飛び込んでくる。

後ろからアイナとフーカが、呆れたような笑いを浮かべて続いた。

「ほう、こりゃデカい。燻製《くんせい》にしようか。冬の食料にもってこいだな」

クランは長男の頭を撫でてやりながら目を細めた。

これが俺の生きる意味なのかもしれない。

人類の再興、などと大それたことを言うつもりはない。そんなものは俺には荷が重すぎる。

それでも、と微かに逡巡する。

このままもしマクノアーたちが数を増やしていけば、きっとシモンの望み通り、その遺伝子を継いだ人間たちで世の中が満たされる。

そして、クランたちにはそれを止める術はない。

この石碑は、その動かしがたい現実へのせめてもの抵抗だ。

表の方から、また足音が聞こえてきた。カイがフーカを迎えに来たのだろう。ちょうど家の庭で採れたジャガイモを持たせようと思っていたところだ。今年は豊作だったので、二家族分を賄えるだけの量がある。

玄関に回ろうとしたところで、家の中が何やら騒々しいことに気が付いた。ショウやアイナ、フーカも何事だろうかとそちらを気にしている。

眉を顰め、家を回り込んだところで、先に中へ戻ったシーナの声が聞こえてきた。

「——どうして！」

クランはその声に驚いて、思わず玄関から飛び込んだ。

そこには二人の男が、背中を向けて立っていた。彼らの顔が振り返る。カイの隣の男が、無精髭と汚れに覆われた顔で、疲れたように力なく微笑んだ。

「嘘だろ……」

クランは立ち尽くしたまま、手にしていたタガネを取り落とした。後ろから付いてきた子どもたちが、一体どうしたのかとクランと男の顔を順に見比べている。

流石に年齢相応になったが、その端整な面影は一〇年前のままだ。

そこには、マルコがいた。

「久しぶりだな。クラン」

その夜、クランの家の食卓には、久しぶりに顔を揃えた被験者の生き残りが座っていた。クラン、シーナ、カイ、クロエ、そしてマルコ。テーブルには本来の夕食のメニューに加えて、シーナが急遽《きゅうきょ》追加した、イノシシ肉の燻製が載っている。

子どもたちは座りきれないので、座卓代わりの削った丸太を出して床に車座になっていた。

「一体どうしてたんだ。てっきり死んだのかと」

クランが口を開くと、マルコは口の端を上げるやり方で少し笑った。今となってはその笑い方が妙に懐かしい。

「死のうとしたさ」

「じゃあ、今までどこにいたんですか？」

「それもそうだし、そもそもなんでカイが連れてきたの？」

いくつもの疑問が食卓に飛《と》び交《か》う。それはそうだろう。死んだと思っていた人間が、突然再び現れたのだ。

「待ってください。僕がマルコを連れて来たのは、薪拾いに出た先で、急に現れたからですが、ともかく順番に話を聞きましょうよ」

カイが混乱を制するように言うと、一同が少し黙り込んだ。それを合図にマルコが話を始める。

「あの日、俺は死ぬつもりでみんなの元を離れた。手紙は読んだか？　そう、ならいい。あれに書いた通りだ。俺は自分の罪の意識に押しつぶされそうになって、限界だった。逃げ出してきた筈の千年後もこんな荒れ果てた世界で、もう生きられないと思ったんだ。それであの朝、みんなが寝てる間に川へ向かった。だけど飛び込むには浅い気がして、別の川を探して彷徨ったんだ。確実に死ねそうなところへ」

マルコは手元の皿に取り分けられた肉の切れ端をひと口齧り、うまいな、と呟いた。

「そうして俺は丸一日ほどかかって別の川を見つけた。今度は深くて大きな川だった。それでそこに飛び込んだよ。だけど結局死にきれなかったらしい。川に流されて、たどり着いた先で、俺はあるものに会った」

「あるもの？」

「街だよ。他の人間たちだ」

「――なんだって？」

クランは思わず腰を浮かせかけた。

他の人間たち？　マクノアーの他にも生き残りがいたのか？

「全部で数百人が生活している集落だった。俺はその集落の奴に助けられたんだ。それでそのままそこに居着いた。奴ら、素性のわからない俺を受け入れてくれたよ」

「素性のわからない？　説明しなかったんですか？」

「そうじゃない。俺は――死に損《しそこ》なった時に、記憶を失ってたんだ。それで流れ着いた時には、どこの誰かもわからない状態だったんだよ」

クランはため息をついた。それは、ある種感動のため息だったかもしれない。

人類とはなんとしぶといのだろう。

マクノアーたちといい、他の生き残りといい、そしてマルコ自身も、したたかに生き残り、命を繋げている。

「正確には、流れ着いた、というよりも、流れていった先で気が付いて、そこから更にしばらく彷徨ったらしい。だから着いた先がどの辺なのかも正直最初はわからなかったよ」

「それじゃあ、どうして今になってここまで来たんですか？」

クロエが尋ねると、マルコがまた笑った。

「別にみんなを放っておいたわけじゃない。ただ、記憶を取り戻したのがほんの数ヵ月前だったんだ。それまで俺は、千年前の記憶すらも忘れていたからな、本当に何者でもない、謎の人間として街で生きていた。だけど数ヵ月前、なんかの拍子に突然全部を思い出した。それに、この世界には、他の人間はおそらくいないだろう、ってことも聞かされていた。それで、シェルターに戻らねえと、と思ったんだ」

「それで一〇年も……。なるほどね」

「シェルターの場所も思い出したからな。なんとかたどり着けるだろうと思った。勿論、みんなが生きてるかどうかは正直期待してなかったさ。ただまあ、死んでたなら死んでたで、倉庫にある物資が使えるだろうし。俺は所詮そんな程度の、冷酷な人間だよ。今更治りゃしねえ」

「いや、いいさ。誰も一〇年もこの世界で生き延びられるなんて思わないだろ」

クランが苦笑すると、カイが釣られたように忍び笑いを漏らした。

「だけどシェルターにたどり着いてみたら驚いたよ。シモンにそっくりな奴が中にいるだろ。それでも色々聞いてみたら、クランたちがこっちにいるっていう。それで線路をたどって歩いてきたら、森の中でカイを見つけたんだ」

「そうだったの。でも本当に、無事でよかったです」

クロエが少し涙ぐむ。マルコはそれを払いのけるようにして手を振った。

「よせよ。俺は生還を喜ばれるほど上等な人間じゃねえ。所詮はただの人殺しだ。それより、この辺にいるシモンそっくりの連中、こいつらは何なんだ」

マルコのその言葉に、食卓を囲んだ顔に微かに緊張が走る。そうだ、この男もまた殺人犯だという。たとえそれが千年も前のことであっても、それを果たして受け入れることができるのだろうか。

しかしクランの中では、その事実とは異なる感情が渦巻いていた。マルコは悪い奴じゃない。短い付き合いでも、なんとなくそんな感覚がある。

「……その、殺人っていうのは、どうして？」

シーナが沈黙を破った。誰もが気になり、そして聞くのを躊躇っていた疑問。それが実際に言葉にされると、想像していたよりずっと重大な問題であるように感じられる。

「──俺の、親父《おやじ》だった」

しばらくの逡巡の後、マルコは絞り出すようにしてそう口にした。まるで臓腑をえぐられているような、苦悶の表情だ。

一瞬、無理をしなくていい、と止めようとしたクランだったが、マルコはそれを制するようにして言葉を続けた。

「クソみてえな人間だったよ。世間から見りゃ超優秀なエリートサラリーマンだったんだろうが。俺のことを人間だとも思っちゃいなくて、親子らしいことをした記憶なんて何もねえ。良い成績をとらねえと、罰として部屋に閉じ込められたりしてな」

「そう、それは……それで我慢できなくて？」

クロエがそっと尋ねると、マルコは自嘲するように笑った。

「まさか、そのくらいじゃ俺だって親は殺さねえよ。ただな、ある日俺のお袋が病気で倒れてな。俺は慌てて救急車を呼んで、病院へ連れてった。だけど親父は、仕事に穴を空けられねえとかぬかして、結局お袋の元へは来なかった。お袋はそのまま死んだよ。葬式が終わった後、親父と俺は大喧嘩になった。お袋のこと。俺の学校の成績のこと。気付いたら殴り合いだ。そして俺は……家を飛び出た」

マルコがひとつ嘆息する。その目には涙が浮かんでいるようにも見えた。

「あっちこっちふらふらして、何日か経って親父の会社から俺のところに連絡があった。親父が仕事中に倒れたっていうんだ。病院に駆けつけた時には、もう意識がなかった。脳内出血だったらしい」

「それじゃ、喧嘩の時の……？」

「それしか考えられねえよ。俺が殴った時のダメージが、後で現れたんだろう。親父は同僚に、『不良に殴られた』と言ってたらしいけどな。それで結局親父は死に、俺は天涯孤独になった。俺が殺したのさ」

再び食卓に沈黙が降りた。隣で子どもたちが、はしゃぎながら食事に食らいついているのが聞こえてくる。アイナが、こらフーカ、また口の周りべとべと！　と叫んでいた。

ようやく合点がいった。クランは俯き加減のマルコを見ながら、声をかけられないまま考えた。

学生であるにもかかわらず、マルコがコールドスリープに応募した理由とその資金源。父親が亡くなったのなら、きっとその遺産なり保険金なりがあったのだろう。両親がいなければ、コールドスリープへの応募を止める者もいなかったに違いない。

俺と同じだ、と思いながらクランは目を閉じた。

家族を失い、現世の全てに倦《う》んで、持てる全てを投じて逃げ出したのだ。きっとこれが、ずっとマルコに感じていたシンパシーの正体なのだろう。

「どうする。俺を追放するか？」

マルコが呟く。クランは少し笑って、首を振った。

「まさか。数少ない生き残りだろう。それより、さっきどうしてシモンそっくりな奴がいるのか、って言ってたな。信じられないような理由があるんだ。聞くか？」

「それは、もしかしてシモンやイリヤの殺害にも絡んだ話か？」

マルコがようやく好奇心らしきものを覗かせる。

クランは、そうだな、と頷き、それから事件の顚末を語り始めた。


「あ、雪。初雪だよ」

アイナがはしゃいだような声を上げた。

「おお、本当だ」

末っ子を肩車して荒い息をつきながら、クランが応じる。マクノアーの集落を発《た》ってからもうひと月近くになる。だいぶ南へと来た筈だが、ここでも雪が降り始めたということは、シェルターの辺りは本格的に降り積もっているだろうか。

「流石に雪が降ると辛いですよ」

手製の荷車を牽《ひ》きながら前を歩くカイが、それでも浮かんでくる額の汗を拭きながら振り返った。荷車の荷台では、歩くのに疲れたアキと、カイとクロエの二女のハルが毛皮にくるまって仲良く昼寝中だ。

「特に赤ん坊は、防寒が足りるかどうか……食料も調達しづらくなるし」

「大丈夫、ここまで来ればあと少しだ。頑張れば明日にも着くと思う」

マルコが返す。それを聞いてよし、と気合いを入れ直すように、シーナが担いだ荷物を揺すり上げた。

マクノアーたちには、マルコのことを説明せぬまま、ちょっと二、三日、家族で探検に出てくる、とだけ告げてきた。当初は追っ手がかかるのを警戒していたが、その気配がないところを見ると、諦めたのだろう。

マルコが救われた街──現地の人間は皆、オオマチ、と呼んでいるらしい──のことを、マクノアーに一切知らせなかった判断を、クランは未だに悩んでいた。

人類の個体数の安定を考えるなら、オオマチとマクノアーは互いに交流をすべきだろう。場合によってはどちらかに移住することで、人口増も図れる。

しかしクランたちは、話し合った末に、マクノアーと決別する道を選んだ。

たとえマクノアーたちに罪はなくても、シモンの狂気が実を結ぶことだけは許せない。それが全員の思いだった。だが同時に、もしオオマチに数百人が生きているのなら、そこと混じり合うことでシモンの血は薄まるだろう。つまり、この決断は、理屈ではなく感情の産物だ。

せっかく彫りかけた石碑を途中で放り出してきたのが、僅かに心残りだった。

「だいぶ片付いてきたね」

シーナが道の脇に時折残されている、コンクリート製の建物の残骸を覗き込みながら言った。人類の生活圏に入ったということなのだろう。建物の中はあらゆるものが回収された後のようで、鉄屑ひとつ落ちていなかった。こうして資源になりそうなものは全て回収し、利用しているらしい。

「おかあさん、つかれたあ」

フーカがクロエに甘えるような声を出す。

「もうすぐ着くよ。フーカ、どっちが先に着くか競走！」

アイナがすかさず声をかけ、フーカはたちまちはしゃいだ声を上げながら一行を追い越して先頭へと出ていく。

上り坂になっている廃墟の群れを抜け、丘の上に出る。本来ならば森に浸食されていてもおかしくない筈の自然の丘だが、木材は端から伐採されて利用されているのか、全く何も生えていない。これもまた、ここが人間の生活圏であることを示す事実だろう。

頂上にたどり着いた途端に、二人が、わあ、と声を上げた。

「ねえ、見えたよ！　オオマチだよ！」

その声に元気づけられ、クランたちも疲れ切った足を踏み出す。フーカとアイナに追いつくと、そこから見下ろす視界はまるで異世界だった。

広く切り開かれた平地。

あちこちに残された廃墟。

そしてその中心に、石と木と金属が寄り集まったような、白煙を上げる人工物の塊。

「言ってあったか。オオマチじゃ蒸気機関が発達してる。金属加工の技術があるんだ」

マルコが立ち止まったクランの後ろからぽつりと呟く。クランは曖昧に頷いて、その平野にうずくまった巨大な獣のような街を眺めた。

ここにもまた、人類の灯火がある。

何百もの、人生がある。

「あの話だけどさ」

気付くと隣に立ったシーナが話しかけてきて、クランはそちらを振り向いた。

「生きる目的が欲しいなら、ここで探せばいいよ」

「そうだな」

クランの頭の上で、末っ子が号令をかけるように声を上げた。

それに呼応するように、彼方に見える街の煙突の一本から勢いよく白煙が上がり、グレーの冬空に混じって消えていった。

麻根重次（あさね・じゅうじ）

1986年生まれ。長野県安曇野市在住。
信州大学大学院で進化生物学を専攻し、その後現在まで公務員として勤務。
2023年、『赤の女王の殺人』で
島田荘司選 第16回ばらのまち福山ミステリー文学新人賞を受賞。

本書は書き下ろしです
※この物語はフィクションです。実在するいかなる個人、団体、場所などとも一切関係ありません。

千《せん》年《ねん》のフーダニット

2025年1月14日　第1刷発行

著　者　麻根重次《あさねじゅうじ》

発行者　篠木和久

発行所　株式会社　講談社
〒112-8001 東京都文京区音羽2-12-21
電話　出版　03-5395-3506
販売　03-5395-5817
業務　03-5395-3615

KODANSHA

装丁・図面　杉田優美（G×complex）

本文データ制作　講談社デジタル製作

印刷所　株式会社KPSプロダクツ

製本所　株式会社国宝社

定価はカバーに表示してあります。
落丁本・乱丁本は購入書店名を明記のうえ、小社業務宛にお送りください。
送料小社負担にてお取り替えいたします。
なお、この本についてのお問い合わせは、文芸第三出版部宛にお願いいたします。

ISBN 978-4-06-538179-3　N.D.C.913 383p 19cm